Demasiado enamorada

AF276360

Erótica

Lina Galán
Demasiado enamorada
Serie O'Brien, 3

Esencia/Planeta

La lectura abre horizontes, iguala oportunidades y construye una sociedad mejor.
La propiedad intelectual es clave en la creación de contenidos culturales porque sostiene
el ecosistema de quienes escriben y de nuestras librerías.
Al comprar este libro estarás contribuyendo a mantener dicho ecosistema vivo y
en crecimiento.
En **Grupo Planeta** agradecemos que nos ayudes a apoyar así la autonomía creativa
de autoras y autores para que puedan seguir desempeñando su labor.
Dirígete a CEDRO (Centro Español de Derechos Reprográficos) si necesitas fotocopiar
o escanear algún fragmento de esta obra. Puedes contactar con CEDRO a través de la
web www.conlicencia.com o por teléfono en el 91 702 19 70 / 93 272 04 47.
Queda expresamente prohibida la utilización o reproducción de este libro o de cualquiera
de sus partes con el propósito de entrenar o alimentar sistemas o tecnologías
de inteligencia artificial.

© Lina Galán, 2022
© Editorial Planeta, S. A., 2022
  Avda. Diagonal, 662-664, 08034 Barcelona (España)
  www.esenciaeditorial.com
  www.planetadelibros.com

Diseño de la cubierta: Booket / Área Editorial Grupo Planeta
Imagen de la cubierta: Shutterstock
Primera edición en Colección Booket: febrero de 2025

Depósito legal: B. 255-2025
ISBN: 978-84-08-29853-3
Composición: Realización Planeta
Impresión y encuadernación: QP Print
Printed in Spain - Impreso en España

Biografía

Vivo en Lliçà d'Amunt, un pueblo cercano a Barcelona, junto con mi marido, mis dos hijos adolescentes y dos gatos. Después de años alejada de los estudios, porque nunca es tarde, obtuve el título de Educadora Infantil, algo vocacional que llevaba demasiado tiempo deseando hacer, aunque ejercer en estos tiempos haya resultado muy complicado.

Y como yo parezco hacerlo todo un poco tarde, hace unos años decidí autopublicar mi primera novela, a la que ya han seguido algunas más. De esta experiencia maravillosa solo puedo tener palabras de agradecimiento para mi familia, la auténtica sufridora de mis horas frente al ordenador, y para tantas y tantas personas que me han apoyado, animado y felicitado, tanto cercanas como en la distancia. Y sobre todo para esos lectores que disfrutan con mis historias, sin los que toda esta locura, a estas alturas de mi vida, no hubiese podido ser una realidad.

Encontrarás más información sobre mí y mi obra en:
- lina.galangarcia
- @linagalangarcia

*A todas aquellas lectoras
que me pidieron con insistencia
la historia de Candace.
Gracias por animarme a escribirla.
Sin vosotras, no existiría*

Prólogo

Miles City, Montana, en el pasado

Las voces y las risas adolescentes llenaron el ambiente seco y solitario del camino. A diario, los chicos y las chicas recorrían aquel trayecto del instituto al pueblo, e intentaban hacer más llevadera la rutina con sus chistes, sus bromas o sus quejas de las clases y los profesores. Todos ellos vivían en la misma localidad, iban al mismo instituto y tenían la misma edad, catorce años, aunque uno de los integrantes parecía ajeno al resto. Liam caminaba siempre un paso por detrás, participando discretamente en la conversación solo de tarde en tarde, y muy pocas veces en los juegos y bromas de los demás. Mientras los chicos chinchaban a las chicas y estas se indignaban, reían y los perseguían, él parecía estar a kilómetros de allí, como siempre, aunque sus amigos ya estuvieran acostumbrados a los silencios del chico de piel pálida y ojos oscuros y tristes.

Cuando llegó el momento de la bifurcación, todos se despidieron y él les correspondió con un ligero movimiento de cabeza. La mayoría de los alumnos vivían en alguna de las edificaciones de Miles City, pero él se desviaba por un camino de tierra que llevaba al pequeño y desvencijado rancho de su familia, en el que vivía con su abuela. Siguió caminando sin levantar la vista de sus polvorientos zapatos, hasta que vio algo que lo hizo detenerse de golpe. Su joven corazón latió de sorpresa y de esperanza al contemplar los coches de sus progenitores.

¡Estaban allí! ¡Habían venido!

Liam corrió con la ilusión de ver juntos de nuevo a sus padres, en aquella casa en la que tan poco tiempo habían vivido unidos. Pero su euforia se apagó en cuanto oyó las voces que delataban una de sus más que habituales discusiones.

—¡No puedes llevarte ese cuadro! —gritaba su padre—. ¡Es de mi familia!

—¡¿A qué familia te refieres?! —chilló su madre—. ¡¿A la que lo usaba para tapar el desconchado de la pared?!

Liam observó impertérrito la escena. Su abuela, impasible, tricotaba en su mecedora, junto a la ventana, tratando de ignorar una vez más a la pareja, que no sabía hacer otra cosa más que discutir. La misma pareja que solo se detuvo cuando vio llegar al hijo que tenían en común y al que ambos parecían haber olvidado.

—Hola, Liam —saludó la madre, evidentemente incómoda—. Yo... he venido a ver cómo estabas.

—Y una mierda —intervino el padre—. Tú solo has venido a saquear lo poco que queda de valor en esta casa. ¿Qué sucede? —le preguntó con ironía—. ¿Tu marido no te da suficientes caprichos?

—No te atrevas a criticar mi matrimonio y échale mejor un vistazo al tuyo —gruñó su exmujer—. Seguro que tu esposa de alcurnia te desinfecta antes de entrar en casa. Y eso si te has atrevido a decirle dónde estás, porque apuesto esta mierda de cuadro a que ni siquiera le has dicho que has venido a ver a tu hijo. ¡Porque te ha prohibido hacerlo!

—No me hagas hablar, Karen. Tu hijo no te importa un carajo, así que no vayas de madre abnegada a estas alturas.

—Perdona, Ross —contraatacó ella—. ¡¿Acaso has sido tú un padre decente en algún momento?! ¡¿O es que ahora resulta que es peor ser mala madre que ser mal padre?!

Liam pasó por su lado sin contestar y caminó directamente hacia su abuela, a quien dio un beso en la mejilla antes de desaparecer tras la puerta de su habitación. Con los gritos y los reproches de fondo, tiró la mochila al suelo y se sentó sobre la cama en espera de que volvieran a marcharse, como siempre hacían. Conectó su MP3, se puso los auriculares a todo volumen y dejó que *Numb*, de Linkin Park, lo ayudara a evadirse de allí.

Sus padres no se habían soportado nunca, sin embargo, tenían algo en común: ambos odiaban aquel pueblo perdido de Montana y habían decidido desaparecer y formar nuevas familias. Su madre se había casado con un cirujano plástico que operaba a famosos y se habían instalado en Miami. Tenían dos hijos pequeños a los que Liam no había visto nunca.

Su padre, de igual modo, se había casado con la heredera de una rica familia viticultora californiana y residía en Los Ángeles, junto a su mujer y una hija a la que su hijo mayor tampoco conocía.

En realidad, el detalle más importante en el que coincidían Karen y Ross era que los dos ignoraban al hijo que habían tenido en común porque les recordaba su fracaso. En sus nuevas vidas, ninguno había hablado de su pasado ni de su origen pueblerino, algo que consideraban humillante, una especie de mancha que debían ocultar a toda costa ante sus nuevas amistades influyentes y de alto copete.

Y la prueba de esa mancha era su hijo.

Liam desconectó de los gritos y se sumergió en la música y en su mundo mientras admiraba las fotografías de Egipto que decoraban su habitación. Estaba seguro de que algún día viajaría allí, y no con su imaginación.

**

Liam tenía diecisiete años cuando recibió por primera vez una carta de Sienna. En ella le decía que era su hermana, hija de su padre y de su segunda esposa, que vivía en Los Ángeles y que había descubierto su existencia por casualidad, fisgando en unos papeles, aunque llevaba tiempo intuyendo algo. Mantuvieron contacto en secreto con mensajes y llamadas telefónicas durante meses, hasta que Liam decidió un día coger su moto y recorrer los casi dos mil kilómetros que lo separaban de la ciudad de California. Cuando se encontraron, primero se miraron con nerviosismo, casi sin saber qué hacer, pero después se fundieron en un cálido abrazo y rieron durante un buen rato. Sienna, de trece años, habló y habló sin parar mientras Liam la escuchaba, fascinado por poder conocer, al fin, a alguien de su familia que se interesaba por él. Le pareció tan bonita y dulce que un tibio calor se apoderó de su pecho. Tenía una hermana y ella lo quería...

—¿Me esperabas así? —le preguntó ella en cierta ocasión, después de hablarle de sus clases, sus amigas y su insufrible profesor de tenis.

—Yo... no suelo esperar nada —suspiró Liam—. Es la única forma de no llevarte una decepción. Pero sí puedo decirte que, cuando te he visto, he sentido algo muy especial.

—¿Me quieres? —preguntó la niña con una expresión de anhelo en su infantil y bonito rostro—. Porque yo te quiero mucho, Liam, desde el momento en que supe de tu existencia. ¡Tengo un hermano mayor! —rio entusiasmada—. ¡Ojalá pudiese contárselo a mis amigas! ¡Se morirían de la envidia!

—Creo que es la primera vez que le digo esto a alguien —sonrió el chico ante el entusiasmo de su recién conocida hermana—. Sí, Sienna, yo también te quiero.

Emocionada, la niña extendió la mano para que su hermano colocara la suya encima. Entrelazaron sus dedos y sintieron la energía que surgió de la fuerza de sus manos unidas. Tan unidas como sus corazones, que habían sabido reconocer aquel amor nuevo que los uniría para siempre.

—Por favor, Liam —le pidió la niña cuando salieron de la cafetería donde habían pasado toda la tarde—, dime que vendrás a verme alguna vez más, y que seguiremos en contacto...

—Te lo prometo...

Pero las peticiones y las promesas fueron interrumpidas por el sonido estridente de las sirenas de los coches de policía que los rodearon.

—¡Alto! —bramó uno de los agentes mientras apuntaban a Liam con sus armas—. ¡No te muevas!

El joven alzó los brazos, todavía estupefacto ante aquel avasallamiento. En pocos segundos se vio tirado en el suelo, con el rostro contra el sucio asfalto, mientras uno de los policías lo esposaba a la espalda.

—Liam Taylor, quedas detenido por secuestro. Tienes derecho a un abogado...

—¡Y por posesión de marihuana! —gritó otro de los agentes mientras sostenía en alto una bolsa de papel que había hallado bajo el asiento de su moto.

—¡¿Secuestro?! —exclamó Sienna—. ¡¿De qué hablan?!

—¿Estás bien, pequeña? —le preguntó una agente mientras trataba de acercarse a ella.

—¡Pues claro que estoy bien! —afirmó la niña antes

de ver a sus padres, que acababan de bajarse de un coche y corrían hacia ella—. ¿Papá? ¿Mamá?

—¡¿Estás bien, cielo?! —Su madre la abrazó mientras ella contemplaba cómo ponían en pie a Liam y lo arrastraban hacia un coche patrulla a empujones. Le dolió el corazón cuando advirtió la expresión de derrota y vergüenza en el rostro de su hermano.

—No te preocupes, cariño —le dijo su padre—. No volverá a acercarse a ti ni a hacerte daño.

—Pero ¡¿de qué demonios habláis?! ¡Liam no me ha hecho nada! ¡Es mi hermano! —Miró con rabia a su progenitor—. ¡Un hermano del que ni siquiera me habíais hablado, por cierto!

—Él no es buena influencia para ti —señaló su madre con desdén—. ¡Míralo! ¡Es un maldito traficante y un drogadicto!

—¡Solo era un poco de hierba, mamá! ¡Él no es malo! ¡Lo quiero! ¡Y él me quiere a mí!

—Vayámonos de aquí —insistió la mujer—. Y tú —le dijo a su marido—, procura que ese delincuente no se acerque más a nuestra hija.

Ross Taylor suspiró. Liam era su hijo, pero no permitiría que alterara su perfecta y nueva vida. Impasible, observó cómo la policía se lo llevaba a pesar de los gritos de su hija.

***

En una celda de la oficina del sheriff de Miles City, Liam, tumbado en un camastro, permanecía ausente mientras el jefe de policía del pueblo lo reprendía con severidad.

—Te has librado por ser menor de edad y porque tu padre retiró los cargos a escondidas de su esposa —gruñó el hombre mientras bebía una taza de café—. Pero hazme el favor y deja de meterte en líos, hijo. Olvídate de vender hierba y de fumártela y haz algo de provecho. Si no lo haces por ti, hazlo al menos por tu abuela, que está mayor y la vas a matar de un disgusto. Trabaja, estudia o haz lo que te venga en gana, pero invierte tu tiempo en algo más que en fumar porros y largarte por ahí con la moto.

—Déjame en paz, Luke —farfulló Liam hastiado.

Justo en aquel momento, la abuela del chico entró en la oficina, cargada de nuevo con ropa y comida para su nieto. Cada día andaba más encorvada y se la veía más anciana y frágil. A Liam le dolió el corazón al ser consciente de ello, por lo que, en aquel preciso instante, supo que el pesado del sheriff llevaba toda la razón: su vida era una auténtica mierda. Vendía hierba para sacarse unos miserables dólares y se pasaba el tiempo medio fumado mientras veía cómo los chicos y las chicas de su edad iban abandonando aquel pueblo recóndito. Se había excusado a sí mismo diciéndose que no quería marcharse por su abuela, para no dejarla sola. Sin embargo, la realidad era que, mientras avergonzaba a la mujer que lo había criado, él acabaría enterrado en un rincón de Montana sin hacer nada, compadeciéndose de sí mismo.

Pero ¡se había acabado la autocompasión!

***

Dos años después, terminado el instituto por fin, el joven volvió a su casa eufórico, agitando en sus manos el resultado de sus notas y la admisión en la universidad.

—¡Abuela, abuela! —gritó mientras se acercaba a la mecedora, donde la mujer se había quedado dormida tras tejer durante horas—. ¡Lo he conseguido! ¡Lo he conseguido! ¡Me han admitido en Nueva York!

Pero la anciana no contestó, a pesar de las sacudidas de su nieto sobre sus hombros. Aquel día, su sueño había pasado a ser infinito. Su mecedora había dejado de mecerse y sus frágiles manos ya no movían las agujas que tricotaban ovillos de lana de bonitos colores. Aquel jersey azul que iba a regalarle por su cumpleaños nunca quedaría terminado.

Liam cayó de rodillas en el suelo, hundió el rostro en el regazo de la única mujer que lo había cuidado y querido como una madre y lloró desconsolado.

Ya no había nada ni nadie que lo retuviera en aquel pueblo al que no pensaba regresar jamás.

Haz las maletas, que quedó incompleta
la historia de amor de los dos.
Las dudas nos hicieron presos
y yo loco por darte el beso
que nos dé la solución.

AITANA Y SEBASTIÁN YATRA, *Las dudas*

Capítulo 1

UCSF Medical Center, San Francisco,
en la actualidad

Vuelvo a sobrevivir a otra larga jornada nocturna en Urgencias, donde no han faltado los heridos por accidentes de tráfico, las caídas, los ataques de lumbago o los traumatismos con diversos y variados orígenes. Soy traumatóloga y trabajo desde hace un año en uno de los mejores hospitales del país, pero, después de mi tiempo como médica residente y tan recién adquirida la especialidad, me toca comerme muchas guardias, interminables noches y eternas jornadas en Urgencias. Aunque, cuando es necesario, también voy rebotando de aquí a la consulta, a planta, al quirófano y de vuelta a Urgencias. Y no me estoy quejando, que conste. Necesito experiencia si quiero establecerme en un buen hospital.

Como casi todas, ha sido una noche muy agitada, aunque la mayor parte de los pacientes no han pasado de nivel III de índice de gravedad, pero ha sido suficiente para implicarnos a especialistas, enfermeras, paramédicos y todo ese personal que está ahí, cada noche, para cualquier emergencia que pueda surgir.

Como el resto de mis colegas, doy lo mejor de mí en el hospital, pero, cuando llega mi hora de salir, necesito desconectar. Es como si, con el mero hecho de desprenderme del uniforme verde, la bata blanca o el fonendoscopio, dejara de ser la doctora Howard para volver a ser Candace, una mujer de treinta años que comparte piso con una amiga y un gato, que tiene a su familia a demasiada distancia y que, a pesar de no tener tiempo ni ganas para hombres, sí que admite que necesita sexo de vez en cuando y que esa es la mejor forma de desahogar la tensión.

Esto último lo pienso cuando coincido a la salida con Michael, un compañero que también ha tenido turno de noche. Él es el doctor Lawrence, cardiólogo, y, aunque bastante engreído, tiene unos abdominales dignos de estudio. Nos hemos acostado varias veces, y puedo garantizar que, tras una sesión de sexo con él, el estrés y la tensión del trabajo quedan bastante olvidados.

—¿Qué tal la noche, Candace? —me pregunta tras cruzar la puerta acristalada del hospital.

—No ha estado mal —sonrío—. Aunque el día puede ser mejorable.

No hace falta decir nada más. Ambos bordeamos la isleta cubierta de césped y begonias que preside la entrada, llegamos a la acera y él levanta la mano para detener un taxi. Sé que ha entendido mi sugerencia cuando abre la puerta del vehículo y me invita a entrar.

—Pues vamos a mejorarlo —sonríe.

Una vez en su apartamento, ni siquiera pasamos del salón cuando comenzamos a desnudarnos el uno al otro. Nos quitamos la ropa a tirones mientras nos besamos y él intenta llevarme a su dormitorio, pero chocamos contra la puerta y decidimos que aquí y ahora. Gimo cuando su boca baja hasta mis pechos y los lame a conciencia al tiempo que su mano acaricia y pellizca mi sexo. Estoy tan excitada que temo acabar demasiado pronto.

—Al grano, Mike —jadeo—. Que llevo semanas sin un polvo...

Él gruñe y me obedece. Se coloca un preservativo, levanta mi pierna derecha y me penetra con una profunda embestida que me hace gemir de puro placer.

—Joder... —suspiro.

Me sujeto con una mano a su cuello y con la otra al marco de la puerta y muevo las caderas al ritmo de las suyas. Nuestras pelvis chocan con fuerza, una vez, otra, al compás de nuestros gemidos. Suenan los golpes de la carne, los suspiros de placer, los crujidos de la madera... Clavo las uñas en los hombros de Mike, él busca mi boca, nos mordemos... Hasta que, con un par de envites más, ambos alcanzamos el orgasmo y lanzamos un grito que resuena en el silencio del estiloso apartamento.

Qué falta me hacía...

Cuando respiramos con normalidad, despegamos nuestros cuerpos y, entre risas, nos metemos en la ducha. Enjabonamos nuestra piel y nos lavamos el uno al otro mientras jugamos con la espuma y las esponjas. Me resulta agradable esta camaradería, las bromas, los juegos sensuales...

Después de secarnos, nos tumbamos sobre la cama y nos damos placer con nuestras manos y bocas; terminamos haciéndolo una vez más antes de acabar dormidos.

Tres orgasmos. Ya lo he dicho: el doctor Lawrence es una apuesta segura; la mejor forma de relajar cuerpo y mente.

***

Un ruido de lo más desagradable me despierta: un fuerte ronquido. Vale, mi colega y compañero de cama no es perfecto, qué le vamos a hacer. Pero me viene al pelo para ser consciente de que me he vuelto a saltar la norma de

21

no quedarme dormida en una cama ajena. En mi defensa diré que trabajar de noche es muy duro, y que, si después de toda una jornada en el hospital, remato la noche con un pequeño maratón sexual..., creo que estoy perdonada.

Aun así, me levanto con cuidado de no despertar al tío bueno que duerme a mi lado, de espaldas, con los brazos estirados hacia arriba y la boca abierta, razón que explica lo de sus ronquidos atronadores. Lo miro un instante y dejo escapar un suspiro. Sí, parece que verlo así le resta un poco de atractivo, pero no me quejaré. Me quedo con lo bien que hace todo lo demás, que, al fin y al cabo, es lo único que me interesa de él.

Recojo mi ropa, que aparece esparcida por todo el apartamento, me visto a toda velocidad y salgo de la vivienda para llegar cuanto antes a la calle y parar un taxi que me lleve a casa. Nada más entrar, me tiro sobre el sofá, momento que aprovecha mi gata para subirse sobre mí, sentarse sobre mi pecho y mirarme mientras me lanza un suave maullido.

—Parece que tu otra dueña ha vuelto a olvidarse de darte de comer —bufo.

Me levanto de nuevo y voy a la cocina para coger el paquete de pienso del armario y echar una pequeña cantidad en un bol. La gata me lo agradece emitiendo imperceptibles ronroneos mientras come.

Miro a mi alrededor y suspiro de satisfacción. Tengo lo que llevo años queriendo conseguir: mi apartamento, mi trabajo, estabilidad, libertad... Aunque deba compartir mi espacio con una gata y una compañera de piso.

No, no me estoy quejando de ellas. La gata es un amor, y mi compañera..., lo mejor que me ha pasado desde que me mudé a San Francisco. Mi intención siempre había sido vivir sola, con la única compañía de mi gata, a la que decidí adoptar porque así podía hablar con alguien, llorar y desahogarme sin la más mínima queja de mi interlocutora. Me dirigí a un refugio de animales y, en cuanto la vi, supe que sería mi socia perfecta. Nadie la quería porque era negra y adulta, pero a mí me fascinaron sus brillantes ojos amarillos y me recordó la veneración que recibían estos animales por parte de los antiguos egipcios. Por eso la llamé Nut, como la diosa del cielo.

Pero un día abrí la puerta y ahí estaba ella, mi amiga desde la guardería, mi apoyo en una infancia difícil en la que perdí a mis padres, mi compañera de locuras de adolescencia: mi amiga Aliyah.

Tuvimos que separarnos cuando me fui a vivir a Boston para estudiar Medicina en Harvard y ella decidió quedarse en Nueva York para estudiar Arquitectura en el City College. Por eso no puedo evitar sonreír al recordar la felicidad que me invadió al tenerla en mi puerta con una maleta más grande que ella.

—Me han ofrecido dos posibles trabajos —me dijo mientras yo esperaba que hablase para poder achucharla—: uno en Austin y otro en San Francisco. Y pensé: «¿Qué diantres voy a hacer yo en Austin?». Y luego me respondí: «¡Qué tonta! ¿Qué hago pensando esa chorrada si tengo a mi amiga del alma en San Francisco?».

Y las dos nos abrazamos durante largos minutos, en los que lloramos y reímos, como si siguiéramos siendo aquel par de adolescentes que, en su día, decidieron hacer cada año una lista de proyectos que realizar. Proyectos tales como teñirse el pelo, depilarse el pubis, besar con lengua, perder la virginidad... Puedo decir que los fuimos cumpliendo todos, aunque a nuestro ritmo. Porque, aunque luego, con la edad, te des cuenta de que no había tanta prisa, cuando tienes dieciséis años necesitas devorarlo todo, saberlo todo, experimentarlo todo.

Ninguna de nosotras sabíamos si la convivencia resultaría fácil, pero no puede irnos mejor. Yo trabajo de noche y ella de día o en casa, así que, cuando coincidimos y mi jornada en el hospital no me ha dejado para el arrastre, aprovechamos el tiempo y salimos a divertirnos, o pasamos tardes de Netflix y palomitas, según nos pida el cuerpo, el ánimo o el último desengaño amoroso de mi amiga.

Dejo de divagar entre recuerdos cuando observo iluminarse la pantalla de mi móvil, que me avisa de una videollamada. Y sé que al otro lado se encuentra la mujer que me llama una vez a la semana como mínimo, la persona que más quiero en este mundo: mi hermana Abbey.

—¡Hola, hermanita! —la saludo al descolgar.

Coloco el teléfono sobre la encimera de la cocina y aprovecho para prepararme café, tostadas con mantequilla, jamón, queso y ensalada de rúcula y nueces. No tengo muy claro si se le puede llamar comida o desayuno, ya que es lo primero que como en el día, pero son las dos de la tarde, por lo que ya se ha pasado hasta la hora para definirlo como *brunch*. Es lo que tiene el horario nocturno. O haberme entretenido demasiado esta mañana con cierto cardiólogo...

—Hum —musita Abbey—. Ropa arrugada, pelo horrible, devorando tostadas como si no hubiera un mañana... Acabas de llegar a casa porque ni siquiera te has cambiado. ¿Otra vez el doctor Abdominator?

—Joder, Abbey —farfullo mientras mastico—. No hay forma de tener secretos contigo.

—Si no me los cuentas tú, ya lo hace Aliyah —ríe—. Incluso tengo marcados en el calendario tus días festivos, para saber cuándo puedo llamarte. Y, por lo que estoy viendo ahora mismo..., mañana tienes el día libre. Hoy cae plan con Aliyah.

—Pero ¿a ti qué te pasa? —gruño—. ¿Te aburres? ¿O tu querido marido no te da caña últimamente? ¡Apúntate a clases de baile o algo!

—Muy graciosa —refunfuña—. Para tu información, con mi trabajo de asistente personal y mis dos torbellinos de hijas, no me aburro en absoluto. ¡Ah!, y esta misma mañana he devorado a Nathan sobre la mesa de la cocina, así que, sí, nos damos caña mutuamente. Y no necesito apuntarme a clases de baile porque ya lo he hecho, junto a Nora y Avery. Así, además de aprender salsa o bachata, aprovechamos para echarnos unas risas y tomarnos algo después. ¿Te parezco una cuarentona aburrida todavía?

—Claro que no —río—. Es que me encanta meterme contigo.

Las dos reímos mientras yo mastico y ella, en un descanso del trabajo, me habla de Isabella y Olivia, mis sobrinas, a las que quiero con locura. No le digo lo que las echo de menos porque nos pondríamos a recordar tiempos pasados y acabaríamos las dos llorando.

Tras despedirme de mi hermana, conecto mi música en el móvil y, al ritmo de *Stay*, de Kid Laroi y Justin Bieber, recojo la cocina, pongo una lavadora y plancho algunas prendas de ropa. Después me siento un rato en el sofá para leer en compañía de mi gata, aunque la tranquilidad no me dura ni media hora; justo hasta que irrumpe en el salón un ciclón de nombre Aliyah.

—¡Candy! —Suelta el bolso y se tira sobre el sofá, a mi lado. La pobre Nut salta despavorida y desaparece por la puerta del pasillo—. ¡Necesito tu ayuda para esta noche!

—No fastidies, Aliyah —gruño—. ¿Otra cita de Tinder?

—Vamos, tía, sabes que te necesito. Eres mi salvavidas ante tipos que ponen en su perfil fotos retocadas, de cuando hicieron la primera comunión, o simplemente cogidas de Google.

—¿Y esos detalles no te dan a entender que una aplicación no es el camino? —bufo.

—Vaaa, Candy, no me seas aguafiestas. No todo el mundo se conforma con echar polvos esporádicos con médicos buenorros que te dejan como nueva con sesiones

25

de sexo increíble... Joder —se lamenta—, dicho así suena demasiado apetecible.

—Yo te lo recomiendo —bromeo—. Mi vida, mi casa, mi trabajo y sexo a la carta. ¿Qué más se puede pedir?

—Amor —responde mi amiga antes de cerrar la boca de golpe al verme la cara—. Lo siento, tía, pero, al fin y al cabo, tú ya lo has vivido, mientras que yo nunca me he enamorado. Tengo un enorme imán para los gilipollas...

La cara que he puesto debe de haber sido algo parecido a «como vuelvas a mencionarlo, te buscas alojamiento».

—Vale, vale, deja de intentar darme pena —refunfuño—. Me sé de memoria lo que tengo que hacer, como las últimas veinticinco veces. Entramos en el local por separado y te envío mensajes a intervalos de cinco minutos. Mientras todo vaya bien, me los dejarás vistos, pero, si la cosa no funciona, responderás «voy ahora mismo» y le dirás al tío que te ha surgido una urgencia, que tu amiga te ha estado enviando mensajes depresivos pero que el último te ha asustado y temes que vaya a hacer una tontería.

—Cualquiera se preocuparía de que alguien pudiera morir por no anular una simple cita, ¿no?

—Por supuesto —respondo con una mueca—. ¿Y dónde toca esta vez?

—En aquella coctelería tan chula de la Tercera con King.

—Una buena elección —le digo—. Vosotros podéis sentaros a una de las mesas en la zona más iluminada y yo ocupar uno de los sillones de cuero de la parte que está más en penumbra.

—Eso es justo lo que he pensado. —Sonríe y después suspira—. Dime la verdad, Candy. Te parezco una loca que busca un novio a toda costa, ¿verdad?

—Noo...

—Una desesperada que no folla hace siglos y que confunde necesidades afectivas con falta de sexo...

—Que nooo...

—Una tía rara que sigue soñando con su media naranja a pesar de haberse liado con un montón de impresentables...

—Ni loca, ni desesperada ni rara. —Rodeo sus hombros y le doy un beso en la mejilla—. Eres, simplemente, una mujer que busca el amor.

—¡Has dicho la palabra prohibida! —exclama con sorna—. ¡Meec! Fallo de la doctora Howard.

—Nunca he dicho que estuviese prohibida —farfullo. Un poco vetada sí, lo reconozco.

En los tiempos del instituto, Aliyah ya demostró que estaba dispuesta a muchas cosas con tal de que un chico la eligiera para salir. Con los años, se fue dando cuenta de que darlo todo no significaba recibir lo mismo, así que decidió esperar a encontrar su príncipe azul, creyendo que se toparía con él al doblar una esquina, en la cola del supermercado o en una cafetería donde ella le echaría el café por encima, como en el guion de una película romántica. Pero como, la mayoría de las veces, la realidad no tiene nada que ver con las películas, los tipos que aparecían en su camino tenían mucho más de batracios que de príncipes, con lo que volvió a decidir que no le quedaba más remedio que buscarlo ella misma. Y qué mejor opción que recurrir a la tecnología, que para eso está, para hacernos la vida más cómoda, que no todo van a ser robots de cocina o aspiradores inteligentes.

—¿Por qué no te creas un perfil tú también? —me sugiere mi amiga—. Tal vez tienes a tu propio príncipe más cerca de lo que piensas.

La tecnología del ligue está bien, pero para los demás.

—¿Yo? ¿En Tinder? ¡Ni loca!

***

Tal y como hemos convenido, primero entro yo en el local y, nada más echar un vistazo, descubro la cita de Aliyah, que espera sentado a una de las mesas. Por lo que veo, al menos, ha utilizado una fotografía reciente y es bastante guapo. Lo que me mosquea es que, al pasar por su lado, me mira, me sonríe y me guiña un ojo.

¿Perdona? ¿Te parece la mejor forma de esperar a una chica ilusionada por conocerte?

Bastante recelosa, tomo asiento en uno de los sillones de cuero de los que dispone el local, ligeramente apartada de la zona de mesas y de la barra. Aunque de manera tenue, escucho *Yonaguni*, de Bad Bunny, mientras le pido un Mai Tai al camarero. Cuando me sirven el cóctel, me llevo la pajita a los labios y dirijo la vista hacia Mark, que es como se llama, supuestamente, la cita de mi amiga. Obtengo la visión de perfil del tipo, por lo que vuelvo a observar cómo me mira. Más que mirarme, me devora con los ojos.

Por fin, Aliyah entra y saluda al tipo con dos besos y una sonrisa. Él se ha levantado, atento, y parece encantado de verla. Decido esperar para ver qué nos depara la noche y le envío el primer mensaje a mi amiga.

Pero, a pesar de que ella no contesta, la cosa no pinta nada bien. Mientras Aliyah bebe y habla, el tal Mark no deja de mirarme de reojo. Ahora que lo pienso..., no debería limitarme a enviarle un mensaje a mi amiga, sino que debería levantarme y tirarle el cóctel a la cara al muy capullo. Sin embargo, me sabe tan mal por ella que prefiero hacer una última comprobación.

20.32. Yo: Ve al baño y vuelve dentro
de treinta segundos.

20.32. Aliyah: ¿Cómo dices?

Observo cómo Aliyah se disculpa con su cita, se levanta y va hacia el servicio. Me levanto mientras cuento mentalmente para calcular el tiempo y, al pasar por su lado, el tipo atrapa mi muñeca para detenerme.

—Hola, preciosa. He visto que sigues sola. ¿Qué te parece si me deshago de mi aburrida compañía y nos vamos tú y yo? Podríamos pasarlo genial...

—Tú a mí no me tocas ni con un palo, imbécil.

Justo cuando voy a tirarle el contenido de mi copa a la cara, aparece Aliyah, que ya lo ha oído todo.

—Deja, Candy, ya lo hago yo. —Coge el cóctel de mi mano y, en lugar de lanzarle el líquido al rostro, se lo arroja a la bragueta.

—¡¿Qué haces, loca?!! —Se levanta de golpe, tirando la silla en el proceso.

—Parece que el aburrimiento te ha hecho mearte encima, capullo —le dice Aliyah—. Vámonos, Candy. En realidad, no me estaba gustando nada este tío. Demasiado pedante y, para colmo, un *pichafloja*.

Muy dignas nosotras, nos cogemos del brazo y salimos a la calle. Tras doblar la esquina, primero nos reímos un rato, pero, después, la expresión risueña de mi amiga se vuelve apesadumbrada.

—Lo siento, Aliyah —le digo—. Yo... no pretendía fastidiarte la noche...

—No tienes que disculparte —me interrumpe—. Tú no has hecho nada malo. Como no te culpe por estar tan buena...

—¡Anda, tonta! —La hago detenerse en mitad de la acera, y, mientras hablamos, nos aislamos de las luces, los sonidos, de la gente que empieza a salir de fiesta y de los altos edificios iluminados que se erigen majestuosos al final de la calle arbolada—. ¡Que no vaya a darte un bajón por semejante gilipollas!

—¡Pero es cierto, Candy! —insiste—. A los diecisiete eras mona, pero, como el buen vino, has mejorado con los años. Eres alta, con ese pelazo castaño dorado, esos ojos verdosos, esos labios que hasta a mí me apetece besar...

—Cuando quieras. —Le doy un rápido beso en los labios y después suspiro—. Me ves con demasiados buenos ojos, Aliyah, porque yo te veo a ti más guapa, con tu melena oscura y ondulada, tus ojos azules... Creo que has descrito de una forma bastante rimbombante mi pelo y mis ojos marrones.

—Porque en tu caso —me corta—, tu físico es potenciado por el brillo que desprendes. Se te ve tan fuerte, tan independiente, tan segura de ti misma...

—Pura fachada, Aliyah, y tú lo sabes mejor que nadie.

No hace falta que le recuerde a mi amiga mi infancia difícil por perder a mis padres con trece años, el tiempo que pasé sin hablar o las cicatrices que tengo repartidas por mi cuerpo debido a las autolesiones.

—Quién lo habría dicho, ¿verdad? —me señala con una mueca—. Quién iba a habernos dicho a los dieciséis que ibas a ser tú la que solo quisieras ligues de una noche y que yo me iba a dedicar a buscar novio.

Río porque tiene razón. Durante la adolescencia, ella fue la parte loca, la que buscaba las fiestas o emborracharse, mientras que yo aportaba la sensatez y bastante inseguridad. Las cosas han cambiado porque, sobre todo, yo he cambiado. O porque tuve que cambiar.

—¿Qué te parece —le digo para cambiar de tema— si nos vamos tú y yo solas a algún bar, simplemente a beber? Sin hombres ni ligoteos.

—Me parece genial —me responde mientras para un taxi.

Una vez ocupamos el vehículo, Aliyah me abraza y me da un sonoro beso en la mejilla.

—Tienes que hacerte un perfil en Tinder —me dice resuelta—. Así, la próxima vez podríamos tener una cita doble.

—¿La próxima vez? —le pregunto alucinada—. ¿Todavía te han quedado ganas de más citas?

—¡Pues claro que sí! ¡Puedo tener al amor de mi vida deambulando por ahí! ¡Y no va a venir a buscarme a casa!

—Ay, Aliyah...

—Y lo mismo para ti, que llevas demasiado tiempo sin novio.

Bufo y pongo los ojos en blanco. Cualquier cosa para disimular el daño que todavía me hace esa palabra: *novio*.

Capítulo 2

Cuando empiezo mi turno de nuevo en el hospital, me dirijo en primer lugar en busca de Josh, el responsable de enfermería, encargado de pasarme el listado pertinente con los pacientes ingresados o en espera tras el triaje. Pero, en lugar de hacerlo él, es Erin, una de las enfermeras más jóvenes, quien me entrega la tableta.

—Tienes aquí de nuevo a la señora Stillman —me comunica—, en el box siete. Ha vuelto a caerse de una silla al intentar colgar unas cortinas. Una vecina ha llamado a una ambulancia al oír sus gritos por el patio.

—¿Otra vez? —Suspiro mientras echamos a andar hacia dicho compartimento—. Le he dicho mil veces que no se suba a ninguna parte, que tiene los huesos muy frágiles...

Abro las cortinas y me encuentro a la anciana tumbada en la camilla, sujetándose una muñeca que ya puedo ver hinchada. Al verme, su cara se ilumina.

—Buenas noches, señora Stillman. —Intento que no suene demasiado a reproche—: ¿Cuántas veces le he dicho que, si necesita ayuda, la pida? No puede ir subiéndose a sillas a sus ochenta y siete años. —Compongo una sonrisa traviesa—. Aunque aparente muchos menos.

—¡Doctora Howard! —me saluda con su voz cantarina—. He preguntado por usted, pero me han dicho que no había llegado todavía, así que he preferido esperarla.

—¿Esperarme? —Miro a Erin—. ¿Aún no se le han hecho las radiografías pertinentes?

—Se ha negado en redondo, doctora —se defiende la enfermera.

—¿Y eso por qué? —le pregunto a la mujer.

—Porque usted es mi médica —me dice con seguridad—, y yo solo me fío de mi médica.

—Está bien. —Le sonrío porque es algo habitual, sobre todo en pacientes mayores, que se sienten más seguros con caras conocidas—. Pues la llevaremos ahora mismo a Radiología y, en cuanto estén las radiografías y veamos cómo están esos huesos, le pondremos una escayola y un cabestrillo en esa muñeca. Le mandaré analgésicos y reposo. Sobre todo esto último, no vaya usted a decidir redecorar ahora toda su casa.

—Lo intentaré, doctora —me dice con una sincera sonrisa que se me clava en el corazón.

—Haga algo más que un intento, señora Stillman. —Me pongo un poco más seria—. Ya van tres caídas este mes, y la próxima vez podría no oír nadie sus gritos. No debería usted vivir sola.

—Sola estoy perfectamente —gruñe, a pesar de su rostro angelical—. No necesito a nadie que me diga lo que tengo que hacer.

Dejo escapar un suspiro mientras anoto mentalmente dar parte a la dirección del hospital para que le hagan un seguimiento a esta mujer, que no dará su brazo a torcer y seguirá viviendo sola en una casa demasiado antigua. El ayuntamiento tiene un programa que incluye enviar a diferentes profesionales a pasar algunos ratos con personas mayores que viven solas, e, incluso, convencer a los ancianos de que compartan sus casas con estudiantes o jóvenes que ofrecen su compañía a cambio de una vivienda.

Por un instante, pienso en la señora Miller, mi vecina cuando vivía en Manhattan con mi hermana. A pesar de que no se pudo hacer nada por su enfermedad, Abbey y yo nos turnamos para acompañarla durante todo el proceso, para que nunca estuviese sola ni se sintiera abandonada.

Inspiro con fuerza. Todo lo que sea volver al pasado me duele demasiado.

Mientras un par de auxiliares ayudan a la señora Stillman a acomodarse en una silla de ruedas, me dirijo de nuevo a Erin.

—¿Dónde está Josh?

—Oh, está en tu sala de consulta.

—¿En mi consulta?

Sin esperar su explicación, dejo por un momento el área de Urgencias y me voy en busca del enfermero con el que trabajo cada noche codo con codo. Entro en mi despacho y parpadeo desconcertada cuando me lo encuentro con una niña que no aparenta más de cuatro o cinco años que está sentada sobre mi mesa.

—Hola, Josh —lo saludo—. ¿Quién es esta niña?

—Ella es Peyton —responde con una sonrisa—. Tiene cinco años y nos hemos hecho amigos, ¿verdad, Peyton?

La niña asiente con la cabeza mientras estrecha contra su pecho un conejo de peluche. A pesar de su expresión cauta y tímida, puedo apreciar lo dulce y bonita que es. Lleva el negro y ondulado cabello por los hombros y sujeto con una diadema de color rojo. Sus ojos también son oscuros y contrastan con su piel, tan clara que brilla bajo los focos fluorescentes del techo y le da una apariencia casi sobrenatural. Si volviera a la adolescencia, fantasearía con la idea de que puede ser la hija híbrida de un vampiro y una humana. Soy de la época de las novelas de romances oscuros y criaturas sobrenaturales, qué le vamos a hacer.

—Ella es la doctora Howard —le explica Josh a la niña—, y ahora tengo que hablar con ella un momento, ¿de acuerdo?

La pequeña se limita a asentir de nuevo con la cabeza.

Josh me aleja un poco de la mesa para poder hablarme de forma más privada, con lo que vuelve a demostrarme la gran empatía que siente siempre hacia los pacientes. Y si estos son ancianos o niños, la sensibilidad que les demuestra consigue que lo quieran de inmediato.

Como ya he mencionado, siempre tengo a Josh a mi lado, compartiendo horas y noches conmigo en esta parte del hospital desde hace un año. Tiene mi misma edad y, aunque sus padres son médicos y esperaban que siguiera con la tradición familiar, él optó por estudiar Enfermería, porque sabía que se le daban bien las personas y quería conectar todo lo posible con los pacientes.

Y, por si fuera poco, además de su trabajo en el hospital, colabora como voluntario en un albergue y con el equipo de paramédicos que cada noche recorre la ciudad en busca de personas sin hogar.

Ahora que lo pienso..., este chico es una pasada. No es que sea muy guapo, pero es bastante mono, con el cabello castaño, del mismo tono que su recortada barba, y sus amables ojos color chocolate. Es educado, atento, agradable, y siempre tiene una sonrisa y una palabra de aliento.

¡Joder, es perfecto! ¡¿Cómo no se me había ocurrido antes?!

Vale, ya utilizaré esa conclusión cuando no esté centrada en los pacientes o en saber qué diantres hace una niña tan pequeña en mi consulta. De momento, dejaré dicha información almacenada en mi memoria.

—El coche en el que viajaba con su padre se ha salido de la carretera —me explica Josh.

—No me digas que el padre...

—No, no, tranquila, no ha pasado nada, solo un susto. Simplemente, el doctor Lacey ha decidido hacerle algunas pruebas debido a la conmoción leve que ha sufrido. La niña ya ha sido visitada por Pediatría y se encuentra perfectamente.

—¿Y no habéis podido contactar con la madre o con alguien de la familia? —le pregunto mientras miro de reojo a la pequeña, que permanece callada mientras balancea sus piernas, que cuelgan desde el borde de mi mesa. Su semblante es serio y algo distante.

—Parece ser que acababan de llegar a la ciudad por un nuevo trabajo del progenitor. Eso es lo máximo que he averiguado.

Un par de toques en la puerta preceden a la aparición de Erin.

—El doctor Lacey ha tenido que marcharse a quirófano —nos comunica—. Así que te pide que eches un nuevo vistazo a las pruebas del paciente del accidente antes de darle el alta. —Me señala la tableta, donde encontraré las pruebas, los resultados y las observaciones.

—Perfecto, voy para allá. —Me giro hacia mi mesa, donde la niña sigue esperando noticias de su padre—. Ven conmigo —le indico mientras me acerco a ella—. Podrás ver a tu papá un momento para que puedas alegrar esa carita.

Pero ella solo mira a Josh.

—Vamos, Peyton —le dice el enfermero—, hagámosle caso a la doctora, ¿de acuerdo?

Le guiña un ojo y entonces sí, la cría acepta los brazos de Josh, que la baja al suelo y le da la mano. Sus ojos grandes y oscuros brillan cargados de ilusión mientras camina junto a mi compañero. Resulta patente que, en este momento, solo confía en él, algo normal si tenemos en cuenta que acaba de tener un accidente, ha visto herido a su padre y unos cuantos desconocidos la han traído al hospital.

Los tres nos encaminamos hacia el box donde ya han trasladado al padre. Justo en el instante en el que bajo la vista para leer el nombre o la edad, Josh abre las cortinas y nos encontramos con el paciente, que en este momento está terminando de abrocharse la camisa.

Él también nos mira... y casi se me caen al suelo la tableta, el fonendoscopio y el alma.

No puede ser... Después de tanto tiempo...

—¿Qué demonios...? —murmuro.

Y no, no necesito leer su nombre en ningún informe, porque lo conozco perfectamente. ¿Cómo iba a olvidar ese cabello negro y sedoso, esos ojos oscuros y misteriosos o esa piel tan clara y perfecta como el mármol? Esas facciones que, muchos años atrás, me hicieron llegar a pensar en un vampiro camuflado entre humanos... Casi sonrío ante el recuerdo de aquella adolescente que ya no existe.

—Liam... —susurro.

—Candace... —musita él.

—¡Papi, papi! —grita la niña, que se escapa de mi compañero para lanzarse a los brazos de su padre, con lo que oímos su voz por primera vez. Creo que, de alguna forma, ambos hemos agradecido esa interrupción, para poder asimilar lo que acaba de ocurrir.

—Hola, cielo. —Liam abraza a la pequeña con extremada ternura—. ¿Estás bien? —le pregunta mientras acaricia las ondas oscuras de su pelo.

Soy incapaz de apartar la vista de cada uno de sus movimientos y sigo el recorrido de sus manos, la postura de su cuerpo, la expresión de su rostro. Una especie de trance se apodera de mi entendimiento, turbada todavía por la loca idea de que tengo a Liam frente a mí.

Porque llevo seis años conformándome con soñar con él.

—Sí, papi, pero el coche está roto. —Luego frunce el ceño—. Tú tienes una herida aquí.

Aunque lleva el cabello algo más corto, un mechón de su flequillo sigue cayéndole sobre el ojo derecho, lo que seguramente ha camuflado el corte de su frente. Liam se toca y, con los dedos manchados de sangre, trata de disimular su desconcierto.

—Tranquila, cariño —le dice a la niña con una amorosa sonrisa—. No es nada. Enseguida nos iremos a casa.

Por un instante, siento una presión honda y caliente en el estómago. Mi corazón traicionero ha pensado que ese «cariño» iba dirigido a mí, porque fueron cientos, miles, quizá más, las veces que Liam se dirigió a mí de esa forma. Porque fuimos novios durante siete años; porque estuvimos juntos durante siete años; porque nos amamos durante siete años.

Y ahora, aunque ya hayan pasado seis desde la última vez que nos vimos, me es imposible evitar que una profusión de imágenes y de recuerdos invada mi cabeza. Fueron tantas cosas, tantos momentos, tanto amor...

Él también parece algo desconcertado, pero, al mismo tiempo, tengo la impresión de atisbar un leve y fugaz brillo de altivez en su mirada.

¿Se arrepentirá de lo que hizo? ¿Me considerará responsable de lo que pasó?

La culpa, a veces, es tan relativa...

—No. —Mi negación suena tan rotunda que todos los presentes clavan sus miradas en mí—. Quiero decir... que hay que desinfectar esa herida de la cabeza y cerrar con sutura.

—Yo lo haré —interviene el enfermero.

—Tranquilo, Josh, lo haré yo. Pero tendrás que llevarte a la niña de aquí mientras tanto.

—Como quieras. —Mi compañero me lanza una mirada un tanto inquisitiva, pero hace lo que le pido y coge a la pequeña de la mano de nuevo—. Vamos, Peyton. Cogeremos unas chocolatinas de la máquina del pasillo mientras la doctora cura a papá.

—Vale —sonríe la cría antes de mirar a su padre—. Ahora vengo, papi.

—Hasta ahora, princesa —le dice Liam con ternura.

Y vuelvo a sentir celos de esa niña. Y no solo por el amor que recibe de su padre, sino porque es su hija. Es hija de Liam...

¿Dónde estará la madre?

Cuando nos quedamos solos, la incomodidad espesa el ambiente. Igual que existen remedios o curas para heridas, debería haber también algún tipo de medicación o vacuna que previniese del tenso momento de encontrarte con un ex después de varios años. Sobre todo, si se trata de un ex al que has amado más que a nadie y al que nunca has llegado a olvidar.

Acerco hasta mí la bandeja con los utensilios de cura, y, después, me aproximo a Liam con cautela. Trato de que no note la fuerza con la que me late el corazón o la debilidad que siento en las piernas mientras me cambio los guantes y me acerco un poco más para observar la herida.

—Veamos qué tenemos por aquí... —murmuro al tiempo que aparto su flequillo, tratando de ignorar el temblor de mis dedos. Intento centrarme para fijar mi mirada únicamente en la herida e ignorar el resto, como su querido e inolvidable rostro, su piel tersa y clara, sus largas pestañas, los arcos poblados de sus cejas o sus perfectos labios...

Pero como mis ojos y mi mente hacen lo que les da la gana, me es imposible no pensar o hablar en mi cabeza.

«Qué guapo estás, por favor. Si con veinte años eras

un caramelo y con veinticinco un bombón, ahora que has pasado de los treinta te has convertido en una enorme tarta de chocolate. Me sigues pareciendo tan irresistible como siempre.»

Vale, trataré de ignorarme a mí misma porque, como siga así, lo siguiente será recordar que este hombre fue el primero al que besé de verdad; el primero con el que hice el amor; el primero a quien amé..., y el único.

—Así que —murmura mientras limpio el corte con yodo— ya eres la doctora Howard.

Cierro un instante los ojos al oír de nuevo su voz, tan cerca que percibo la vibración a través de su piel o su aliento en mi propia boca.

—Eso parece —respondo. Sigo centrando la vista y mis movimientos en la tarea que estoy realizando.

—Y nada menos que en el hospital de San Francisco y como traumatóloga en Urgencias, todo un logro.

—Han sido muchos años de sacrificio —le explico mientras corto los puntos con las tijeras—, y los que todavía me quedan. Tengo que trabajar en horario nocturno y comerme muchas guardias, pero estoy contenta, sí.

—Me alegro por ti, Candace.

Me sigue mirando, y yo mirándolo a él. ¿Cómo es posible? Tengo aquí a Liam, sentado en una camilla frente a mí. Casi puedo oír cada una de sus inspiraciones, el tacto de su pelo a pesar de los guantes, cada roce del tejido de su camisa, que parece chocar contra la tela de mi bata...

—¿Y tú? —Intento sonar despreocupada y banal—. ¿Hiciste realidad tus proyectos?

—Solo algunos —me responde con un tono de voz aún más grave y profundo.

Bajo la mirada cuando acabo de colocar la última de las grapas. Y entonces sí, mis ojos chocan con los suyos. Porque esto no es un cruce de miradas; es una auténtica colisión. No puede ser, yo no estaba preparada para este encuentro, para este momento. No estaba preparada para Liam. Me alejo de nuevo para tirar las gasas usadas y comienzo a ordenar los objetos que he utilizado para tener mis manos ocupadas y no verme forzada a mirarlo.

—Quién iba a decirlo —susurro mientras tanto—: Liam Taylor, con traje. ¿Ya no te dedicas a tatuar?

—No, ya no —responde—. Eso quedó atrás.

Observo sus manos y sus dedos, que siguen tatuados y que me llamaron la atención la primera vez que lo vi. Con el tiempo, pude comprobar que el resto de su cuerpo también estaba adornado con multitud de tatuajes, la mayoría relacionados con el Antiguo Egipto, algo que siempre ha fascinado a Liam.

Parpadeo un par de veces para que las imágenes del cuerpo desnudo y tatuado de mi exnovio no me colapsen el cerebro.

—Pues no hay manga de camisa lo suficientemente larga para tapar esos símbolos —le digo, sin poder ocultar un leve matiz de reproche—. ¿Ya no viajas a Egipto una vez al año, como hacías antes?

—No. —Suspira—. Ya no puedo. —Se pone de pie y comienza a colocarse la chaqueta, que combina a la perfección con el serio pantalón gris y la camisa blanca. Pero nada de ese atuendo le pega a él en absoluto.

¿Dónde están su inseparable cazadora de cuero, sus camisetas ajustadas y sus vaqueros? ¿Dónde está la negra vestimenta de la que jamás renegó?

—No viajas a Egipto, no tatúas, vistes con traje formal... Solo falta que me digas que trabajas como empleado responsable en una empresa seria y aburrida, lo que siempre odiaste.

—Las cosas han cambiado, Candace —se limita a decirme mientras termina de ajustarse la ropa.

Pero yo no cedo. El Liam que tengo delante poco tiene que ver con el Liam que yo conocí; que yo amé.

—¿Qué ha sido del chico libre y entusiasta que no se ataba a ningún trabajo? —le pregunto buscando esta vez su mirada, que se ha vuelto esquiva—. Trabajabas como diseñador gráfico pero como *freelance*, mejoraste tu técnica con los tatuajes y pensabas montar un estudio por tu cuenta, viajabas a Egipto cada vez que tenías la oportunidad...

—Mi vida ha cambiado, Candace —insiste—. Ya lo has visto, tengo una hija. Necesitaba estabilidad para ella.

—Sí, claro que lo he visto. —No he podido disimular el tono de censura—. ¿Y su madre? —le pregunto—. ¿No puede aportar ella también parte de esa estabilidad? ¿Dónde está, que no aparece?

—¿Te importa? —me responde, dejándome totalmente estupefacta.

—No, claro que no —le digo alzando la barbilla—. Es solo que... no sé nada de ti desde hace tiempo y...

—Mejor así, ¿no te parece? —me corta al tiempo que me lanza una mirada oscura y punzante.

—Sobre todo para ti —contesto tensa.

—Mira, Candace... —suspira algo más calmado—, te agradezco mucho que me hayas atendido tú, a pesar de... —No termina la frase—. De verdad, me alegro de verte y de saber que has triunfado en lo que tanto amabas. Este hospital es de los mejores y debes de sentirte muy orgullosa, tú y tu familia. Espero que Abbey esté bien.

—Sí, todos bien —respondo con cierta tensión—. Y gracias por tus buenos deseos, Liam. Yo también me alegro de verte.

Nos quedamos un instante uno frente al otro, mirándonos, sin saber qué más hacer o decir. Como si nunca lo hubiésemos compartido todo. Como si nunca nos hubiésemos confesado el profundo amor que sentíamos el uno por el otro. Como si mi mundo no se hubiese venido abajo cuando rompimos.

—Bueno —oímos decir a Josh, que viene con la pequeña Peyton, cuya carita aparece manchada de chocolate por los dulces que ha estado comiendo—, será mejor que le devuelva esta niña a su padre o acabará con las existencias del hospital.

Liam sonríe con ternura y carga con su hija en brazos.

—¿Qué pasa contigo, pequeña brujilla? —Saca un pañuelo de su bolsillo y limpia la boca de la niña con sumo cuidado—. Si luego te duele la barriga, ¿a quién le echaremos la culpa?

—A él —contesta la pequeña señalando a Josh, que ríe cómplice y le guiña un ojo.

—Menuda acusica estás hecha —bromea Liam a la vez que coloca su mano sobre la cintura de su hija para hacerle cosquillas.

La niña ríe a carcajadas, al igual que su padre, y puedo advertir el enorme parecido entre los dos. Peyton ha heredado de su progenitor el mismo color de pelo y de ojos o la blancura y tersura de su piel. Ambos parecen criaturas celestiales.

—Puedes recoger el informe en recepción —replico egoístamente para no tener que verlos tan felices a los dos—. He añadido algunas visitas de control para comprobar que todo sigue bien. Cualquier síntoma extraño, ya sabes, aquí estamos.

—Dale las gracias a la doctora y a Josh —le pide a su hija, gesto que me parece bastante cobarde por su parte, para no tener que ser él el que se despida de mí.

—Un placer, Peyton —le digo a la niña—. Y recuérdale a papá que debe volver a visitarse para que comprobemos que esa herida se haya curado.

Yo también sé actuar de forma cobarde.

La pequeña, por supuesto, ni me dirige la palabra. Le da la mano a su padre y tira de él para marcharse cuanto antes.

—Vamos, papi.

—Yo os acompaño —les dice Josh al tiempo que salen los tres del box y me quedo sola.

¿Y ya está? ¿Eso es todo? ¿Sin un «ya nos veremos» o un «que te vaya bien»?

Compruebo que mis guantes se tensan sobre los nudillos por la fuerza con la que aprieto un bolígrafo. No puede ser que, después de seis años y de todo lo que pasó, mi encuentro con Liam se haya limitado a un par de comentarios corteses, unos minutos de tensión y cero explicaciones.

¡Y una mierda, Liam!

Pero, cuando trato de recorrer la distancia que me separa de recepción, las puertas que dan al exterior se abren de repente. Varias camillas con heridos irrumpen de golpe en Urgencias.

—¡Herido con quemaduras graves! —grita uno de los paramédicos.

—¡Dos heridos más con intoxicación por inhalación de humo! —grita otro.

Todo el personal disponible corremos hacia ellos y comenzamos a dar órdenes para disponer de quirófano y todo lo necesario. Y, a partir de ese momento, mis problemas personales vuelven a encerrarse en un cuarto apartado de mi memoria.

Capítulo 3

> Por un instante tuve la absurda idea de imaginar que me subía a su espalda y echábamos a volar sobre el cielo de Nueva York.
>
> CANDACE en *Demasiado perfecto*

LIAM

La primera vez que vi a Candace fue en la escalera del vetusto edificio donde vivíamos. Yo bajaba del último piso, donde compartía apartamento con tres estudiantes más, y ella subía al segundo, donde vivía con su hermana, aunque nos cruzamos a la altura del primero.

Sí, recuerdo el momento exacto. Incluso puedo describir la ropa que llevaba puesta: unos vaqueros descoloridos, una camiseta de tirantes amarilla que dejaba a la vista su ombligo, un pañuelo en la cabeza del mismo color y una mochila morada que tintineaba por los diversos colgantes que entrechocaban entre sí. Demasiados colores para un tío que solo sabía vestir de negro.

Solo fue un segundo, un solo segundo, durante el que

me pareció oír un estallido en mi cerebro; como el choque de dos vehículos; como una gran colisión. Al mismo tiempo, el corazón me latió más aprisa y un nudo caliente presionó mi estómago.

Pero, como ya he dicho, todas esas sensaciones duraron un solo segundo, el tiempo que tardé en reaccionar, apartar la vista y seguir bajando escalones. Porque todo aquello me lo había provocado una pobre chica que iba al instituto, que vivía con su hermana y que no tendría mayores preocupaciones que sus notas, sus amigas o el modelito que luciría en el baile de fin de curso. Así que, cada vez que nos cruzábamos, me limitaba a acelerar mis pasos y a no levantar la cabeza. Mis compañeros de piso la saludaban, pero yo no.

¿Para qué iba a hacerlo? ¿Qué iba a querer una chica de esa edad, protegida y mimada, de un tío como yo, que, hasta hacía poco, se limitaba a fumar hierba, emborracharse y meterse en líos? ¿De un tipo que el único amor que había conocido había sido el de su abuela anciana y el de una hermana a la que apenas podía visitar? ¿De un tío que había perdido la virginidad con quince años y que, desde entonces, había limitado sus relaciones a encuentros sexuales rápidos y con mujeres siempre mayores que él?

Sería mejor olvidarme de ella.

Pero el destino, a veces, te la juega sin avisar.

***

Durante una de las asiduas fiestas que montaban mis compañeros de piso, decidí que ya había bebido bastante y salí a despejarme a mi retiro habitual: la azotea. Dado que vivíamos en el último piso del edificio, solo tenía que trepar por una desvencijada escalera de incendios y sentarme en el filo con los pies colgando por la fachada. Según mis compañeros, daba vértigo y bastante mal rollo estar allí arriba, pero yo me sentía genial, solo, sin más compañía que las estrellas y las sombras de los edificios que me rodeaban. No solía pensar en demasiadas cosas en aquellos ratos de soledad, aunque siempre le dedicaba unos minutos a mi abuela. Miraba al cielo, centraba la vista en alguna estrella brillante y, en silencio, le pedía perdón a la mujer que me crio: por no haber sido un buen nieto; por no haberla hecho más feliz los últimos años de su vida.

Los siguientes pensamientos solían ser para Sienna, mi hermana, a la que solo podía ver de tarde en tarde, cuando ella podía escapar del férreo control de sus padres y quedábamos en algún lugar para vernos, hablar, abrazarnos...

Y fue en aquel aislamiento cuando volví a verla, a ella, a Candace. No di crédito cuando la encontré allí, en mi balcón, inspirando el aire de la noche. En esa ocasión, llevaba también unos vaqueros, pero con un top blanco y su melena castaña suelta.

Hacía tiempo que no sentía aquella especie de euforia que me embargó. Y debió de ser por eso que actué de una forma que no era habitual en mí: normal.

—¿Tú también necesitabas un poco de aire fresco? —le pregunté desde las alturas.

Ella miró hacia arriba y pareció desconcertada, pero no le di tiempo a pensar. Quería tenerla cerca. Por una vez, dejaría de ser Liam el rarito para ser un chico de veinte años capaz de entablar conversación con una chica.

—¿Cómo has llegado hasta ahí arriba? —me preguntó algo indecisa.

—Por la escalera. Vamos, sube.

Candace subió con reticencia y me incliné hacia ella para darle la mano. Una vez arriba, la invité a sentarse a mi lado, aunque ella no parecía muy convencida.

—No dejaré que te caigas —le dije sin pensar.

Y qué bien me hizo sentir. Sobre todo, cuando me di cuenta de que ella me miraba con evidente fascinación. Por fin podía mirarla a placer, a corta distancia. Y me pareció todavía más bonita de lo que había pensado al cruzármela en el rellano.

—Perdona por no haberme presentado. Me llamo Liam.

—Y yo Candace.

«Ya lo sé», pensé. Sabía cómo se llamaba porque en un par de ocasiones había ayudado a su hermana Abbey a subir algunas bolsas de fruta para la señora Miller, nuestra vecina cascarrabias.

Sí, a veces tenía detalles de sociabilidad.

Como si nos conociéramos desde hacía tiempo y aquella no fuera la primera conversación que manteníamos en la vida a pesar de ser vecinos, ella me habló de la muerte de sus padres y yo le dije que los míos pasaban de mí. Compartimos un vaso de Coca-Cola, reímos y, para colmo de cordialidad y simpatía, virtudes de las que yo carecía, le mostré mis tatuajes cuando ella me los mencionó.

—Esto es el Ojo de Horus —le expliqué—. Y estos otros símbolos son el Anj, el Nudo de Isis, la Pluma de Maat, el Ka y el Ba, que son las dos partes del alma humana...

—¡Candy! —oímos gritar poco después—. ¿Dónde estás, Candy?

—Vaya —murmuró—. Es mi amiga Aliyah. La pobre me está buscando. Tendré que bajar ya. Debo irme a casa.

—¿Quieres que te ayude a bajar? —le propuse. Sabía que trepar por aquellos hierros oxidados, realmente, daba mal rollo.

—Te lo agradecería —sonrió. Sonrisa que me hizo sentir como una especie de héroe al rescate, algo que apenas habría sentido en la vida si no hubiese sido por la adoración que demostraba mi hermana hacia mí.

Coloqué los pies en los travesaños de la escalera, de forma que medio cuerpo me quedara todavía sobre el nivel de la azotea. Cuando Candace puso los pies en los peldaños, atrapé sus piernas y fui bajando poco a poco hasta que ambos saltamos al suelo firme del balcón. En aquel momento, mis brazos habían dejado sus piernas para pasar a colocarse alrededor de su cintura, por lo que nuestros cuerpos permanecían totalmente unidos.

«Joder», pensé. ¿Qué era aquello que me estaba pasando con aquella chica, tan joven, tan inocente? Observé sus ojos nublados, su boca entreabierta, y hasta percibí el golpeteo de su corazón contra el mío. Sabía que se sentía atraída por mí, algo que ya me habían demostrado otras mujeres. Lo extraño fue lo que sentí yo. Jamás en la vida había experimentado nada parecido.

—Antes de irme —susurró con sus manos apoyadas en mis hombros—, me gustaría pedirte un favor.

—Si está en mi mano... —murmuré todavía absorto en la visión de sus labios.

—¿Puedes besarme? —me preguntó.

Parpadeé desconcertado. ¡Por supuesto que me apetecía besarla! Pero no acababa de cuadrarme que aquella chica me pidiera un beso de una forma tan directa.

¿Sería mayor de lo que aparentaba?

—¿Cuántos años tienes, Candace? —inquirí para salir de dudas.

—¿De verdad importa eso? —susurró.

No me dio tiempo a replicarle, porque ella alzó su cuerpo y posó tiernamente sus labios sobre los míos, sin ir más allá. No supe si fue en espera de mi reacción o porque desconocía el siguiente paso.

«Parece inocente, Liam, déjala en paz. Es una cría, de la edad de tu hermana. ¡Olvídala!»

Pero Candace no era mi hermana, y ya me fue imposible parar. Abarqué su rostro con las manos y, con cuidado, abrí sus labios con los míos e introduje la lengua en el interior de su boca. Y fue tan jodidamente maravilloso besarla...

Sabía a inocencia, a algodón de azúcar, a fresa, a primera vez. Ella dudó un instante, pero, después, imitó mis movimientos con su lengua y casi me explotan el pecho y la bragueta del pantalón, porque nunca había probado algo tan dulce y erótico al mismo tiempo. Las notas de *Let Her Go*, de Passenger, que salían del apartamento, nos envolvieron y nos aislaron de la fiesta, de la gente y del mundo.

Hasta que los gritos de la amiga de Candace, que irrumpió en el balcón, rompieron aquella magia como si hubiese sido del más fino cristal.

—¡Candy, estás aquí! ¡Oh, vaya! ¡Por fin estás besando a un tío! ¡Y menudo beso! ¡Ya tienes algo que tachar en tu lista! ¡Beso con lengua conseguido!

Interrumpí el beso de inmediato, me aparté de Candace y la miré desconcertado.

—¿Qué ha querido decir tu amiga?

—¡Nada...! —exclamó, visiblemente incómoda, mientras no dejaba de mirar a la otra chica con gestos y aspavientos extraños. Estaba claro que la estaba haciendo callar.

¡Oh, claro! ¡En ese momento lo entendí! Las malditas crías de mierda habían hecho algún tipo de apuesta, tomándome a mí como conejillo de Indias.

Y nunca me habían hecho sentir peor en mi jodida vida.

—Liam, deja que te explique... —insistió Candace al ver la cara que se me quedó.

Toda la magia había dado paso a un fuerte rencor. Para una vez que me comportaba como un tío normal...

—¿Me has tomado por un experimento? —le dije con desprecio.

—¡No!

—¿Y qué tal ha resultado? —insistí con desdén—. ¿Me vas a dar un aprobado?

—¡No se trata de eso! —Parecía desesperada por explicarse—. Tengo diecisiete años y nunca me habían besado de verdad. Tú me has parecido tan...

—¿Incauto? —la corté—. ¿Estúpido? Bueno, ya me dejas más tranquilo. He formado parte del juego de un par de niñas de instituto. Espero haber dado la talla.

No quise escuchar más disculpas o explicaciones. Asqueado, entré de nuevo en el salón y, después de atravesar la multitud a grandes zancadas, fui un instante a mi habitación para coger lo que necesitaba y salí del apartamento dando un portazo. Bajé la escalera a toda velocidad y, una vez en la calle, comencé a caminar todo lo rápido que me permitían las piernas. Al mismo tiempo, introduje la mano en el bolsillo interior de mi cazadora y extraje un paquete de tabaco. Encendí un cigarrillo y aspiré con fuerza el humo, que penetró en mis pulmones. No fumaba de forma habitual, pero, en ocasiones, cuando la vida se me ponía demasiado cuesta arriba, necesitaba algo a lo que aferrarme. Algo que no fuese emborracharme hasta perder el sentido o volver a unas drogas que ya habían quedado atrás. Y lo único que lo conseguía era un cigarrillo —o unos cuantos— y mi moto.

Cuando llegué a donde la tenía aparcada, monté en ella, me coloqué el casco que había cogido de mi cuarto y arranqué. En cuanto el viento nocturno azotó mi cara, me sentí mejor, mucho mejor.

A pesar de que acabase de llevarme la peor puñalada de mi vida.

«Tenías razón —me dije—. Aléjate de las buenas chicas. Porque te pueden joder mucho más.»

***

Yo seguía siendo alguien invisible para mis padres, el hijo que pretendían olvidar; el hijo que ya habían olvidado. A pesar de que ellos disfrutaran de situaciones económicas solventes, yo debía buscarme la vida para sobrevivir. Y ya no me valía ser el camello del barrio. Eso había quedado atrás. Se lo debía a mi abuela y se lo había prometido a mi hermana. Así que, después de trabajar repartiendo pizzas, descargando cajas o lavando coches, encontré el mejor empleo al que podría aspirar: aprendiz de tatuador.

Resultaba perfecto, si se tenía en cuenta mi afición a los tatuajes y, sobre todo, a estar solo y tranquilo. Bob, el dueño, me permitía aprender el oficio, y, al mismo tiempo, podía darle rienda suelta a mi habilidad con las ilustraciones. Estudiaba Diseño Gráfico y mi sueño era... Bueno, en realidad, no me atrevía a soñar. Me conformaba con imaginar un posible futuro en el que vendería mis diseños a empresas, editoriales o redes sociales, siempre como *freelance*, porque no concebía un horario de oficina, un lugar cerrado o un jodido jefe encima de mí.

Así, mientras me sacaba un poco de pasta, practicaba tatuando y diseñando. Y el dueño, un tipo calvo, barbudo y tranquilo, me dejaba completamente a mi aire, que era lo que más me interesaba.

Uno de los sábados por la tarde en los que yo trabajaba mientras el resto se iba de fiesta, me encontraba en el estudio, ubicado en un centro comercial, observando diversos diseños que había hecho yo mismo y que podríamos añadir al catálogo. Sonaba *Boulevard of Broken Dreams*, de Green Day, en el local, cuando se abrió la puerta.

—Hola, Liam —oí que decía una voz femenina.

Alcé con rapidez la vista y miré a través del negro mechón de pelo que me cubría los ojos y que me servía para observar sin ser visto —el paraíso de los asociales como yo—, para volver a verla a ella, a Candace, la chica que me había hecho feliz y me había jodido con un intervalo de media hora.

¿Qué cojones hacía aquella flor de azúcar en un lugar como aquel?

—¿Candace? ¿Qué haces aquí? —pregunté con desinterés.

—Venía a hacerme un tatuaje —respondió con una aparente seguridad que no me creí en absoluto.

La miré durante largos segundos, evaluando su rostro, tratando de averiguar las intenciones que escondería detrás de aquella sonrisa temblorosa.

—Eres menor de edad —le dije para arrebatarle aquella alegría fingida—. Necesitas una autorización.

—Solo será uno, y pequeño.

¿De qué iba aquello?

—No —contesté sin molestarme en levantar de nuevo la vista.

—Si no me lo hago aquí, me iré a otra parte.

—Te dirán lo mismo —repuse.

—Pues buscaré en internet. Seguro que encuentro algún tatuador al que no le importe mi edad.

Aquello me alertó. No quería ni imaginar a Candace en un antro de mala muerte o con una infección que la llevara al hospital.

—No digas tonterías. Tienes que buscar un sitio que reúna las condiciones legales y sanitarias.

—Pues házmelo tú, Liam.

—Todavía estoy aprendiendo —gruñí—. Llevo poco tiempo trabajando aquí.

—Podrías practicar conmigo —insistió tozuda.

Aquel diálogo absurdo me empezó a tocar los cojones. Me puse en pie y me planté frente a ella. Antes de hablar, tuve que tragarme la conmoción que me produjo volver a tenerla tan cerca, oler su perfume fresco y observar sus bonitos ojos y su boca inocente.

¿Inocente? ¿Seguro?

—No sé qué demonios has venido a hacer aquí, Candace, pero será mejor que te largues.

—No pienso largarme. —Se cruzó de brazos.

Al final, la conversación subió de volumen y obligamos a que mi jefe tuviera que interrumpir su trabajo para quejarse.

—Estaba intentando convencer a la chica de que tiene que traer una autorización por ser menor —le expliqué.

—Eso es cierto —aseguró Bob.

—¡Y yo le he dicho que me largaré a otra parte!

El dueño no tuvo más remedio que bufar ante la insistencia de aquella cría cabezota y me propuso seguir con el protocolo.

—Maldita sea, Candace —murmuré—. Está bien, ven conmigo.

¡Tenía que quitármela de encima como fuera!

La guie hasta una de las pequeñas estancias cerradas de las que disponíamos para la intimidad del cliente y le pedí que se sentara. Lo hizo y, cuando la vi tan satisfecha, me apresuré a quitarle tanta alegría. Le expliqué que el protocolo del que había hablado Bob consistía en hacerle un dibujo con tinta indeleble que le duraría varias semanas, para que se fuera haciendo a la idea de lo que era llevar un tatuaje de por vida.

—No me enseñes más catálogos con mariposas y flores —bufó—. Quiero uno de los que llevas tú. —Señaló mi brazo derecho—. Quiero el Ojo de Horus.

—De acuerdo —accedí.

Esperaba que se le quitase de la cabeza la idea de tatuarse. Ya no tenía más ganas de discutir, así que impregné una gasa en desinfectante y la pasé por su piel. Percibí a la perfección el escalofrío que recorrió su cuerpo debido a la frialdad del líquido. O eso quise pensar.

Encendí una lámpara, coloqué sobre la mesa el estuche con diferentes rotuladores que utilizaba para dibujar y elegí uno de trazo fino. Posé la mano izquierda sobre su muñeca —que noté tibia y suave— y comencé a trazar la primera línea del contorno.

Quise concentrarme en mi tarea, pero me resultaba jodidamente difícil. Aquella penumbra, aquel silencio, aquel micromundo creado entre los dos, me estaban poniendo nervioso. Pero lo que más me inquietaba era sentir su mirada clavada en mí. Y no en mis manos, sino en mi cara.

—Deja de mirarme —murmuré sin dejar de dibujar.

Noté que sonreía.

—Y deja de reírte.

Por suerte, me hizo caso. Cambié el rotulador por otros más gruesos para sombrear el dibujo y, tras el último toque, los volví a guardar en la caja.

—Ya está —murmuré.

—Oh, qué bonito, Liam. Te ha quedado perfecto.

Lo dijo con tanta emoción que la felicidad que emanó de su rostro me llegó al corazón.

—Es un dibujo fácil —le dije con tranquilidad pero con un punto de orgullo—. Además, ya lo he hecho en muchas ocasiones.

Y siguió mirándome con adoración. Y no pude evitar sonreír ante su emoción. Pero no sé qué pasaría por su cabeza, porque, a raíz de mi sonrisa, ella compuso un semblante algo más serio.

—Perdóname, Liam, por favor.

—No hay nada que perdonar.

Por supuesto, tanta sonrisita venía a colación de aquella maldita noche. La noche en la que una niñata fue capaz de joderme hasta el punto de verme obligado a esquivarla en todo momento. En cuanto la veía o la oía, me encerraba de nuevo en mi apartamento a esperar a que bajara.

Disimulé el cabreo que me producía aquel recuerdo recogiendo y limpiando los objetos que había utilizado.

—Oh, vamos... —insistió—. Dime que es casualidad que no haya vuelto a coincidir contigo ni una sola vez.

Por supuesto, no lo era.

—Habrá sido eso —le dije, sin embargo.

—¡Qué cabezota eres! —exclamó—. ¡No te estoy pidiendo una cita, solo que me perdones y me saludes cuando nos veamos!

—Es que tú y yo nunca podríamos tener una cita —le dije todo lo cruel que me fue posible—. No me gustan las niñas, Candace.

Sus bonitos ojos castaños reflejaron tanta tristeza que yo mismo la sentí en mi pecho.

—¡No nos llevamos tantos años! —profirió—. ¿Cuántos tienes?

—Tengo veinte, chica de diecisiete.

—¡Oh, vaya, qué viejo! —dijo con mordacidad.

—A veces no se trata de la edad que tengas, sino de lo que hayas vivido —gruñí para que dejara de insistir—. El caso es que soy mayor para ti y suelo salir con chicas universitarias, más mayores y maduras que tú. —Me levanté, apagué la lámpara y abrí la cortina para invitarla a salir. La conversación se estaba poniendo demasiado seria—. Ya puedes marcharte, Candace.

—Solo pretendía que fuésemos amigos —musitó al tiempo que se acercaba peligrosamente a mí.

¡No! ¡Ya no me dejaría engañar más por aquella mirada candorosa!

—¿Por qué? —le pregunté, no supe bien sin con rencor o con amargura—. ¿Porque te parezco interesante al ser mayor y llevar tatuajes? ¿Porque eres de aquellas a las que les atraen los chicos malotes?

—Tú no eres malote —me dijo sin dejar de mirarme fijamente—. Eres muy especial, Liam. Por eso me gustas. Me gustas de verdad.

¡Pues claro que era malote! Y, por supuesto, qué novedad: una chica buena se sentía atraída por mí.

Pero Candace era algo más que una chica buena. Era inocente de verdad. Ya estaba seguro de ello.

—No me conoces de nada, Candace —sentencié—. Márchate, por favor.

Sé que se esforzó por no llorar. Lo único que hizo fue darse la vuelta y desaparecer por la puerta del establecimiento para perderse entre la gente que abarrotaba el centro comercial.

Era mucho mejor así.

Volví a ocupar mi mesa y a seguir observando láminas y dibujos. Lo de hacerse ilusiones era para otros.

Capítulo 4

Esta noche ha sido un poco más ajetreada. Además de los heridos por el incendio, ha habido infartos, heridos por arma blanca y una sobredosis, obviando, por supuesto, los casos más leves. Gracias a nuestra rápida actuación, los pacientes con quemaduras, traumatismos e intoxicación por humo se encuentran estables.

Tras lavarme y cambiarme, salgo del hospital y, en cuanto recibo la primera bocanada de aire de la mañana, los casos de la doctora Howard vuelven a quedarse dentro del edificio y dejan paso a los problemas de Candace.

Cierro los ojos en el interior del taxi, pero vuelvo a abrirlos cuando las imágenes del primer paciente de la noche vuelven a mí.

Liam.

Al llegar a casa, me deshago del bolso y de la ropa en un santiamén para lanzarme de cabeza a la ducha. Como me suele pasar en ocasiones en las que la vida se complica, mientras permanezco bajo el agua deslizo la yema de mis dedos sobre las cicatrices que aún perduran cerca de la axila o de la ingle, restos de cortes o quemaduras que me infligí yo misma durante años. Sin entender por qué, el tacto de esas marcas me produce cierta calma, como si, a través de ellas, sintiera de alguna forma la presencia de mis padres, puesto que el dolor que sentía ayudaba a paliar el dolor de su ausencia.

Pierdo la noción del tiempo mientras permanezco bajo los chorros de agua, dejando que el vapor caliente arrastre la extraña sensación que me acompaña desde que vi marcharse a mi exnovio con su hija en brazos.

Su hija.

Tras lo que me han parecido horas en la ducha, me pongo un pijama y me meto en la cama. Necesito dormir, estoy agotada, física y mentalmente. Pero, nada más sumirme en un sueño inquieto, decenas de imágenes vuelven a inundar mi mente: Liam sonriéndome desde la azotea, Liam mostrándome orgulloso sus tatuajes, Liam besándome hasta que Aliyah nos interrumpe...

«¡Candy!»

—¡Candy! ¡Candy, despierta!

Abro los ojos de golpe y me encuentro los rostros de Aliyah y de Nut frente a mí. La gata me mira con sus brillantes ojos amarillos y mi amiga sigue sacudiendo mis hombros.

—¡Vale, vale! —le digo—. ¡¿Es que no me vas a dejar dormir?!

—¡¿Dormir?! —exclama Aliyah—. ¡Si no dejabas de balbucear incoherencias! Además, son las cinco de la tarde, y no he visto ningún rastro tuyo en la cocina, por lo que debes de estar sin comer. ¡¿Se puede saber de qué te alimentas?!

—¡¿Las cinco?! —Me pongo en pie de un salto, obligando a Nut a tirarse al suelo—. ¡Joder!

Me dirijo a la cocina y pongo en marcha la cafetera. Necesito algún tipo de estimulante que me libre del montón de telarañas que envuelven mi cerebro y mis músculos.

—Tranquila, deja el drama y siéntate. —Mi amiga me

arrastra hasta uno de los taburetes de la barra—. Necesitabas descansar, Candy. Te recuerdo que pasas las noches trabajando en un hospital, nada menos que en Urgencias. Y si por las mañanas te metes en la cama del doctor Abdominator, que te regala orgasmos a punta pala...

—He visto a Liam —la interrumpo.

A Aliyah casi se le cae la taza de las manos, aunque, entre el tintineo de la cuchara contra el platillo, consigue colocarla en la encimera, frente a mí. Me la llevo a los labios y dejo escapar un suspiro de placer cuando el líquido amargo y caliente inunda mi garganta y mi estómago.

—¿Qué quieres decir con que has visto a Liam? —me pregunta con desconcierto.

—Lo que has oído —le digo después del primer sorbo—. Ha estado esta noche en Urgencias, porque había tenido un accidente con el coche.

—Dios mío... ¿Está bien?

—Sí, sí, solo tenía una conmoción leve y un par de cortes.

—Demasiado poco para lo que se merece —gruñe.

—Aliyah... —me quejo—, han pasado seis años. Pasé página hace tiempo.

—Y una mierda, Candace —se indigna. Me llama por mi nombre completo cuando quiere otorgarle más seriedad a la conversación—. Puede que hayas pasado página, pero no hace tanto tiempo.

—No te pongas en plan Abbey, por favor...

—No puedo ponerme en plan hermana porque ni siquiera a ella le contaste la verdad, Candy. Fue a mí a quien llamaste, y fui yo la que viajó hasta Boston para intentar ayudar a recomponer los pedazos que quedaban de ti.

—Lo sé...

—A Abbey le dijiste que lo habías dejado tú —me recuerda—. Que habías elegido tu carrera por encima de la relación...

—En cierto modo fue así —me defiendo—. En realidad, compaginar Medicina con una relación es algo muy complicado. Mejor así. De esa forma, me evité tener que elegir entre una y otra.

—Vale, te lo compro —suspira Aliyah—. Por eso me enorgullece tanto cuando te veo tan cambiada, tan segura. Incluso te tiras a ese colega tuyo cuando te da la gana, sin remordimientos. Que les den a los tíos. Y a Liam el primero.

—Entonces, ¿qué haces buscando novio en Tinder? —le pregunto con guasa.

—Oh, porque me he convertido en una chica muy tradicional que aspira a enamorarse, casarse y todas esas cosas. Tú eres mucho más interesante.

—¿Tener citas a través de una aplicación te parece muy tradicional? —le cuestiono con ironía.

—Si se te ocurre algo mejor, no dudes en comunicármelo —me dice con una mueca.

Y es ahora cuando surge cierta información archivada en mi cerebro, justo en el momento en que la necesito.

—¿Qué te parecería una cita a ciegas?

—¿De qué estás hablando?

—De un compañero del hospital —le explico—: Josh, enfermero, un cielo. No sé mucho de él ni de su vida privada, pero sé que está soltero, que adora su profesión y que le gustan los niños.

Aliyah primero me mira alucinada y, a continuación, suelta una estridente carcajada. Al verla, me contagia y río junto a ella. Ambas decidimos cambiar los taburetes por el sofá, para poder desternillarnos a gusto. Nut, que acababa de enroscarse, vuelve a saltar al suelo para desaparecer en mi dormitorio. Si pudiera hablar, la pobre nos llamaría locas como mínimo.

—Joder —dice entre risas—, a buena hora nos acordamos de que podría hacer algo tan normal como pedirte que me presentaras a alguien.

—Sí, menudas lumbreras —río.

—¿Está bueno? —Alza una mano—. ¡No, no me lo digas! Prefiero no saberlo. No quiero crearme falsas expectativas. Así puedo tener sueños eróticos con un desconocido sin rostro. —Vuelve a reír.

—¿Mientras estés con *Matt*? —le pregunto, todavía en mitad de la broma.

—¿Mi vibrador? ¡Pues claro! —Continúa riendo—. ¡Cómo presumes de tener amantes de carne y hueso mientras yo me conformo con uno de pilas!

—¡Todavía no me he deshecho de *Johnny*! —Río de nuevo—. ¡A mi pobre vibrador lo tuve explotado durante demasiado tiempo!

Aclaro que el vibrador de Aliyah debe su nombre a Matt Damon, actor que pone muchísimo a mi amiga. Ella, cuando está deprimida, en lugar de ver películas románticas, se traga toda la saga de Bourne entre kilos de palomitas. Y, como parece ser que a mí me gustan los tipos más oscuros, me decanté por homenajear a Johnny Depp, que me encanta. *Sleepy Hollow* sigue siendo mi peli de culto.

A pesar de las risas, la conversación me hace recordar que, tras dejarlo con Liam, no fui capaz de volver a practicar sexo con nadie durante los siguientes dos años, tiempo que dediqué a mis estudios y a las prácticas, y en el que me conformé con *Johnny*. Pero, cuando comencé la etapa de residencia, fui consciente de que necesitaba, al menos, contacto físico. Necesitaba besos, susurros, piel con piel...

Los primeros tiempos me limité a acostarme con ligues esporádicos que conocía en bares o discotecas. Pero, desde que me trasladé a San Francisco y comencé a trabajar en el hospital, mi falta de tiempo me hizo replantearme la situación. Un par de cruces de miradas con Michael y una buena noche de sexo fueron suficientes para mantener una situación que nos convenía a los dos. Sin obligaciones ni ataduras, por supuesto. Cada uno de nosotros puede acostarse con quien le dé la gana, aunque sé, por los comentarios de otras compañeras, que él cumple esa norma mucho más a rajatabla. Pero a mí me importa un comino lo que haga Mike. Ya me viene bien enrollarme con él de vez en cuando para disipar tensiones. No necesito nada más.

Seguimos riendo y riendo, hasta que, en plenas carcajadas, le lanzo a mi amiga lo que llevo clavado en el pecho toda la noche; lo que, en realidad, más me perturbó de mi encuentro con Liam.

—Tiene una hija —le suelto.

Aliyah detiene tan en seco sus risas que se atraganta y comienza a toser y toser, hasta que los ojos se le llenan de lágrimas.

—No jodas —dice cuando recobra el habla—. ¿Cómo lo sabes? ¿Te lo ha dicho?

—Estaba con él —le explico—. Se llama Peyton y tiene cinco años.

—Joder, no tardó mucho en rehacer su vida, por lo que veo. —Compone una mueca de desdén—. Al poco de vuestra ruptura ya estaba haciendo hijas por ahí.

—Ya... —musito.

Yo también he hecho los cálculos. En cuestión de unas semanas como mucho, ya me había olvidado, algo que yo no he conseguido todavía con él.

—¿Y la madre? —me interroga—. ¿La has visto también?

—No —suspiro—. Estaban solos los dos. Ni siquiera la han mencionado. Creo que acaban de llegar a San Francisco por algún tema de trabajo.

—¿Estás segura de que es suya? —me pregunta Aliyah—. A ver si va a ser de algún amigo o...

—Lo llamaba «papi» —la interrumpo—. Él ha dicho que es su hija, y, por si fuera poco, son como dos gotas de agua.

—Lo siento —suspira—. Sé lo que debe de afectarte ese hecho... Ven aquí, Candy —me dice antes de abrazarme, colocar mi cabeza en su pecho y acariciar y besar mi pelo—. ¿Qué vas a hacer? —inquiere—. Te conozco y sé que necesitarás hacer algo.

—Ya he reservado un vuelo a Nueva York para mañana —le digo, todavía abrazada a ella—. Solo un día, un viaje relámpago.

—Vale —suspira de nuevo—. ¿Qué te parece si, mientras tanto, hacemos lo que tanto nos gustaba hacer en nuestra etapa del instituto?

Sé perfectamente a qué se refiere.

—¡Sí! —exclamo—. ¡Voy ahora mismo!

Con rapidez, corro hasta mi dormitorio, busco en uno de los cajones de mi cómoda y extraigo un maletín de maquillaje que, en su momento, nos regaló Abbey. Durante nuestra adolescencia, mi hermana nos sorprendió más de una vez utilizando sus cosméticos, aunque nunca me recriminó nada.

—Ya estoy aquí —le digo a Aliyah antes de sentarme en el sofá con las piernas cruzadas sobre los cojines.

—Pues venga, a maquillarnos la una a la otra —sonríe mi amiga en el momento en el que abre el maletín.

Esta vez, mi gata nos encuentra más tranquilas, por lo que, con uno de sus ágiles saltos, se coloca en mi regazo y se acomoda con un suspiro gatuno. Mientras Aliyah extiende la base de maquillaje por mi rostro, yo acaricio el negro pelaje de Nut.

Capítulo 5

Tras aterrizar en el John F. Kennedy, con solo una mochila al hombro, no puedo evitar una carcajada cuando me encuentro a la persona que me espera con un letrero en sus manos. Una mezcla de diversión y ternura me invade, porque sé que lo hace por lo orgulloso que se siente de mí.

CANDACE HOWARD
DOCTORA EN MEDICINA

—¿Crees que no te voy a reconocer? —le pregunto con sorna a mi cuñado, el marido de mi hermana, casi mi hermano.

—Por si acaso —bromea antes de abrazarme con ternura—. Bienvenida, Candace.

—Hola, Nathan. —Yo también lo abrazo con fuerza y me siento reconfortada cuando hundo el rostro en su hombro, en la tela de su camisa, e inhalo el aroma que me dice que estoy en casa, con alguien a quien quiero y que me quiere.

Como si fuera posible no reconocer a este hombre. ¡Aunque estuviese rodeado de cientos de personas!

Deshago el abrazo y observo el atractivo rostro de

Nathan O'Brien. El sol de la mañana le arranca una multitud de destellos dorados a su rubio cabello y hace brillar con fuerza el prístino azul de sus ojos. Parece que ya revolotean un par de canas por su pelo, pero, a sus cuarenta y cinco años, me sigue pareciendo el rostro masculino más hermoso que he visto en mi vida.

Bueno, tal vez haya otro que le haga un poco la competencia, pero lo descalifiqué hace años de la competición.

—¿Qué tal estás? —me pregunta tras ponernos las gafas de sol y caminar hacia el taxi—. ¿Has tenido un mal momento?

—Más que malo, diría... intenso, perturbador. Estaba bastante tranquila y, con esto, me he descentrado un poco.

—Pues, si te parece —me dice Nathan cuando el vehículo se pone en marcha—, intentaremos que te centres de nuevo. Supongo que no le has dicho nada a Abbey...

—No. —Suspiro mientras observo por la ventanilla cómo vamos dejando atrás la autopista y atravesamos Queens, Brooklyn y todas las avenidas principales. Sé que Nathan lo hace para que disfrute un poco más de Nueva York y de las calles que forman parte de los recuerdos de mi infancia—. Pero no te preocupes, porque luego iré a verla.

—Más te vale. —Compone una mueca—. Y espero que puedas ver a las niñas también.

—Seguro que sí —sonrío.

Cruzamos el puente de Brooklyn para adentrarnos en Manhattan y detenernos frente a un moderno edificio de la Primera con la Ochenta y ocho. Lo reconozco y sé lo que alberga en las primeras plantas porque ya he estado aquí.

No, no es la primera vez que hago un viaje relámpago a Nueva York después de llamar a Nathan y decirle que no estoy bien, sin comentarle nada a mi hermana y sin explicarle a él los motivos. Mi cuñado nunca pregunta. Él se limita a ayudarme, porque ya me ofreció su apoyo desde el día en que nos conocimos.

«Cada vez que necesites mi ayuda, llámame», me dijo.

Y lo tomé al pie de la letra, porque lo sigo haciendo a pesar de estar en la otra punta del país. Y de su ofrecimiento hace ya trece años, cuando yo tenía diecisiete y Nathan descubrió que me autolesionaba, haciéndome cortes o quemándome con un mechero, debido a la tristeza que me había ocasionado la muerte de mis padres. Fue capaz de adivinarlo porque, según me explicó, él había sufrido *bullying* en su infancia por ser gordito y llevar gafas, y también pasó varios años recurriendo a las cuchillas o los mecheros.

Reconozco que sigo manteniendo las visitas con mi psicólogo, no voy a avergonzarme a estas alturas por admitir que necesito terapia y la necesitaré siempre. Pero lo que Nathan me ofrece suele ser algo más rápido y fulminante, como una terapia de choque.

El lugar al que estamos accediendo es un gimnasio que dispone de una sala con sacos de boxeo. Tras cruzar las puertas, Nathan y yo saludamos a los recepcionistas y nos encaminamos cada uno a nuestra zona de vestuarios. En cuestión de dos minutos volvemos a encontrarnos, ya cambiados. Él lleva un pantalón de chándal y una camiseta blanca y yo me he puesto unos *leggings* de color gris y un top rosa de algodón. Nathan me ayuda a ponerme los guantes y, a continuación, se coloca justo detrás del saco para sujetármelo. Suelto el primer golpe.

—¿Esa es toda tu fuerza? —me incita—. A ver, Candace, ¿dices que algo te ha perturbado y descentrado?

—Sí. —Doy otro golpe.

—¿Algo o alguien?

—Alguien. —Suelto un tercer puñetazo algo más fuerte al pensar en Liam.

—¿Alguien del pasado? —me pregunta.

—Sí —vuelvo a contestar. Y vuelvo a golpear.

—Y ese alguien del pasado, ¿te hizo daño en su momento?

—¡Sí! —exclamo. Concentro mi furia en mis manos y golpeo con saña.

—Y, supongo que, cuando ha reaparecido, no te ha hecho sentir mejor.

—¡Me ha hecho sentir como una mierda! —Golpe con la derecha; golpe con la izquierda.

—Pues, aunque sea con el pensamiento, dile lo que deberías haberle dicho. ¡Imagina que esa persona es este saco!

—¡Que te jodan! —grito al tiempo que mis puños vuelven a estamparse en la lona—. ¡Que te jodan, que te jodan!

«¡Que te jodan, Liam! —pienso—. ¡Por aparecer ahora, por lo que me hiciste hace seis años, por hacerme sentir culpable de algo que hiciste tú...!»

—¡Más fuerte, Candace! ¡Fija los pies en el suelo!

Me duelen los brazos y estoy empapada en sudor, pero ahora mismo no habría fuerza humana que me parase.

«¡Vete a la mierda, Liam! —pienso de nuevo mientras me desquito contra el saco—. ¡Por tener una hija con otra! ¡Por tener una hija de casi la edad del tiempo que hace que rompimos! ¡Por olvidarme así de fácil! ¡Por conseguir que yo no te olvide!»

Flexiono los brazos, mantengo rígidas las piernas, tenso la cintura, golpeo, golpeo, golpeo... y pierdo la noción del tiempo.

—Basta, Candace —me detiene Nathan un tiempo indefinido después—. Para o te harás daño.

Tardo en comprenderlo y en hacerle caso. Mi cuerpo

está bañado en sudor, lo mismo que mi ropa y mi pelo. Cuando paro, mi respiración todavía sigue acelerada y noto un dolor lacerante en cada uno de mis dedos.

—Y ahora —me dice mi cuñado al tiempo que me quita los guantes—, te das una larga ducha. No te preocupes por el tiempo, te esperaré fuera.

Instantes después, me encuentro bajo el chorro del agua. Cierro los ojos y dejo que el vapor me envuelva durante minutos, hasta que vuelvo a ser consciente de mi propio cuerpo. Me seco, me visto y salgo a la calle, donde Nathan me espera hablando por teléfono. Aunque cuelga nada más verme.

—¿Trabajo? —le pregunto mientras él detiene un taxi.

—No, era Abbey. La he pillado en una pastelería, donde está encargando la tarta de Olivia.

—Ya sé que su cumpleaños es dentro de dos semanas —sonrío ya dentro del vehículo—. Y pienso volver. ¿Le has dicho que estoy aquí?

—No, le daremos una sorpresa —responde con su sonrisa más canalla, la que volvió loca a mi hermana y bajaba las bragas de cualquier mujer.

Y lo sigue haciendo...

Nos apeamos frente a un precioso local del East Village, en cuya puerta destaca un bonito rótulo de color rosa con el nombre del establecimiento: SWEET MANHATTAN. Una inusitada calidez cubre mi corazón cuando diviso a mi hermana, que está observando un catálogo de tartas junto a una joven pelirroja. El sonido de la campanilla de la puerta le hace levantar la vista de las coloridas fotografías. Una sonrisa de felicidad ilumina su rostro.

—¡Candace! —grita justo antes de que nos fundamos en un abrazo. Hablamos mucho y nos vemos en pantallas, pero hace varios meses que no nos abrazamos, y eso... se acaba echando mucho de menos; muchísimo—. ¡¿Qué haces aquí?! ¡Por Dios santo! ¿Por qué no me has dicho nada?

—Solo ha sido un viaje relámpago, Abbey. Hoy mismo me vuelvo a San Francisco.

—¡¿Hoy?! —exclama perpleja.

Observa mi pelo húmedo y mi atuendo sencillo, lo mismo que mi ligera mochila de viaje. Mira de reojo a su marido y después suspira. Sé que lo sabe, pero nunca pregunta nada. Prefiere darme mi espacio.

Finalmente, se dirige a Nathan.

—Hola, cariño. —Ambos aproximan sus rostros y comparten un beso, suave y tierno, pero que destila el gran amor que se profesan—. ¿Vienes a ayudarme a elegir la tarta de nuestra hija pequeña?

—Uf, me encantaría, pero tengo mucho trabajo. —Suena bastante a excusa, pero seguro que su puesto de ejecutivo en una gran multinacional le exige muchísimo—. Que tengas un buen viaje de vuelta. —Me abraza y se marcha, dejando tras de sí la estela de su perfume, su belleza y su carisma.

—En fin... —suspira Abbey—, ¿puedes quedarte tú, al menos?

—Claro que sí —sonrío—. Sobre todo, si me invitas a un pedazo de tarta, de esas que tienen tan buena pinta.

—Podéis sentaros a una de las mesas —nos señala la chica pelirroja con una afable sonrisa.

—Oh, ella es mi hermana, Candace —me presenta Abbey—. Y ella es Brooklyn, una de las propietarias de este bonito establecimiento. Lo encontré hace un par de años por internet y, desde entonces, les encargo a ellas las tartas de cumpleaños. Son preciosas y están buenísimas.

—Hola, Brooklyn —la saludo.

—Gracias, Abbey —sonríe ella—. Encantada, Candace. Os dejo con el catálogo y ahora mismo os sirvo.

—Me suena la cara de esta chica —le digo a mi hermana una vez solas—. ¿Puede ser que la conozca de algo?

—Tal vez —me susurra de forma confidencial—. Es la hija del gobernador Edwards y está casada con el concejal Reed, un exmarine. La habrás visto en alguna publicación sensacionalista, aunque ella suele ser muy discreta y, si le preguntas, se hace la despistada.

—Será por eso, entonces. —Callamos cuando la aludida nos coloca dos tazas de chocolate y dos porciones de tarta con nata y fresas naturales que me hacen la boca agua.

—¿Todo bien? —me pregunta Abbey de forma despreocupada.

—Más o menos —respondo a la vez que paladeo la exquisita nata.

—El trabajo... —tantea.

—Va bien, tranquila. —Al cabo de unos segundos decido que, aunque no dé más explicaciones, debo contárselo a mi hermana. Unas horas dando puñetazos me han dejado bastante más relajada—. Hace un par de noches vi a Liam.

Detiene su taza en el aire.

—¿A Liam? ¿Tu Liam? Quiero decir...

—Sí, a ese. ¿Qué Liam va a ser?

—¡No sé! ¡Me has pillado desprevenida! Después de tantos años... Y ¿qué tal? ¿Hablasteis?

—No mucho, la verdad —señalo—. Estaba con su hija de cinco años.

—¡Cinco años! —exclama a punto de escupir un trozo de fresa—. Y yo que pensaba que lo habías dejado destrozado...

«Eso es lo que te hicimos creer.»

—Pues parece que no tanto. —Compongo una mueca.

—¿Está casado? ¿Divorciado? ¿Vive en pareja...?

—No tengo ni repajolera idea —respondo tras darle un sorbo al delicioso chocolate.

—Pues yo habría hablado con él —me sugiere.

—¿Para qué? —le planteo—. No necesito saber de su vida.

Lo único que conseguiría es hacerme daño, revivir lo nuestro una vez más, hacerme las mil preguntas que me llevan obsesionando seis años...

No, no necesito nada de eso.

—Según tú —alude Abbey—, lo vuestro ya hacía aguas por todas partes y decidiste elegir tu carrera por encima de problemas amorosos. Si es así, ¿por qué no charlar con él como viejos amigos? Si no te perturba hablar con él..., ¿qué más te da?

Qué maja es mi hermana. Cómo me pincha. ¿Se olerá algo? ¿Sabrá lo que pasó en realidad?

—Visto así... —musito.

Pero, por nada del mundo, pienso charlar con él, ni como viejos amigos ni como nada.

Nos despedimos de Brooklyn y cogemos un taxi hasta la casa de mi hermana, aunque yo la sigo considerando mi casa, aquella que Nathan compró con un ala independiente pensando en mí, una chica de diecisiete años que necesitaba privacidad. Abrazo con fuerza a mis sobrinas, Isabella y Olivia, que saltan y parlotean a mi alrededor y me hacen sentir tan querida.

—¡Tía Candace! —grita la más pequeña—. ¡Tienes que venir a mi cumple!

—Por supuesto, cielo.

Tengo la suerte de coincidir en la casa con Shane, el hermano de Nathan, su mujer, Summer, y sus dos hijos pequeños, a los que considero también mis sobrinos. Si Nathan es como mi hermano, su familia es también mi familia.

Tras despedirme de todos ellos, con una gran congoja en el corazón, vuelvo a cruzar el país en avión. Durante el trayecto, no puedo evitar darle unas cuantas vueltas a la cabeza con las preguntas de Abbey.

¿Estará Liam casado o divorciado? No llevaba anillo ni le observé marca alguna. Aun así...

¡Mierda! ¡Maldita curiosidad!

Curiosidad o ganas de saber de él. Porque debo reconocer que me duele en el alma que consiguiera rehacer su vida tan pronto después de mí.

Capítulo 6

No entiendo a la gente cuando se toma la libertad de pensar lo que sería mejor para ti. ¡Pregunta primero, joder!

Candace en *Demasiado perfecto*

Liam

Abrí la puerta del apartamento y una ráfaga de ternura me invadió por entero: era el abrazo inesperado de mi hermana.

—Sienna... —musité mientras me dejaba envolver por su calor y sus besos—, ¿qué haces aquí?

—¿Así es como recibes a tu hermana? —Compuso un mohín—. ¡He venido a verte desde Los Ángeles!

—¿Cómo has podido hacerlo? —le pregunté desconcertado mientras la invitaba a entrar en la vivienda. Nos dirigimos a mi habitación y dejó sobre mi cama una pequeña mochila.

—Me he inventado un viaje con el instituto. —Se encogió de hombros—. He falsificado los correos y un par de amigas me han cubierto. —Puso los ojos en blanco—. A cambio de que les envíe alguna fotografía tuya, por supuesto. Te has convertido en su *crush*.

—Pero ¡¿cómo se te ocurre tanta artimaña?! —exclamé preocupado—. ¡Si tus padres se enteran...!

—*Nuestro* padre —recalcó el posesivo— y mi madre están demasiado ocupados como para investigar mis movimientos. Además, hace ya mucho tiempo que dejaste de existir para ellos. No creo ni que sospechen nada parecido.

Que no existía para mis padres era algo que ya sabía desde mi más tierna infancia.

Cerré las manos con fuerza. Mi hermana me hablaba de falsificaciones y mentiras, todo para poder verme y que sus padres no se enteraran. Entendía que yo no fuera la mejor compañía para Sienna, pero prohibirle verme... me parecía demasiado cruel.

¡Éramos hermanos! ¿No tenían bastante, sobre todo mi padre, con ignorarme?

—Vamos, Liam, deja de echarme la bronca y aprovechemos el día. ¿Vamos a dar una vuelta y a tomar un helado? ¡Invito yo! ¡Que paguen los señores Taylor! —se carcajeó.

Paseamos por Central Park y pasamos una tarde genial: nos comimos un enorme cucurucho de helado, escuchamos a músicos callejeros, nos fotografiamos junto a la estatua de *Alicia en el país de las maravillas* y compramos comida para llevar en el Whole Foods, en Columbus Circle. Regresamos después a mi apartamento, donde, después de saludar a mis compañeros de piso, nos tumbamos en mi cama para seguir hablando y hablando. En realidad, era Sienna quien parloteaba sin cesar, hasta que, ya de noche, acurrucada en mi hombro, emitió un sonoro bostezo y se quedó dormida.

No quise ni moverme para no molestarla. Ni siquiera encendí ninguna luz. Así que, como yo no acostumbraba a dormir tan temprano, me entretuve en mirar un rato el móvil, cuya pantalla se convirtió en la única iluminación de la estancia.

Fruncí el ceño cuando oí unos toques en la puerta. Aunque mi desconcierto fue mayúsculo cuando me encontré con Candace asomada por el resquicio.

—Yo... —titubeó—. Lo siento. No sabía que tuvieses compañía.

Pude sentir en cada uno de mis huesos la tristeza y la decepción que embargaron a Candace. Sabía perfectamente el daño que le había ocasionado verme en la cama con una chica, por lo que lo normal habría sido aclararle la situación y sacarla del error.

Pero allí no había nada normal, empezando por mí. Lo mejor era que creyese lo que estaba viendo, ni más ni menos.

—Te lo dije, Candace —señalé—. No sabes nada de mí. —Abracé un poco más a mi hermana, comportándome de esa forma como un cabrón cobarde—. Y cierra la puerta al salir. Qué difícil es tener intimidad con tanta gente, joder.

Cuando cerró la puerta, me sentí el ser más despreciable.

—¿Qué ocurre, Liam? —farfulló mi hermana al removerse.

—Nada, preciosa, nada. Sigue durmiendo.

***

Como siempre, el tiempo pasado con mi hermana se me hizo condenadamente corto. Tres días más tarde ya tenía un taxi en la puerta y yo la ayudaba a bajar sus cosas.

—Te echaré de menos, Liam —me dijo con un abrazo que me rompió el alma.

—Yo también, preciosa.

Todavía con la mejilla apoyada en el hombro de Sienna, abrí los ojos y volví a encontrármela de nuevo, a ella, a Candace. Era como si el destino se empeñase una y otra vez en demostrarle que lo mejor era que se olvidase de mí.

Acabé de despedirme de mi hermana mientras observaba de reojo cómo Candace pasaba por nuestro lado a toda prisa para acceder al portal y subir hasta su apartamento. Cuando el taxi desapareció entre el tráfico, una extraña tristeza se apoderó de mí.

¿Qué hacía causándole tanto daño a aquella chica?

¿A qué venía el numerito del chico malote que se las tira a todas?

¿Por qué no asumía de una jodida vez que tanta gilipollez se debía a que Candace me gustaba demasiado?

¿Por qué no tenía los suficientes huevos para decírselo?

Asqueado conmigo mismo, me dejé caer sobre la pared del edificio y encendí un cigarrillo mientras ignoraba a la gente que caminaba por la acera. Sienna se había marchado de nuevo y yo mismo me había encargado de ahuyentar a la única chica que había sido sincera conmigo. Me merecía estar solo.

Un ligero escalofrío trepó por mi nuca. Levanté la vista y volví a encontrarme con Candace. Ella, al verme, primero dio la impresión de querer darse la vuelta, pero luego levantó la barbilla y pasó por mi lado como si fuésemos simples vecinos.

—Hasta luego, Liam —me saludó antes de seguir caminando.

O la dejaba marchar y me convencía de que aquello era lo mejor para ella, o dejaba de ser un cobarde y admitía de una vez que esa chica era lo mejor que me había pasado en mucho tiempo. Eché a correr tras ella y me puse a su lado.

—¡Candace, espera!

—Tengo prisa —me dijo sin aminorar la marcha.

—Por favor...

Solo con mi súplica se detuvo.

—¿Qué quieres, Liam?

—Yo...

Ahora que la tenía delante no me salían las palabras, así que ella habló por mí.

—Tranquilo, no hace falta que me expliques nada. Siento haber irrumpido en tu habitación sin haber sido invitada. Aunque, en realidad, fue mejor que me enterase de que tenías novia, o un rollo, o lo que sea. Más que nada, para no seguir haciendo el ridículo.

—¿Vas a dejarme hablar, Candace...?

Ella siguió con su retahíla acerca de haber sido sincero con ella. Tenía que decir algo para que dejase de creer que la ignoraba porque no me gustaba.

—Si has acabado —bufé—, me gustaría hablar a mí. Porque ninguna de las dos cosas que has dicho es cierta.

—¿Qué dos cosas?

—La primera, que Sienna no es mi novia.

—Oh, claro, supongo que tú, el misterioso chico tatuado, no tienes novias. Llamémosla rollete, amiga con derecho a roce, polvo eventual...

—Es mi hermana —la interrumpí.

—¿Tu... hermana? —respondió atónita.

Aquello ya no podía quedar así. Candace se merecía una explicación.

Le pedí que me acompañase a un lugar más tranquilo para hablar. No sé si de forma inconsciente, alargó la mano y la enlazó con la mía. Un gesto simple que me hizo sentir mejor que nunca.

Nos sentamos en un banco cubierto de grafitis y me encendí un cigarrillo. Abrir mi alma y compartir mis sentimientos era algo que no solía hacer muy a menudo. En realidad, nunca.

Le hablé de Sienna, de cómo sus padres le prohibían

verme, de mi pasado, de mi abuela, de cómo mis padres pasaron siempre de mí. Pero recalqué que lo único que me cabreaba era que me impidiesen ver a mi hermana.

—¿Y cuál era la otra cosa que no era cierta? —me preguntó.

Ahí había llegado el momento de dejar de mentir y de hacer sufrir a la persona que menos lo merecía. Al menos, le debía un poco de sinceridad. Hundí los dedos en mi cabello y la miré a los ojos.

—Que no me gustas —confesé.

Le revelé que me había fijado en ella desde la primera vez que nos cruzamos en la escalera del edificio. Que flipé cuando la encontré en el balcón la noche de la fiesta. Que me gustaba desde el principio.

—Pero ¿por qué no me decías nada? —me preguntó desconcertada.

—Supongo que te veía tan joven, tan despreocupada, tan... protegida...

—Y supongo que pensaste que un tipo tan malote como tú podría corromper a la pobre chica.

Sonaba estúpido, pero era la verdad.

Mientras no dejaba de quejarse, aferré su muñeca y le di la vuelta para contemplar el dibujo que yo mismo le había hecho. Reseguí el contorno con la yema de los dedos, deleitándome en la suavidad de su piel. Pero no me conformé con eso. Acerqué la muñeca a mi boca y posé mis labios sobre aquella sensible zona. Percibí perfectamente el latido de su pulso bajo mi piel. Un segundo después, la miré a los ojos. No me salían las palabras para disculparme, tanto por lo que estaba haciendo como porque un chico como yo intentara algo con una chica como ella.

Y Candace lo entendió a la perfección, porque su respuesta no pudo ser más sorprendente a la vez que convincente. Me habló de sus visitas al psicólogo, de sus autolesiones a raíz de la muerte de sus padres; de que sentía tanto dolor que solo podía mitigarlo si se lo infligía a sí misma; de sus meses de silencio; de sus cortes y quemaduras.

—Te lo cuento para que no te creas el único rarito del mundo —me dijo con total tranquilidad.

—Ahora me dejas más tranquilo —reí.

Nos intercambiamos los números de teléfono y le ofrecí mi apoyo y mi ayuda. Ella me pidió algo a cambio.

—Quiero el beso que me debes. Porque el que me diste fue a parar a una absurda lista. Quiero uno de verdad, uno para mí.

—El que te di fue de verdad —gemí antes de tomar su rostro entre las manos y lamer sus labios con sabor a miel y a inocencia.

A pesar de aquel candor que percibí, no fui capaz de detenerme y abrí su boca para introducir mi lengua y enredarla con la suya. Y casi me vuelvo loco. Profundicé el beso, saboreé cada rincón de su boca, introduje las manos en su pelo y ella enredó las suyas en el mío, la abracé, la toqué...

—Lo siento —gemí tras apartarme de golpe.

Ella creyó que era porque me había excitado. Y, sí, eso era parte del motivo, pero no todo. Había sentido algo muy fuerte que me había asustado. Por supuesto, no llegué a confesarle algo que todavía no entendía yo mismo.

—Oye, Liam, ¿te gustaría tener una cita conmigo?

Le respondí con fastidio. Yo no tenía citas con chicas. O echaba un polvo o estaba solo. Pero ella tiró de mi mano y me arrastró hasta el metro. Después corrimos hasta un lugar que yo desconocía que existiera: un local donde podías romper vajillas, cristalerías y toda clase de objetos rompibles contra una pared de ladrillo. Rompimos, gritamos, reímos, hasta quedar agotados.

Una vez en nuestro vetusto edificio de nuevo, la dejé

delante de la puerta de su apartamento y empecé a subir escalones en busca del mío para que no nos cotilleara la señora Miller. Pero ella corrió hasta mi altura, aferró las solapas de mi cazadora y me plantó un beso en los labios, rápido pero intenso.

No quería hacerme ilusiones. No pretendía tener sueños. Pero deseaba seguir viendo a Candace.

¿Se me concedería, al menos, eso?

Capítulo 7

—¿Doctora Howard? ¿Cómo usted aquí por la mañana?

Estoy cerrando la puerta de mi consulta cuando me
asalta Lucille, una de las administradoras del hospital. A
pesar de que iba, como siempre, consultando su tableta,
ha logrado verme por encima de las pequeñas gafas que
se sostienen en la punta de su nariz y que asegura a su
cuello con un cordón de colorines. Nos sigue desconcertando a todos ese detalle jovial en una mujer tan seria y
discreta.

—Buenos días, Lucille —la saludo con una sonrisa
que exagero bastante—. Solo tenía un poco de trabajo
administrativo y necesitaba revisar algunas notas en el
ordenador.

—Pero tiene turno esta noche...

—Sí, sí, tranquila, no lo he olvidado. —Intento sonar
graciosa—. Descansaré esta tarde y me tendrán aquí por
la noche a tope.

Ni siquiera dejo que hable. Me alejo de ella por el
largo pasillo, caminando a paso ligero mientras noto su
mirada escéptica clavada en mi nuca.

Debido a mi horario nocturno, mi ritmo circadiano
está hecho un asco. Puede que me haya tenido que acos-

tumbrar a dormir de día porque llego rendida del trabajo, ¡qué remedio si no quiero desfallecer! Pero, cuando llegan mis días libres e intento girar de nuevo el reloj biológico, este me informa: «Lo llevas claro, guapa». Así que me paso algunas noches haciendo ejercicio porque me siento activa mientras que no soy capaz de despertarme en todo el día. Y no me importa si me duermo en cualquier rincón de mi casa, pero igual me sucede si estoy en la peluquería, desayunando con un grupo de colegas o esperando mi turno en el banco. Y lo único que les faltaba a mis noches de insomnio era darle vueltas en la cabeza a la conversación con mi hermana o a los piques de Aliyah.

Abbey: «¿Por qué no charláis como viejos amigos?».

Aliyah: «Podrías aprovechar para retorcerle las pelotas, por cabrón».

Ni tan suave ni tan vengativa; no es necesario ninguno de los dos extremos. Pero, de una forma u otra, necesito hablar con Liam.

Por eso he venido hasta el hospital, para averiguar sus visitas programadas. Y hoy mismo tiene una cita concertada con Neurología. Consulto la hora en mi móvil. Justo debe de estar a punto de salir.

Cruzo una parte del ala de las consultas externas. Saludo a algún compañero, me acerco al mostrador para charlar con Demi, una de las recepcionistas, y dejo pasar el tiempo. Hasta que lo veo aparecer tras las puertas del ascensor y dirigirse al mostrador.

A Liam.

Como suponía, las piernas me tiemblan al verlo, aunque mi expresión de desconcierto bien ha podido pasar por una de sorpresa. Se supone que he venido a hacer algún trámite y me he encontrado con él de casualidad. Él se limita a mirarme de reojo antes de acercarse a Demi, con quien acuerda una posible próxima visita y, después, se acerca a mí. Vuelve a ir vestido bastante formal, aunque no tanto como el día de su accidente. Lleva un traje gris con una camiseta negra en lugar de camisa, conjunto que le sienta tan condenadamente bien que se me hace un nudo en la garganta al contemplar su perfecto cuerpo enfundado en esas ropas. Pero es, sobre todo, al observar su rostro cuando mi corazón se desboca, porque es el mismo de siempre, como si, en lugar de seis años, hubiesen pasado seis meses. Sus ojos oscuros y su negrísimo cabello siguen destacando en su tez clara, casi marmórea.

—Candace... —titubea. Parece incómodo al verme.

¿Por qué será?

Me hago una idea. O dos.

—Vaya, Liam —lo saludo—. Seis años desaparecido y ahora te encuentro dos veces en una semana.

—¿No trabajabas en el turno de noche?

—Sí —respondo—, pero después de dos días libres he encontrado fuerzas para venir a hacer algo de papeleo. —Sonrío, aunque me tiemblan los labios—. ¿Cómo estás? ¿Qué te ha dicho el doctor Ramsey?

—Todo está perfecto, gracias. —Mira la hora en su móvil, inquieto—. Tengo que irme a trabajar, Candace. Me alegro de verte...

El maldito gallina ya quiere desaparecer otra vez. Pero para eso he venido, para no dejar que se escabulla.

—Espera, Liam. —Poso una mano en su brazo para detenerlo. Él desvía la vista hacia mi agarre y yo lo suelto como si quemara—. ¿No podríamos tomar un café y ponernos al día?

Solo Dios sabe lo que me ha costado sugerir semejante propuesta.

—Lo siento, Candace. —Vuelve a bajar la vista hacia el suelo. Me muero de ganas de decirle: «¡Mírame de una jodida vez y deja de huir de mí!»—. Pero apenas hace una semana que me mudé y ya he faltado dos días al trabajo por el maldito accidente. Tengo que irme...

—Pues quedemos en otro momento —lo interrumpo—. Podríamos tomar una copa el sábado. Este fin de semana lo tengo libre y...

—Lo siento —me interrumpe también—, pero los fines de semana los paso con mi hija. Un placer verte de nuevo, Candace.

Se da la vuelta, se aleja, cruza la entrada acristalada y se detiene un momento junto a la isleta que separa el edificio de Parnassus Avenue para colocarse unas gafas de sol y mirar el teléfono.

Y lo vuelve a hacer. Huye de mí... ¡otra vez!

«¡De eso nada, Liam!»

Yo también salgo del edificio con rapidez, furiosa por este nuevo desplante. Me acerco a él, me planto delante y lo obligo a levantar la vista de la pantalla.

—Mira, Liam. —Tengo que hacer un gran esfuerzo para que no me tiemble la voz, esta vez, de pura rabia—. No sé qué coño te pasa, pero tampoco te estoy pidiendo un gran sacrificio. ¡Solo tomar una puta copa y charlar! ¡¿Tan horrible te parece compartir un poco de tu tiempo conmigo?!

Guarda el teléfono en un bolsillo del pantalón y se quita las gafas. Bajo el sol de la mañana, sus ojos parecen más negros que nunca.

—Te acabo de decir que no puedo, Candace. ¿Qué problema tienes tú?

¡Me desquicia cuando me habla con tanta calma mientras yo solo quiero gritar!

Mejor dicho..., me desquiciaba.

—¿Yo? ¿Problema? Ninguno —le digo con mordacidad—. Trabajo en el turno de noche en este hospital, apenas tengo tiempo de dormir, y, aun así, ¡encuentro un hueco para salir! ¡No lo veo tan difícil!

Me da la impresión de que su rostro está un poco más cerca, como si quisiese hacerme alguna confidencia. Y lo sé porque, de pronto, un embriagador olor a perfume masculino inunda mis fosas nasales al tiempo que puedo contemplar mi propio reflejo en el brillo oscuro de sus ojos.

—Tal vez no desee encontrar ese hueco —me suelta en una especie de susurro que me remueve por dentro—, porque no me apetezca hablar contigo.

«Entonces —pienso—, ¿para qué te acercas tanto y haces que me den ganas de hundir mi rostro en tu cuello?»

Pero lo que hago es aguantarle la mirada y la cercanía. Aunque me cueste un mundo.

—Vale, no quieres ni verme, perfecto —le suelto con una furia que apenas logro contener—. Pero quiero saber por qué.

Sin embargo, tendría que decirle: «¿Encima eres tú el que se pone chulo, pedazo de cabrón?».

—Joder, Candace. —Se aleja un paso de mí y se aparta el flequillo con los dedos. Creo que he conseguido perturbarlo—. Joder... —continúa refunfuñando.

—¿Es por tu mujer? —le pregunto. Acabo de caer en la cuenta de que, si tiene pareja, tal vez no le parezca bien quedar con su ex o tener que dar explicaciones—. Si es así, puedes decirle de mi parte que no se preocupe, porque entre nosotros ya no...

—No es por eso —suspira—. Y no tengo mujer.

—¿No estás casado?

—No.

—¿Divorciado?

—Tampoco.

—¿Y la madre de Peyton?

Puede parecer un interrogatorio, pero creo que resulta totalmente normal que le pregunte por su estado civil o sentimental, ¿no?

Lo malo es que, de pronto, su tez se ha puesto un poco más pálida, si es que eso es posible, y el fulgor que titilaba en sus preciosos ojos ha dado paso a una oscuridad impenetrable.

—La madre de Peyton, simplemente, no está.

—¿No está? —le pregunto desconcertada—. No está, ¿por qué? ¿Se fue? ¿Te dejó? ¿Dejó también a su hija?

—Murió —me corta—. Por eso no está.

«Mierda, mierda... No contaba con esa respuesta.»

—Lo siento, Liam... —titubeo, todavía en *shock*—. Yo no..., yo...

—Murió hace cuatro años —reitera.

—Joder... —Cierro los ojos—. Eso quiere decir que tú y tu hija...

—He criado solo a mi hija desde que era prácticamente un bebé. Sí, algo así.

Quiero consolarlo, decirle algo... Pero me ha pillado desprevenida.

¿Qué se dice en estos casos sin que suene demasiado trillado? Porque yo soy una experta en recibir condolencias por la muerte de mis padres, pero la mayoría de ellas se limitaban a una expresión de lástima y a una retirada de la mirada para evitar la incomodidad.

¿Qué es lo que habría querido yo?

Tal vez un poco de consuelo y empatía sin llegar al drama.

—¿Por qué no me llamaste, Liam? —le pregunto con un punto de exigencia y de rencor—. Podría haber estado a tu lado, ayudarte, apoyarte. Hacía muy poco que lo habíamos dejado.

Aprovecho para restregarle lo poco que tardó en preñar a otra.

—Porque no me lo merecía, Candace. —Por primera vez, me mira y me habla sin apartar la vista, sin tapujos, sin medias verdades—. Después de lo que hice..., ¿cómo iba a tener la cara dura de llamarte y decirte que me había quedado solo y con una hija?

—No te habría dado la espalda, Liam, y lo sabes —le confieso—. Yo mejor que nadie te habría entendido...

—Ahora ya es demasiado tarde —suspira—. Mejor no darle más vueltas. Adiós, Candace.

Se coloca de nuevo las gafas de sol y se da la vuelta. Decido hablar antes de que se aleje.

—Estaré el viernes en el Golden, un bar de copas de la calle Geary, junto a Union Square, a las ocho. Por si cambias de opinión.

Observo, a través de la tela de su chaqueta, cómo tensa la espalda, pero no se gira y, tras un leve titubeo, camina hacia el taxi que lo espera junto a la isleta cubierta de césped.

***

Puede parecer extraño que se pueda mantener una conversación trivial, incluso frívola, después de haber reanimado con el desfibrilador a un paciente que estaba en parada cardiorrespiratoria. Pero, tras la ansiedad y el posterior alivio, Josh me invita a tomar un café para que me tranquilice.

—Es algo tan duro... —murmuro—, ver que la vida de una persona se te escapa entre las manos...

—Le has salvado la vida, Candace. —Me da un abrazo—. Quédate con eso.

Sí, me quedo con eso. Porque, desde que era una adolescente, después de que mis padres murieran en un tiroteo absurdo, supe que ese sería mi futuro, ayudar a salvar vidas.

—Esperaba que le dieran el alta por la mañana —me lamento—. Todas las constantes estaban bien...

—Tú piensa que ha tenido suerte de que le ocurriera aquí, en el hospital.

—Si se puede hablar de suerte... —musito—. Ha sido todo tan rápido...

—Estamos en Urgencias, Candace. —Deshace el abrazo y me da un beso en la frente—. Actuamos con rapidez. Además, ya ha entrado en quirófano, con el doctor Lawrence. Está en buenas manos.

—Sí —trato de bromear para relajarme a mí misma—, el doctor Lawrence tiene muy buenas manos. —No puedo evitar reír.

—¡Eh! —exclama Josh con fingida indignación—. ¿Estás tratando de darme celos con él otra vez?

—Calla, tonto —le digo antes de darle un sorbo al café—. Sabes bien que tú y yo nos queremos de otra forma.

—Ya lo sé —ríe—. Solo contigo se me ocurre bromear de un tema tan... íntimo como tus polvos memorables con el doctor Lawrence.

—¿Yo te he hablado de polvos memorables? —Compongo una mueca.

—Tú y unas cuantas más. —Eleva la vista al techo—. Espero que no seas celosa o esperes que te confiese su amor por ti.

—No me importa en absoluto a quién se tire. —Le doy un pequeño empujón con el hombro—. Voy a su casa, follamos y me largo.

—Me ha quedado claro: lo utilizas para el sexo.

—¿Algún problema?

—¿Me has visto cara de tener un problema? —Sonríe travieso.

—¿Y tú, Josh? ¿Alguien con quien te relajes...?

—Ya sabes que lo dejé con mi novia hace meses.

—Pues por eso te pregunto. No me digas que te conformas con... ella. —Señalo su mano y él suelta una risotada.

—Eres una lianta, doctora Howard.

—¿Entonces? —insisto—. ¿No hay ninguna chica en el horizonte?

—Que noo... ¿A qué viene tanta preguntita sobre mi vida sexual?

—Por si te interesaba una cita a ciegas con una amiga.

—No me jodas, Candace —bufa—. ¿Pretendes endosarme a alguna amiga deprimida a la que acaba de dejar el novio?

—No es eso. —Río—. Solo he pensado que debíais conoceros. Os quiero a los dos y se me ha ocurrido así, sin más.

—La respuesta es no.

—Vaa, Josh, no seas rancio. Se trata solo de una cita con una chica. No te estoy pidiendo que le hagas un hijo.

—Candace...

—Tú dime la fecha y el lugar y yo se lo comunico a mi amiga. ¡No tienes nada que perder!

—El tiempo —gruñe.

—Entonces... —le hago ojitos—, ¿eso es un «sí»?

—Es un «ya veremos» —refunfuña al tiempo que tira los vasos del café a la papelera.

—¡Bien! —Me acerco a él y le doy un beso en la mejilla—. Ya verás qué maja es Aliyah.

—Cómo me has liado... —murmura—. Vayamos a ver cómo va la operación del doctor Lawrence.

—Sí, vayamos. —Sonrío triunfante.

***

—¿Qué te vas a poner? ¿Te vas a vestir sencilla, elegante, casual, sexy...?

Aliyah me interroga desde mi cama, donde se encuentra tumbada junto a Nut. Ambas parecen aguardar expectantes el modelito que vaya a escoger para mi cita con Liam.

O la «no cita», según aparezca o no.

Ya me he duchado y maquillado y me encuentro delante de mi armario. Solo llevo encima la ropa interior y mis *stilettos* favoritos, aunque el pelo todavía cae húmedo por mi espalda. Deslizo perchas y prendas de ropa en espera de que alguna me ilumine.

Y puedo asegurar que el problema no es la cantidad ni la variedad. Presumo de un guardarropa bastante amplio y variado, con trajes más formales, vestidos para salir de fiesta, vaqueros, blusas, zapatos... Mi sueldo me lo permite y me encanta la ropa.

Aunque, a veces, tanta abundancia nos ponga las cosas más difíciles.

—No sé qué ponerme —refunfuño mientras amontono prendas y más prendas a los pies de la cama.

—Depende de tus intenciones —señala Aliyah—. ¿Vas a intentar ligártelo de nuevo o solo quieres tirártelo?

—¡Ni una cosa ni la otra! —exclamo con indignación—. ¡Solo quiero hablar!

—Claro, hablar —suelta con ironía—. Entonces, ¿a qué viene estrenar ese bonito conjunto de lencería?

Observo las prendas nuevas de encaje negro que llevo puestas.

—Tengo varios conjuntos nuevos. —Me encojo de hombros—. En algún momento tendré que ponérmelos. Además, llevar ropa interior nueva te da un plus de seguridad ante la vida. Te sientes guapa por dentro y por fuera...

—Que sí, que sí, lo he captado. —Pone los ojos en blanco—. Pero que conste: no hay nada más patético en esta vida que acostarse con un ex.

—Deja de hablar de acostarnos, Aliyah —refunfuño—. Te estoy preguntando por la ropa.

—A ver, a ver... —Me mira con ojo clínico—. Algo neutro, entonces. ¿Un vestido negro?

—Demasiado sobrio, ¿no?

—¿Vaqueros con suéter y botas?

—Demasiado simple —bufo.

—¿Traje de chaqueta y blusa?

—Voy a parecer la secretaria del gobernador...

—Pues entonces —gruñe—, haz como dijo Coco Chanel: «Vístete como si fueras a ver al amor de tu vida, a tu ex o a tu peor enemiga». O sea, lo que te siente mejor, porque Liam pertenece a casi todas esas opciones.

—¡Pues claro! —afirmo—. ¡Voy a ponerme mi vestido favorito! ¡Porque yo lo valgo! ¡Y porque me da la gana! Y porque quiero que Liam me vea guapa. No con ninguna intención oscura, por supuesto. Solo para que compruebe que me va bien. Solo por eso. Nada más. ¿Qué hay mejor en el mundo que un ex compruebe que estás genial?

«Cállate, Candace, que aún lo empeoras más.»

Mi amiga alza las cejas y suelta un bufido.

—Lo que tú digas...

Saco del armario dicha prenda y me la meto por la cabeza. Me giro hacia Aliyah y doy un par de vueltas sobre mí misma para que aprecie el vestido color albaricoque que solo he lucido una vez en una cena de trabajo. La falda es corta y ajustada, pero la parte superior es más suelta, con las mangas hasta los codos y un generoso escote.

—¿Qué te parece? —le pregunto.

—Que estás divina de la muerte. —Ríe traviesa—. Y que vas a triunfar, pero no con Liam. Porque no se va a presentar.

—Yo tampoco lo creo —confieso.

—¿Para qué vas, entonces?

—Curiosidad. —Me encojo de hombros.

—¿Qué harás si no aparece?

—Me tomaré unas copas y volveré a casa. Me lo he tomado con filosofía.

—En fin... —suspira—, no le encuentro mucho sentido a esta cita, pero si te ha dado por ahí...

—Quiero respuestas, Aliyah —le digo—. Llevo seis años preguntándome qué diantres pasó para que Liam...

—... se comportara como un cerdo —termina la frase por su cuenta.

—Ya... —Prefiero no evocar ahora ese momento y cambio de tema—: Por cierto, ¿ya has pensado qué te pondrás tú para tu cita con Josh?

—Aún no he dicho que vaya a aceptar. —Se incorpora y se sienta en la cama—. Por lo que me has contado, no parece muy entusiasmado.

—Eso no importa ahora. —Me pongo una chaqueta y cojo el bolso—. Si decide aceptar, ¿irás?

—No lo sé, ya veremos. —Se mira su perfecta manicura para hacerse la interesante. Siempre lo hace.

—Vamos, Aliyah —me quejo—. Después de tus rarísimos encuentros de Tinder, quedar con Josh me parece la mejor idea.

—Bueno, vale, aceptaré. Pero solo si no lo obligas.

—Claro que no lo obligaré. —Salgo de la habitación—. ¡Hasta luego!

No lo obligaré, pero me pondré tan pesada que accederá por aburrimiento. ¡A estos dos los hago yo conocerse! ¡Como que me llamo Candace Howard!

Capítulo 8

Llevo ya tres martinis y sigo sola, sentada frente a la barra de este animado bar. Apoyo la cabeza en la mano izquierda y con la derecha muevo el palillo de la aceituna, como si esperase que, de esa forma, el tiempo se detuviese. Suena *Shivers*, de Ed Sheeran, y la tarareo en mi cabeza, aunque un poco desganada. Consulto la hora en el móvil: las nueve menos cuarto. Cuarenta y cinco minutos mirando la hora cada cinco. Ya he tenido que espantar a tres tíos que pretendían invitarme.

Lo sé, él ya me avisó, que no vendría. Pero juro que pensé que, conforme hubiesen ido pasando los días, lo habría pensado mejor.

¿Es por odio o por vergüenza?

Ya no sé qué pensar. O prefiero no pensar, porque, si lo hago, me daré cuenta de que lo que estoy haciendo me parece del todo patético: llevar casi una hora esperando a mi exnovio, con el que me he encontrado seis años después por casualidad y que ha demostrado que no quiere verme.

¿He mencionado ya que tiene una hija de cinco años?

De cinco años, joder...

Vale, me pediré una última copa y, a las nueve en

punto, me largaré. En cuanto el camarero me sirve, un tipo se coloca a mi lado. Otro más.

—Hola, guapa.

Uf, y encima este ha bebido más de la cuenta.

—Estás sola —me dice con la lengua trabada.

—Qué avispado —murmuro.

—¿Quieres compañía?

—No, gracias. Estoy esperando a alguien.

Mira a un lado y después al otro y bizquea por el movimiento repentino.

—Pues quien sea se está tomando su tiempo. —Sonríe y le da un trago a su vaso.

—Ese es mi problema.

—Vamos, guapa... Queda mucha noche por delante...

Una tercera persona se mete de golpe en la conversación.

—¿No la has oído? Te ha dicho que no. ¿Qué es lo que no has entendido?

Me cuesta un gran esfuerzo tragar la bebida. Porque el que ha hablado es Liam. Reconocería su voz en mitad del griterío de un campo de fútbol.

—Vale, vale —refunfuña el tipo—. Pero ya podrías haber sido más puntual, amigo... —Se aleja haciendo algunas eses.

Giro mi cuerpo sobre el taburete para mirar de frente a Liam... y me quedo sin respiración. Porque, en esta ocasión, ha dejado a un lado la formalidad de su vestimenta para volver a su estilo de siempre: vaqueros, camiseta negra y cazadora del mismo color. El Liam de siempre. Mi Liam.

Vale, esto último lo retiro.

—Vaya, has aparecido —le digo todo lo tranquila que puedo aparentar—. Y encima, como mi salvador.

Le pide una cerveza al camarero y, cuando tiene el botellín en la mano, me señala la zona de las mesas.

—¿Nos sentamos?

—Claro.

Cojo mi copa y camino detrás de él hasta una de las mesas. Nos sentamos y lo observo darle un trago a su botella. Casi caigo hipnotizada al mirar sus labios sobre el cristal y el movimiento de su nuez de Adán. Fueron tantas veces las que compartimos una botella, bebiendo donde antes había bebido el otro...

—Dijiste que no podrías venir —le digo tras aclararme la voz.

—Pero aquí estás —responde mirándome con sus negrísimos ojos.

—Ya te dije que vendría.

—Claro. —Le da un nuevo trago a la cerveza. Con toda probabilidad, se siente tan extraño e incómodo como yo.

—¿Y tu hija? —Decido preguntar por algo que lo motive un poco más—. Dijiste que pasabas los fines de semana con ella.

—Y así es. —Deja la botella sobre la mesa y la hace rodar entre sus dedos, como si quisiera tener algo que hacer—. Durante la semana apenas puedo verla, así que le dedico totalmente mis días libres.

No le digo nada, aguardando una aclaración.

—He esperado a acostarla —me explica—. Se ha quedado con Phillippa, la niñera.

Imagino a Liam arropando a su hija y se me encoge el corazón. Me parece enternecedor que haya decidido no salir hasta acostarla, apurando las horas de un día festivo.

—Podrías habérmelo comentado —le digo—. Habría entendido perfectamente que no hubieses querido quedar hasta más tarde.

—Ese no era el único problema, Candace.

Nos miramos un brevísimo instante y, a continuación, bajamos la vista.

Sé que esta cita la he provocado yo, y que, tras reencontrarnos y saber que ahora vivía aquí —aunque mi hermana y mi amiga me hayan convencido aún más—, tuve muy claro que debíamos hablar. Pero, ahora que ha llegado el momento de ese ansiado encuentro por mi parte, no puedo evitar sentir un atisbo de arrepentimiento. Estoy nerviosa, mi corazón no deja de golpear con fuerza y no paro de mover las piernas por debajo de la mesa. Por tener las manos ocupadas mantengo la copa entre los dedos y bebo un trago tras otro. Incluso le pido otra al camarero. A este paso, acabo borracha.

Y a él le sucede tres cuartos de lo mismo. No me mira a los ojos cuando habla, solo está pendiente de la etiqueta de la botella o de apartarse el pelo. Se le nota inquieto, tenso e incómodo. Suena *Easy on Me*, de Adele, y le da un punto más deprimente a la conversación.

—¿Dónde has estado viviendo hasta ahora? —le digo tras otro sorbo a mi bebida.

Porque ni eso sabía.

—En Los Ángeles —responde—. Pero la empresa ha abierto aquí una nueva sede y me «sugirieron» un traslado. —Compone una mueca de fastidio.

—¿A qué te dedicas?

—Trabajo para una gran empresa de marketing. Sigo siendo diseñador gráfico —aclara—. La única diferencia es que ahora debo cumplir un horario y tener el culo pegado a una silla un montón de horas. Lo que siempre odié, como bien me dijiste el otro día.

Y sonríe. Muy ligeramente, pero lo hace. ¡Sonríe! ¡Menos mal! ¡Alabado sea!

¡A ver si esa sonrisa es capaz de ser la precursora de un ambiente un poco menos tenso!

A pesar de que a mí se me hayan derretido las entrañas. Porque una sonrisa de Liam siempre fue algo escaso y preciado; como una caricia inesperada; como la primera luz de un amanecer.

—Y también tienes que llevar traje. —Compongo una divertida mueca, algo más relajada—. Aunque veo que hoy has vuelto a tu indumentaria habitual. Me gustas más así.

Quería que fuese una frase inocua, pero decir «me gustas», sea en el contexto que sea, resulta demasiado peligroso. Liam me mira de reojo solo un segundo.

—Tú también estás muy guapa, Candace. —Pasea sus ojos por mí.

—Gracias —musito. Y doy otro trago para calmar mi acelerado corazón—. Creo que me he arreglado demasiado —sonrío—. Pero quería darte buena impresión.

—Estás perfecta.

¿Me acaba de mirar el escote?

Sí, sí, eso parece, aunque haya sido un microsegundo, suficiente para notar mis pechos duros y pesados. Una tibia languidez me recorre las piernas y el bajo vientre al imaginar las manos y la boca de Liam en mis pezones, duros y sensibles. Algo que, aunque ahora solo imagine, en su momento ocurrió, ocurrió de verdad. Sus caricias me volvían loca y jamás nadie ha vuelto a hacerme sentir lo que Liam provocaba en mí, que me excitaba con un simple beso...

Cierro las piernas de golpe y termino de beberme la enésima copa de la noche. Liam lleva ya tres cervezas. Me da la impresión de que ambos necesitamos beber para pasar el trago, valga la redundancia.

—Es una pasada que trabajes en un hospital tan importante como el Centro Médico de la Universidad de California, toda una institución.

—Es sacrificado, pero muy gratificante —le digo, pasado un poco el ciclón que ha arrasado mi cuerpo.

—Y, además, tu sueño.

—A veces se cumplen algunos —murmuro—. Todos... es imposible.

Instante incómodo de silencio.

—Si lo dices por mí, no soy infeliz, Candace. Trabajo en algo que me gusta, que es algo que considero primordial en la vida. Aunque tenga que estar encerrado, o no ver a mi hija todo lo que quisiera, dispongo también de tiempo para mí, en el que, como has visto —señala su cazadora—, cambio el traje por mi ropa de siempre y soy un poco más yo. Incluso sigo teniendo moto.

—¿En serio? —exclamo sorprendida.

—Estoy esperando que me la traiga un amigo desde Los Ángeles —reitera satisfecho.

—Recuerdo la primera vez que monté contigo —río—. Era mi primera vez y, aunque al principio tenía miedo, luego me encantó y lo disfruté muchísimo.

Ay, joder. Menudo doble sentido tenían esas palabras. Sofocada y seguro que ruborizada, me encuentro con la mirada negra y tempestuosa de Liam. Porque tal vez él también recuerde la primera vez que monté en su moto: fue el mismo día de mi «otra» primera vez.

Evoco con nostalgia aquel recorrido, la playa, el faro de Montauk. Y Liam y yo haciendo el amor en la orilla del mar, sobre la arena, bajo el sol del atardecer. Fue uno de los momentos más mágicos y maravillosos de mi vida. Y fue tan perfecto... que jamás lo olvidaré.

—¿Por qué querías hablar conmigo, Candace? —me suelta de repente.

—Desapareciste, Liam —le recrimino—. Te esfumaste de mi vida, después de siete años juntos.

—¿Y qué querías que hiciera, después de lo que ocurrió?

—Ni una disculpa, ni una explicación —insisto—. ¿Tan poco relevante fue lo nuestro para ti?

Se tensa, clava sus dedos en el botellín, pero no responde.

—Y ahora, seis años después —prosigo—, apareces

de repente con una hija de cinco años. ¡Cinco años! Sabes lo que significa eso, ¿verdad?

—Fue algo inesperado —musita.

—¡Ya imagino! —exclamo molesta—. ¡Porque sería bastante fuerte que lo hubieras pensado mientras estabas conmigo!

Nueva respuesta en forma de silencio. Deja la botella sobre la mesa y desliza sus dedos entre el pelo antes de ponerse en pie.

—Es tarde —farfulla—. Debo irme.

Otra vez. De nada sirve que le exija una explicación, como ya hice hace seis años. De nuevo, no hay respuesta, no hay nada.

—Sí, yo también me voy.

Me levanto, me pongo la chaqueta, cojo el bolso y me dirijo a la barra, tarjeta en mano, para pagar las consumiciones.

—Pensaba invitarte —me dice al tiempo que nos encaminamos hacia la puerta.

—Fui yo la que te invité a venir, así que pago yo —le respondo tajante.

Ya en la calle, cojo mi teléfono para llamar a un taxi. A estas horas, los aledaños de Union Square están tan iluminados y bulliciosos como la propia plaza. Los grandes edificios que albergan hoteles se erigen majestuosos a nuestro alrededor, y las aceras se visten de las luces de sus marquesinas. Las innumerables tiendas de moda ya han cerrado, pero sigue habiendo gente paseando alrededor de la alta columna que preside la céntrica y glamurosa plaza. Un grupo de turistas se baja del histórico tranvía, que acaba de hacer el recorrido por las empinadas calles de la ciudad.

Cuando guardo el teléfono en el bolso, contemplo a Liam frente a mí. Lleva las manos en los bolsillos de la cazadora y mira hacia ninguna parte.

—No hace falta que esperes —le digo—. El taxi llegará enseguida y es un lugar céntrico, así que...

—No debería haber venido —me interrumpe al tiempo que su mirada regresa a mí—. Ha sido un jodido error, Candace...

La decepción que me llevo la disfrazo de ira y le doy un empujón a la altura del hombro.

—¿Un error? ¡¿Yo soy un error?! —grito con indignación—. ¡Pues vete, Liam! ¡Lárgate de una puta vez!

¿Cómo tiene la cara dura de hablar de errores?

Cuando voy a empujarlo una segunda vez, él me agarra por la muñeca y me arrastra hasta un edificio cerrado y amparado en las sombras. Me apoya con fuerza en la pared y se cierne sobre mí. Siento su peso y su calor en mi cuerpo; la tela de sus vaqueros en mis piernas; la cremallera de su cazadora clavada en mis pechos. Su aliento golpea en mi boca y sus ojos se concentran en mis labios.

—¡¿Qué coño haces?! —me quejo.

Intento zafarme de su opresión y, como respuesta, Liam aferra mis muñecas y me sube los brazos por encima de la cabeza. Ahora, sus ojos se pasean por todo mi rostro y bajan hasta mis pechos. Yo también respiro a marchas forzadas; también clavo la vista en sus labios.

Contemplo su mirada turbulenta, vidriosa.

—¿Qué... qué haces, Liam? —murmuro.

Responde con un imperceptible gemido. Cierra los ojos y acerca su rostro a mi cuello, a mi pelo, a mi garganta. Como si solo quisiera olerme. Como si se conformase con aspirar mi esencia.

—¿Liam...? —musito desconcertada.

—No deberíamos haber vuelto a encontrarnos —susurra mientras pasea su nariz por mi cuello, mi mandíbula, mi oreja. El calor de su aliento en la piel me provoca la fantasía de estar siendo besada por él—. Esto no debería estar ocurriendo...

No estoy segura de si sus labios están rozando mi piel, tan cerca está de mí. Oigo su respiración agitada mezclada con la mía, que está igual de acelerada. Abro los ojos para ubicarme y ahí está, su boca, a solo unos milímetros de la mía. Incluso siento la dureza de su erección en mi vientre y un calor líquido y ardiente recorre mis venas.

—Suéltame, Liam —le exijo.

Aunque, la verdad, no parezco muy convincente. Siento una inmensa furia al admitir que no me disgusta en absoluto su ataque imprevisto. Sinceramente, no deseo que se aparte.

Él sigue respirando con intensidad, manteniendo la distancia milimétrica que separa sus labios de mi piel y sus ojos de los míos. Ni se aleja ni actúa, con lo que desquicia mis nervios mientras espero que se decida por una cosa u otra.

—Bésame o suéltame, Liam —insisto—. Pero deja de agarrarme y de mirarme, porque, en este momento, ya no sé si me odias o me deseas.

—Ni siquiera yo lo sé —murmura al tiempo que suelta mis muñecas y da un paso atrás.

—¿De qué va esto, Liam? —le pregunto mientras mi ira va creciendo—. ¿Qué es un error? ¿Verme? ¿Hablar conmigo? ¿Querer besarme?

—Todo —responde—. Todo ha sido un jodido error.

El taxi que he llamado aparece junto a nosotros y las luces nos deslumbran un instante.

—Ahí tienes tu coche —farfulla Liam—. Y, por favor, Candace, no vuelvas a buscarme.

Mete de nuevo las manos en los bolsillos de la cazadora, se da media vuelta y se aleja de mí caminando por la acera mientras se mezcla con la gente.

—Vete a la mierda, Liam —maldigo antes de subirme al vehículo.

Capítulo 9

Tal vez me equivocase, pero, si no se me permitía
equivocarme a los diecisiete años, ¿cuándo iba a
poder hacerlo?

CANDACE en *Demasiado perfecto*

LIAM

Candace estaba allí, en mi habitación, y me sentí extraña-
mente abrumado por su presencia. La habían admitido en
la Facultad de Medicina de Harvard y tenía sentimientos
encontrados; de felicidad por hacer realidad su sueño,
pero también de desazón por alejarse de su hermana y de
Nueva York.

¿Yo también estaría incluido en ese conjunto de cosas
que le apenaba dejar atrás?

Después de abrazarla por la buena noticia, vi tan níti-
do el sentimiento de anhelo que reflejaron sus ojos que
tuve que aclararle algo.

—Candace, yo... ni busco ni quiero una relación ahora
mismo.

No es que no la quisiera, realmente. La verdad era que nunca la había tenido y me aterraba la mera idea.

—Yo tampoco —me contestó sonriente—. Me marcharé después del verano, así que nada de novios. Pero podemos ser amigos, ¿verdad?

—Claro que sí.

Un regusto amargo me inundó la garganta. No quería una relación de pareja, pero que Candace lo aceptara tan fácilmente me molestó demasiado.

Le sugerí que se quedase y nos sentamos en mi cama, donde pasamos horas hablando, riendo, hasta que acabamos tumbados, con nuestras cabezas sobre mi almohada.

—¿Por qué vas siempre vestido de negro? —me preguntó al tiempo que rozaba mi ropa.

—Porque me gusta. O porque, tal vez, sea el color que más me define.

—Eres un tipo oscuro —bromeó.

—Si te refieres a que no soy muy popular ni divertido, a que voy a mi rollo y me gusta estar solo... Vaya, si lo digo en voz alta suena peor de lo que creía.

—A mí me gustas.

Aunque estaba acostumbrado a oír esas palabras de otras chicas, con ella resultó tan distinto lo que sentí...

Aun así, me empeciné en hacerla desistir de querer algo conmigo.

—A mí también me gustas, Candace, pero ya te he dicho que...

—Ya sé lo que hemos dicho, pero eso no implica que dejes de gustarme.

Me acarició la mandíbula con suavidad, lo que me hizo cerrar los ojos y apoyar mi frente en la suya. Ella colocó las manos en mi tórax y acercó un poco más su boca a la mía.

—Liam —susurró—, entiendo que ninguno de los dos busca nada serio, pero pronto acabará el curso y llegará el verano, ese tiempo de paréntesis donde no es necesario pensar, tan solo vivir y aprovechar el momento hasta que dé comienzo otra etapa de nuestras vidas. ¿Te gustaría pasar ese tiempo conmigo?

—¿Me estás pidiendo que salga contigo? —Sonreí ante su azoramiento. Aunque ella no tenía ni idea de que aquella sonrisa escondía el pánico que sentí.

—No te rías, tonto —se indignó—. No tengo experiencia y no sé cómo se hace.

—Aunque no lo creas, yo tampoco.

—Oh, supongo que tú te enrollas directamente con las chicas, sin formalidades. Pues te lo pediré de otra forma. ¿Quieres que nos enrollemos tú y yo?

—No —le dije, aguantando la risa.

—¿No?

—No quiero enrollarme contigo. Al menos, no es solo eso lo que quiero —le aclaré—. Me gusta más la idea de que me hayas pedido salir. Creo que no me lo habían pedido nunca. Quizá a las chicas solo las atrae el misterio que parezco desprender y, una vez conseguido el polvo, dejo de ser interesante.

—No digas eso —me dijo con ternura.

Fue ella la que me besó. Con ello no quiero excusarme, pero la deseaba tanto que no me habría atrevido a empezar. Sin embargo, una vez que tuve de nuevo su boca en la mía, ya no fui capaz de parar. La besé con ansia y, lo reconozco, con un punto de desesperación. Mi cuerpo reaccionó al instante y, después de besarla a conciencia, bajé por su cuello y besé su garganta, al tiempo que a mis manos les fue imposible detenerse y comenzaron a acariciar sus pechos por encima de la camiseta. Casi estallo de placer al oír sus gemidos y sentir su cuerpo ondularse bajo mis manos.

Cuando se quitó la camiseta, inspiré con fuerza. Más valía que ella tuviese más aguante que yo.

—¿Estás segura? —le pregunté.

—Nunca había deseado tanto nada en mi vida —contestó.

—Yo también te deseo, Candace, pero debes prometerme una cosa. Cuando quieras que pare, detenme, porque yo no estoy seguro de poder hacerlo si sigo adelante.

Su respuesta fue quitarse el sujetador y quitarme a mí la camiseta. La mirada que le dedicó a mi torso desnudo fue suficiente para volverme loco, y me lancé como un hambriento a acariciar y lamer sus pechos suaves y pequeños. Candace comenzó a mover sus caderas, a gemir, a suplicarme...

«Piensa en el próximo examen, Liam, o te correrás en un jodido segundo...»

Intenté mantenerme cuerdo mientras la despojaba de sus *shorts* y sus braguitas y la dejaba totalmente desnuda bajo mis manos. Seguí besando sus tiernos pezones mientras mi mano buscaba entre sus piernas y comenzaba a acariciar y pellizcar su sexo, que palpitaba por mis caricias.

—Dios, no pares, Liam...

Por supuesto, no pensaba parar. Introduje un dedo en su cuerpo sin dejar de acariciarla, y, entonces, explotó. Su cuerpo se convulsionó y de sus labios surgieron una multitud de suspiros de placer. La miré embelesado. Nunca nada me había parecido tan bonito. A pesar de la hinchazón de mi miembro, que clamaba por la satisfacción, había sido el momento sexual más verdadero que había experimentado en mi vida.

—Gracias por ser tan cuidadoso conmigo —me dijo antes de darme un beso.

Tampoco había que tensar tanto la cuerda. Me aparté de ella, me tapé los ojos con el brazo y traté de respirar.

—Por favor, Candace, vístete o no respondo —la avisé.

Ella me miró un instante, pensativa, hasta que me propuso algo que, solo de imaginarlo, me hizo gemir.

—Nunca he tocado a un chico, Liam. Tendrás que guiarme.

Y lo hice. La guie y le mostré cómo tocarme, la presión de su mano, la cadencia y el ritmo. Tardé un minuto en alcanzar el orgasmo y correrme delante de ella, en su mano, sobre mi estómago.

—Yo... —titubeó— nunca había hecho algo tan íntimo con nadie.

—Yo tampoco —contesté.

—No seas idiota. Serás mentiroso...

Era normal que no me creyese, pero insistí en ser sincero con ella.

—Te estoy diciendo la verdad. No soy virgen, Candace, pero me había limitado a intercambiar placer físico.

—¿Qué quieres decirme con eso?

Por primera vez me sentí libre al expresar mis sentimientos.

—Que nunca había sentido nada más. Que nunca me había sentido tan unido a alguien como me ha pasado contigo. Que no solo ha sido sexo.

—Me alegro de haberte pedido que salgas conmigo. —Sonriente, me dio un beso—. Estaremos juntos todas las vacaciones. Seremos un amor de verano. ¿Qué te parece?

Me pareció una jodida mierda. Pero ya me estaba exponiendo bastante.

—De momento, quédate conmigo, Candace —le pedí antes de besarla y abrazarla.

***

Todavía sonrío como un idiota cuando recuerdo la cara que puso Candace al ver mi moto. Ella nunca había montado y noté su pánico, pero, cuando le ofrecí la posibilidad de no hacerlo, se colocó el casco y montó con rapidez.

A Candace no le gustaba mostrarse vulnerable. Podía

hablarme del horror que supuso para ella la repentina muerte de sus padres, asesinados en un tiroteo en la calle; del mutismo en el que se sumió durante meses; de las autolesiones que se infligía; del dolor que sentía. Pero si la tratabas con demasiada delicadeza, se indignaba y se cabreaba, porque no toleraba la lástima ni la compasión de nadie.

Así era Candace, de decidida, de valiente. Y por eso me gustaba tanto.

Aunque tuviera que soportar pasar una tarde con sus amigos en la heladería más ridícula que había visto en mi vida. Aquello parecía un chiste: un local de colorines lleno de adolescentes con vistosos helados, y yo allí en medio, vestido de negro, mostrando mis tatuajes y mis ojeras.

Realmente, a veces pienso que era lógico que Candace me creyera un vampiro cuando me conoció.

Reconozco que me puse de lo más borde con sus amigos, pero me seguía costando un mundo abrirme a las personas, actuar como alguien socialmente normal. Para mí ya había sido un cambio demasiado brusco confiar tanto en alguien, aceptar salir con una chica e ilusionarme por algo.

Porque, sí, me había ilusionado con Candace. En cada clase me pasaba el tiempo mirando la hora, lo mismo que en el estudio de tatuajes. Cada vez que sonaba el móvil o el timbre de la puerta de casa, mi corazón daba un salto mortal. Y cada momento de intimidad compartida me acercaba más a ella. A pesar de que no dejara de rogarme que le hiciese el amor, que llegara hasta el final. Y Dios sabe lo que me costaba negarme, pero lo hice una y otra vez. Porque Candace repetía casi a diario el mismo discurso: que éramos un amor de verano, que no éramos novios, que cada uno de nosotros tenía sueños y objetivos y que una relación podía hacer peligrar nuestro futuro. Ella solo pensaba en ingresar en Harvard para estudiar

Medicina, y yo tenía que terminar mis estudios, viajar a Egipto, ir a mi aire...

Y, sí, tenía toda la maldita razón, pero no podía evitar sentirme jodido cuando pensaba en que aquello tenía fecha de caducidad.

Al final, sus amigos no me cayeron tan mal, pero me sentí aliviado cuando nos volvimos a montar en la moto con destino desconocido para Candace. De vez en cuando, me encantaba recorrer carreteras y caminos, sentir el viento y el sol, salir al amanecer y regresar al anochecer, o a la inversa. Y fue otra cosa más de las que compartí con ella. Conducir mi moto y tener a Candace detrás, abrazada a mi cintura, era lo más parecido a la felicidad que yo había vivido.

—¿Adónde vamos?

—¡Ya lo verás!

Llegamos al faro de Montauk al atardecer. Por eso la apremié a bajarse de la moto cuando llegamos a una pequeña cala escondida y a que se sentase junto a mí sobre una manta que yo había extendido sobre la arena. Estaba a punto de ponerse el sol y nos quedaba poco tiempo.

Y, mientras el océano Atlántico se tragaba el sol, nosotros comenzamos a besarnos sobre la manta y, pronto, como siempre nos ocurría, empecé a desnudar a Candace para poder besar y tocar su cuerpo. Ella, tan excitada como yo, me desnudó a mí también. Lamí sus pechos y acaricié su sexo y, en pocos minutos, gimió de placer por el orgasmo que le provocaron mis manos y mi boca.

Y, como venía siendo habitual en nuestros encuentros íntimos, mi miembro clamó por la satisfacción que sabía que recibiría. Pero algo en el semblante de Candace hizo que me irguiera sobre la manta. Algo le pasaba.

—¿Qué te ocurre? —le pregunté.

—Todo —me confesó con un deje de irritación—. Me ocurre todo, Liam. Que espero que hayas traído condones, porque quiero hacer el amor contigo.

—Candace... —suspiré—, ya lo hemos hablado otras veces...

—Lo sé, pero no acabo de comprender ese límite que nos hemos impuesto. ¿Por qué? ¿Para qué? ¿Para que pueda reservar mi virginidad para otro? ¿Y si la pierdo en una borrachera con un tipo al que no vuelvo a ver en mi vida? ¿Será mejor que perderla contigo?

—No se trata de tu virginidad. —Una especie de instinto protector me hizo apartar un mechón de su frente—. Se trata de nosotros...

—Nosotros tenemos muy claro lo que queremos —me interrumpió—. Y nada va a cambiar porque nos acostemos, Liam. ¿O es que no quieres por alguna razón?

Sí quería, pero no quería. Quería porque temía volverme loco si no le hacía el amor. No quería porque estaba seguro de que, una vez lo hiciéramos, nada sería igual.

—Ahora mismo no habría nada en el mundo que deseara más que hacerlo contigo —le dije, sin embargo.

Y lo hice. Le hice el amor a Candace, con todo el cuidado que me permitió mi deseo por ella. La besé y la acaricié para volver a excitarla, y, aunque percibí su sobresalto por el dolor cuando me enterré en ella, también supe que había sentido placer. Aun así, después de alcanzar mi propio clímax, me pidió que me apartase por la incomodidad que sentía y no pudimos evitar seguir con la mirada un fino reguero de sangre que bajó por su muslo.

—Dime, al menos, que ha estado bien, ¿no? —me pidió.

Mejor que bien; más que bien. Fue perfecto y maravilloso. Y ese era el mayor problema, lo que más había temido: que, a partir de entonces, pensar en nuestra separación me produciría un fuerte dolor en el pecho.

Pero no podía decirle nada. No deseaba atarla a mí de ninguna forma. Sabía que los estudios de Medicina iban a ocupar su tiempo y sus energías en adelante, y pedirle que siguiéramos juntos me parecía una soberana inmadurez por mi parte.

Lo que hice fue cogerla en brazos y llevarla al agua. Nos bañamos entre risas, jugamos y nadamos, hasta que el mar se volvió grisáceo por la oscuridad de la noche.

Y volví a pensar en mi propia oscuridad y en un futuro sin Candace.

—Liam, escúchame —me dijo al contemplar mi rostro serio mientras recogía la manta del suelo—. No vayas a preocuparte por mí, ¿de acuerdo? Nada ha cambiado. No voy a pedirte que seamos novios ni vamos a alterar nuestros planes.

Eso creía Candace, que me preocupaba que ella se lo tomase demasiado en serio.

—Lo sé —musité.

—¿Entonces? ¿Por qué tienes esa cara?

«Porque me estoy enamorando de ti. Porque cada día que paso contigo es uno menos que me queda a tu lado.»

—Vayámonos —murmuré, sin embargo—. Se ha hecho tarde.

Capítulo 10

—¿Qué tal, Candace? Hace tiempo que tú y yo no... quedamos.

Me encuentro con el doctor Abdominator cuando accedo al área de Urgencias para comenzar una nueva noche de trabajo. En cualquier otro momento le habría respondido al atractivo cardiólogo con una sonrisa y un guiño para quedar con él. Pero no estoy de humor. La cita y la despedida con Liam me resultaron tan amargas que todavía me dura el resquemor en el estómago. Miro al doctor Lawrence y, lamentándolo mucho, ya no me parece tan irresistible. Ahora mismo, incluso me molesta su presencia.

—Lo siento, Mike —le respondo al tiempo que me cuelgo el fonendoscopio al cuello—, pero por la mañana tengo cosas que hacer.

—¿Te ocurre algo conmigo? —me pregunta de pronto.

Parpadeo confusa. He mantenido tan pocas conversaciones con Michael fuera del trabajo —o sin estar follando— que se me hace de lo más extraño que me pregunte por algo personal.

—¿Tiene que pasarme algo para rechazar un polvo contigo? —replico en un tono bastante borde.

—No, claro que no —responde tenso—. Pero podrías recordar de vez en cuando que soy un hombre; que tengo algo más que una polla inagotable.

Desconcertada, lo observo marcharse. ¿Qué demonios le pasa?

Por suerte, Josh viene a mi rescate. Aunque su rostro refleja demasiada preocupación. Se avecina una noche movidita.

—¡Candace! —me grita—. ¡Ha habido un derrumbe y varias personas han quedado atrapadas! ¡Llegarán dentro de un momento!

Hay que actuar con rapidez. Corro hacia la calle para esperar a la ambulancia y saber cuanto antes el parte de los paramédicos.

***

Hemos pasado horas angustiosas, pero, al final, todo ha salido bien. Los heridos se recuperarán, que es lo más importante.

Después de darme una ducha que ha retirado de mi cuerpo restos de polvo, tensión y nervios, salgo del hospital y me encuentro con el doctor Lawrence. El sol de la mañana impacta en su cabello castaño y devuelve un par de destellos dorados. Va vestido con vaqueros, camisa celeste y una cazadora marrón, atuendo que resalta su altura, su anchura de hombros y su cuerpazo.

¿Cómo se me ocurrió pensar anoche que no era tan atractivo?

O tal vez la diferencia radica en mí, ya que una noche tan angustiante y estresante suele provocarme el ansia de desfogarme. Y un polvo con este hombre va a ser lo mejor.

—Mike —le digo al aproximarme a él—, perdona por lo gilipollas que me puse anoche. Había tenido un mal día y lo pagué contigo.

—¿Vienes a disculparte para que te invite a mi casa? —me pregunta con una de sus sonrisas irresistibles y engreídas—. No sufras, estás perdonada.

En serio: si no fuera por las ganas que tengo de follar, lo enviaría a freír espárragos.

Una vez en su apartamento, como siempre ocurre entre nosotros, nos besamos con ansia, nos arrancamos la ropa a tirones y, a trompicones, caemos sobre la cama en un barullo de piernas, brazos, gemidos y besos. Siento una especie de frenesí que me incita a besar y a morder toda la carne masculina que encuentro a mi paso: los prietos pezones, los durísimos abdominales, los velludos muslos, el abultado miembro...

—Joder, Candace —murmura Michael mientras me observa colocarle el preservativo y ponerme a horcajadas.

Bajo sobre su miembro después de introducirlo en mi cuerpo y comienzo a cabalgarlo con toda la fuerza de la que soy capaz. El guapo doctor pellizca mis pechos y los gemidos de ambos se transforman en gritos cuando el placer nos engulle y el orgasmo nos estremece durante un instante. Al menos, a mí me ha durado unos pocos y efímeros segundos.

Nunca me había sucedido algo así: estar tan desesperada y excitada, pero, al mismo tiempo, desear acabar cuanto antes. Michael intenta besarme y yo lo rechazo de forma brusca.

—Tengo que irme. —Me siento en el filo de la cama y recojo mi ropa del suelo.

—Siempre te quedas a dormir —ronronea al tiempo que se acerca a mi espalda y besa mis hombros. Lo aparto de mí y me pongo en pie.

—No me quedaba a dormir, Michael —le aclaro—. Me quedaba dormida, que es muy distinto.

—Vale, pues, ¿por qué no te quedas hoy a dormir? Podríamos comer juntos y...

—Para, para, Mike —lo interrumpo—. ¿Estoy oyendo mal o me estás pidiendo una cita?

—¿Qué tiene eso de extraño? —Se incorpora en la cama y exhibe su torso sembrado de perfectos pectorales y hermosos abdominales. Esto es una tableta de chocolate y lo demás son sucedáneos.

También creo que su pose me parece calculada, que exhibirse es algo natural en él.

—Oh, venga ya —respondo con fastidio mientras me abrocho la blusa—. Sabes perfectamente que nosotros no vamos en ese plan. Para empezar, no me gusta compartir a mi pareja con nadie.

Un nudo repentino me oprime el pecho. Me sigue doliendo tanto...

—Puedo salir con una sola mujer, Candace. —Ligeramente indignado, se levanta de la cama y se pone unos calzoncillos.

—¿De verdad? —le digo con ironía—. Dime con cuántas te has acostado en la última semana.

—Pues...

—Ni lo sabes —lo corto—. Y en serio, Mike, no me molesta ni nada parecido. Es solo que no quiero ni busco una relación en este momento. Y creo que tú tampoco.

—Podríamos intentarlo —insiste—. Me gustas, Candace, también te lo digo en serio.

Hace mucho tiempo que nadie me dice «me gustas», y, en lugar de emocionarme, me pone de muy mal humor.

—¿Sabes una cosa? —Me pongo los zapatos y cojo el bolso—. Será mejor que dejemos de vernos.

—¿Prefieres volver al polvo eventual?

—No. —Abro la puerta de la habitación—. Me refiero a nada. No volveremos a acostarnos tú y yo, Mike.

—Pero ¿por qué?

Ni siquiera tengo una respuesta coherente. Solo sé que se ha acabado.

—Nos veremos por el hospital, Michael —le digo antes de salir de su apartamento.

Ya en casa, me pongo mi pijama y cojo en brazos a Nut para acostarla junto a mí. Necesito abrazar a alguien ahora mismo y no dispongo de nadie más. La gata, sin embargo, se retuerce durante unos segundos, pero la acaricio y le hablo en susurros para convencerla.

—Así es —musito, ya tumbadas ambas en mi cama—. Quédate conmigo, Nut.

***

Me despiertan unos ruidos que provienen de la cocina. Parpadeo y abro los ojos. Nut sigue durmiendo enroscada a mis pies, sobre la colcha de la cama. Me levanto y me acerco a la cocina, donde Aliyah está removiendo el contenido de una olla.

—¿Qué haces aquí tan temprano? —le pregunto en mitad de un bostezo.

—El proyecto que queremos presentarle al empresario chino está muy adelantado. Podía permitirme venir más pronto a casa.

—¿Qué estás preparando? —Me acerco a la encimera y el olor a salsa me abre el apetito.

—Unos espaguetis —responde—. Anda, date una ducha mientras termino y vamos a comer.

—Sí, mami —bromeo.

Tras ducharme y ponerme un chándal, me siento a la mesa, donde ya humean dos platos de pasta junto a una botella de vino. Enrollo los espaguetis en el tenedor y me lo llevo a la boca. Emito un suspiro de placer.

—Oh, comida casera —gimo—. Qué falta me hacía. Gracias, Aliyah. —Le lanzo un beso.

—He venido más temprano porque no te veo bien últimamente, Candy —me revela—. Desde que Liam apareció...

—No me lo menciones. —Me limpio con la servilleta los restos de tomate de la boca—. Además, no puedo estar tan mal por eso. Esta mañana he vuelto a la cama del cardiólogo buenorro. —Sonrío, pero a mi amiga parece no hacerle mucha gracia.

—Pues enhorabuena —bufa—. Debes de haber batido el récord del polvo más rápido, porque llevas horas en casa.

—Sabes que no quiero otra cosa de él. —Me encojo de hombros y le doy un sorbo a mi copa—. ¿Sabes qué? Hoy me ha pedido una cita.

—¿Vas a salir con el doctor Abdominator?

—Claro que no.

—¿Por qué?

La miro con una mezcla de indignación y desconcierto.

—Pues porque no. No quiero salir con él ni con nadie.

—Candy... —suspira—, no puedes pretender comparar todo el tiempo lo que tuviste con Liam con lo que puedas tener con otros hombres.

—¡Yo no hago eso!

—Claro que sí. ¿Recuerdas nuestra última etapa del instituto? No salías con ningún chico porque los comparabas todo el tiempo con tu misterioso y guapo tatuado. Estabas enamorada de él... y lo sigues estando.

—¡¿Y qué quieres que haga?! —exclamo con la voz quebrada—. ¡No esperaba verlo de nuevo y que removiese todo lo que llevo dentro!

Suelto el tenedor sobre el mantel y presiono mis sienes con los dedos.

—Perdona, Candy —suspira mi amiga al tiempo que acerca su silla para sentarse a mi lado y acariciar mi cabello húmedo—. Pero te hizo tanto daño en el pasado que me niego a verte sufrir por él otra vez.

—Y yo te lo agradezco, Aliyah, pero no puedo remediarlo. No encuentro la manera de acabar con este sentimiento que me araña desde dentro.

—Fue tu primer amor, Candy, y es normal...

—¿Y porque fue mi primer amor tengo que renunciar a quererlo? —Me levanto de la silla. Ya no puedo seguir comiendo—. ¿Qué ley universal dice que el primer amor no puede ser el definitivo?

—¡La ley de los cuernos, Candace! —grita—. ¡Se acostó con otra, joder!

Me duele el pecho y me cuesta respirar. Lo sé, ¡por supuesto que lo sé! La traición de Liam resultó un golpe tan duro que todavía me duele. Me duele tanto...

—Lo siento, Candy. —Aliyah me abraza con fuerza y besa mi mejilla una y otra vez—. Lo siento, lo siento... Pero no hablas nunca de ello, ni siquiera lo mencionamos, y es algo que está ahí, que ocurrió de verdad...

Vuelve a mí aquella imagen monstruosa: yo entrando en el dormitorio del apartamento de Boston, contemplando atónita a Liam dormido junto a otra mujer, ambos desnudos, en mi cama, ¡en nuestra cama!

Cierro los ojos con fuerza por si así se borra la imagen, pero no sucede. ¡Nunca sucede! Aunque lo peor viniera después:

—¿*Qué has hecho, Liam?*

—*Creo que será mejor que termine de vestirme y me vaya.*

—¡*No, no te vas a ir! ¡Quiero una puta explicación!*

—*Pues no la hay, Candace. Bueno, sí: que me he follado a otra.*

Y ahí acabó todo. Siete años de relación y de amor.

—Es cierto que pasábamos una mala racha —comento mientras me acerco a la ventana y contemplo la calle, los coches y los edificios rojos con ventanas blancas, lo único que podemos ver desde aquí—. Yo cursaba el último año de Medicina, estaba de exámenes, nos veíamos poco, discutíamos algunas veces, pero...

—Ni se te ocurra buscar excusas —me reprende Aliyah—, y mucho menos culparte. El que se tiró a otra en vuestra cama fue él. Y solo él es responsable de vuestra ruptura.

Mi amiga tiene razón, pero, a veces, las personas no podemos evitar pensar que si hubiésemos actuado de otra forma podríamos haber cambiado algo.

—Y ahora —prosigue mi amiga al tiempo que tira de mí—, sentémonos en el sofá con la botella de vino y hablemos de algo más ameno. —Llena hasta arriba las dos copas y damos un buen trago.

—Vale —río—. ¿Qué te parece hablar de tu cita con Josh?

—¿Ya se ha decidido?

—¡Pues claro!

Reímos mientras pienso que aún no lo he convencido.

—Gracias por estar conmigo y aguantarme —le digo a Aliyah.

—Mi vida sería un aburrimiento si no fuese por ti. —Ríe.

***

Cerramos las cortinas del box después de explorar al chico que ha entrado en Urgencias por un accidente de moto. Consulto en la tableta los resultados de la analítica mientras Josh acerca una silla de ruedas para trasladar al paciente a Radiología.

—Mi amiga todavía está esperando —le digo sin levantar la vista de la pantalla.

—¿Vas a seguir con eso? —me pregunta mientras vuelve a abrir las cortinas.

—Y seguiré hasta que aceptes.

—Qué pesada te has puesto con el tema. Está bien —bufa al tiempo que ayuda al paciente a subirse a la silla—. Acepto tener una cita a ciegas con tu amiga.

El chico nos mira interesado a pesar de hacer un gesto de dolor. Tras la palpación, he comprobado que, al menos, tiene una costilla fracturada.

—¡Genial! —exclamo—. Dime hora y lugar.

—Algo informal —suspira—. En el Driven, el sábado a las siete.

—¡Perfecto! —Sonrío mientras me alejo del box antes de que se arrepienta.

Capítulo 11

No ha sido de las noches más ajetreadas y me siento animada, aunque, a la salida, un nuevo encuentro con Michael me hace resoplar.

—¿Has pensado en lo que te dije el otro día? —me pregunta.

—Mike... —murmuro con desidia—, ya te contesté.

—Dame una oportunidad, Candace. —Toma mis manos entre las suyas y me mira a los ojos. Creo que no me había dado cuenta de que los suyos son verdes—. Rebobina y hazte a la idea de que no ha pasado nada entre nosotros. Como si acabáramos de conocernos en el trabajo, nos hubiésemos gustado y yo te pidiera una cita.

Decido no decirle que lo que ha pasado entre nosotros ya lo he olvidado.

—Aclaremos algo, Mike. Tú te acuestas con quien te da la gana, y me parece estupendo, pero ¿por qué no respetas que yo haga lo mismo? ¿Un tío puede tener sexo a raudales sin implicar al corazón pero una mujer no?

—Yo no he querido decir...

—No quiero nada contigo, Michael —le aclaro—. O sexo o nada. Y ahora mismo es nada. Así que...

Me irrita que, en lugar de escucharme, levante la vista por encima de mi cabeza y mire algo que hay a mi espalda.

—Perdona, Candace —me corta—, pero hay un tipo que lleva un rato ahí clavado, mirándonos. ¿Lo conoces de algo? ¿Es algún paciente?

Me doy la vuelta y suelto un jadeo de la impresión. Porque descubro a Liam, que se encuentra a unos pocos metros de nosotros.

¿Qué hace aquí, después de lo que me soltó hace ya una semana?

Tal vez haya tenido alguna visita de rutina y me haya encontrado por casualidad...

—Liam..., ¿todo bien? —le pregunto—. ¿Te ha citado el doctor Ramsey?

—No. —Se acerca y contempla mis manos, todavía unidas a las de Michael. Después me mira a los ojos y diviso una gran tempestad en los suyos.

«No tienes derecho», le digo con la mirada.

—He venido a hablar contigo, Candace —me dice—. Pero, si no es buen momento, no pasa nada.

—Él ya se iba. —Turbada, suelto a Mike—. Hasta mañana, Michael. —El cardiólogo de perfectos abdominales titubea un instante, pero después se marcha.

—Nos vemos, Candace —se despide.

Me acerco a Liam, que, a pesar de su serio semblante, luce especialmente guapo. Lleva unos vaqueros, una camiseta con el escote de pico y un *blazer*, todo ello de color negro, su color; su color de siempre.

¿Se ha acercado aquí, tan temprano, expresamente para hablar conmigo?

—Si estás cansada o tenías otros planes...

—¿Estás esperando que te diga que no me apetece hablar contigo, Liam? Porque eres tú el que está poniendo las excusas.

—Perdóname, Candace —suspira—, por la otra noche. Tú, encontrarte, verte..., todo me pilló desprevenido y...

«Eso deberías haber hecho hace seis años, capullo, pedirme perdón.»

—¿Quieres que tomemos un café? —le digo antes de que se siga justificando—. Aquí mismo, en esta calle, hay una cafetería a la que suelo ir a veces, cuando temo quedarme dormida por el camino. —Sonrío.

—Claro —responde.

Qué extraño se me hace tener a Liam caminando a mi lado de nuevo. Y mucho más extraño resulta que no nos cojamos de la mano o de la cintura, o que no riamos felices...

Nos sentamos y pedimos café. Todas las mesas están situadas junto a la cristalera, que constituye todo el lateral del local, y desde la que podemos ver la fila de árboles que nos separan de la calle y del tráfico. Todavía es temprano y hay pocos clientes. Una joven camarera con cara de sueño nos llena las tazas y se vuelve tras la barra. El silencio se instaura de nuevo entre los dos, aunque no me parece tan incómodo como el del otro día.

—Yo también quería pedirte disculpas —suspiro al fin—. Ni siquiera te pregunté la otra noche qué le pasó a la madre de Peyton.

—Un accidente de coche.

—Lo siento. ¿La querías mucho?

Aun sabiendo que una respuesta puede hacernos daño, los humanos somos así. Queremos saber.

«La curiosidad mató al gato.»

Liam alza la mirada y puedo contemplar en sus ojos una infinita tristeza. Sé que no debe de encontrar adecuado responderme afirmativamente, pero no hace falta.

—Entiendo —musito—. Debió de ser muy duro, y más con una hija pequeña...

—Sí, muy duro —suspira—. Pero tú lo sabes bien: nos hacemos fuertes frente a las adversidades.

—¿Cómo lo haces para las relaciones? —le pregunto—. Me refiero a si tienes tiempo, con el trabajo, tu hija...

Quizá sea una pregunta demasiado personal, pero ¡qué narices! Si le hago sentir incómodo, ¡que se joda!

—Pues no mucho, la verdad. —Sí, parece turbado, pero lo disimula dando un sorbo a su taza—. En realidad, no he tenido ninguna relación estable desde...

Ni siquiera se atreve a terminar la frase. Pero ya sé que se refiere a la madre de Peyton.

—¿Y tú? —me pregunta—. ¿Has tenido alguna relación seria?

—Pues no. —Me fastidia tener que darle esa respuesta, pero no voy a inventarme ahora un novio—. Nada serio desde ti.

Se remueve incómodo en la silla y yo disfruto viéndolo así. Está surgiendo la bruja que llevo dentro.

—Supongo que habrás hecho como yo —señala—, tener algo esporádico o informal, como con ese atractivo médico con el que estabas hablando.

Alzo las cejas. ¿Está celoso o me está censurando?

Espero que no sea ninguna de las dos cosas, porque me quedo con las ganas de decirle, esta vez a la cara, que no tiene ni el más mínimo derecho ni a la una ni a la otra.

«Tú me pareces cien veces más guapo que él, por cierto.»

—No he podido evitar escuchar la conversación —se justifica.

—Bueno —señalo para destensar el ambiente—, al menos, ya sabemos algo más el uno del otro. —Compongo una mueca—. Solo tenemos aventuras esporádicas, nada de relaciones serias.

Sujeto mi taza con la mano derecha para beber y mantengo la izquierda sobre la mesa, con la palma hacia arriba, por lo que queda a la vista el tatuaje que luzco en la muñeca, el Ojo de Horus, que me hizo él mismo. Me pilla totalmente desprevenida cuando posa sus dedos sobre el dibujo y resigue el contorno con delicadeza, como si sus yemas fuesen alas de mariposa.

¡Mierda, no puedo evitarlo! Ni el fuerte latido de mi corazón ni el calor que recorre cada una de mis venas y que calienta mi piel, mis músculos y mis huesos. Como tampoco puedo impedir mirar los labios de Liam e imaginarlos en cada centímetro de mi piel y en cada hueco de mi cuerpo.

Preferiría que no fuese así, porque no se lo merece, porque debería odiarlo, pero es algo más fuerte que yo y que me es imposible reprimir...

—Todavía lo llevas —murmura.

—Este me lo hiciste de verdad, recuerda —le digo, todavía turbada por las sensaciones que me provoca un simple roce de sus dedos.

¿Cómo es posible que sienta esto? ¿Cómo puede ser que, después de tanto tiempo, siga sintiendo esto?

—Te pusiste muy cabezota —sonríe—. No te valió el primero que te hice, que se borraba. Tenías que tatuarte de forma permanente.

—Y no una, sino tres veces. —También sonrío—. Y, por supuesto, siguen ahí, en la muñeca, en la espalda y en la cadera.

—Me refiero a que pensaba que te los habrías quitado, o transformado...

—Para que no me recordasen a ti, quieres decir. —Baja sus largas y oscuras pestañas, turbado—. No quiero olvidar nada, Liam. Mi pasado está ahí, forma parte de mí, como mis cicatrices. Me hice esos tatuajes porque así lo decidí. Que mi novio fuera quien me los hiciese fue un plus.

—Menos mal que te conformaste con tres. —Vuelve a sonreír—. Todavía recuerdo lo claro que tenías cada lugar donde querías que te los hiciese.

—Y yo recuerdo cómo me besabas cada uno de ellos antes de hacerme el amor.

—Candace... —gime al tiempo que observo cómo agarrota los dedos sobre la mesa.

—¡Sí —exclamo intentando no gritar demasiado—, ha sido muy brusco decir algo así, pero ya estoy harta de darles vueltas a unos comentarios que no nos llevan a ninguna parte! —le recrimino—. ¿Se puede saber para qué has venido hasta el hospital a buscarme, cuando me dijiste, mejor dicho, me exigiste que yo no lo hiciera? ¿Y qué hacemos aquí, hablando de tatuajes, si deberías estar dándome alguna jodida explicación?

Un par de tíos sentados frente a la barra se dan la vuelta, pero luego siguen a lo suyo.

Liam suspira y desliza los dedos entre su negro cabello.

—Tienes razón —suspira—. Te dije que había sido un jodido error haber quedado y hemos vuelto a hacerlo.

—Solo sabes hablar de errores, Liam —le reprocho—, pero no mencionas el mayor de todos. Y no me refiero solo a que te acostaras con otra, que más que error fue lo más rastrero y miserable del mundo, sino a que no hayas tenido los cojones de pedirme perdón. ¿O es que crees que fue culpa mía?

—Jamás he dicho eso —responde, tenso.

—¿Y? —Espero y espero, pero se limita a pasarse las manos por el pelo.

¿Por qué no dice nada? ¿Por qué tanta reticencia a pedir perdón? No digo que lo habría perdonado y me habría echado en sus brazos, pero me lo debía, joder.

—¿Has venido porque te gustaría follarme, Liam?

Como es lógico, lo he pillado desprevenido y se tensa de inmediato.

¿Que por qué le he hecho esa pregunta?

Pues porque percibo a la perfección la tensión sexual

que flota entre nosotros. Porque yo lo deseo y estoy segura de que él me desea. Porque me odio a mí misma por soñar con él desde hace seis años y por hacerlo cada noche desde que apareció de nuevo.

—Tampoco esperaba una respuesta, tranquilo. —Me pongo en pie, saco un billete del bolso y lo dejo sobre la mesa—. Ahora soy yo la que te pide que no vuelvas a buscarme, Liam. Desaparece de mi vida y déjame seguir con la mía.

Salgo por la puerta de cristal mientras todavía oigo la canción que suena en la cafetería, *Wherever You Will Go*, de The Calling. Las lágrimas afloran sin querer y no soporto la idea de que Liam me vea llorar, así que me dirijo a un estrecho callejón y comienzo a caminar sin mirar atrás. Tan rápida y ausente voy que no soy consciente de que alguien está gritando mi nombre hasta que esa misma persona me coge de un brazo y me da la vuelta. Es Liam, y yo estoy llorando. Es lo único en lo que puedo pensar: que me está viendo llorar. ¡Qué mierda!

—Candace, no, por favor... —musita. Intento zafarme de él, pero aumenta la presión para que no me marche.

Y entonces, sucede. Liam me estrecha entre sus brazos, busca mi boca y me besa con arrolladora pasión. Más que besarme, devora mis labios, mi lengua y cada rincón de mi boca. Yo respondo con el mismo frenesí, lamiendo y mordiendo mientras rodeo sus hombros con los brazos y estrecho su cuerpo contra el mío. Las manos de Liam sujetan primero mi rostro, pero luego bajan por mi torso y acaban en mis caderas, donde presiona con fuerza para que nuestras pelvis se ajusten a la perfección, como siempre han hecho. Percibo su dura erección contra mi vientre y un fuego abrasador me recorre por dentro. Yo jadeo, él gime, y mis lágrimas se mezclan con cada quejido.

Esto no está siendo solo un beso. Esto es la demostración de que el deseo, la atracción y la química siguen existiendo entre nosotros. Después de tanto tiempo; después de lo que me hizo.

Hasta que él decide parar. Me avergüenza decir que yo no habría parado jamás. Que besar a Liam y estar entre sus brazos es lo mejor que he podido vivir en mucho tiempo.

—¿Ha respondido esto a tu pregunta? —me dice con el aliento entrecortado.

—Por supuesto —respondo de la misma forma—. Que te gustaría follarme. Pero mi respuesta es: fóllate a otra, que es lo que sabes hacer.

Me deshago de su cuerpo, me doy la vuelta y emprendo el camino a casa.

***

Como es lógico, apenas he dormido nada, mucho menos descansado. Me he levantado de la cama porque ya no soportaba dar más vueltas y pensar y pensar. Todavía estoy en pijama, con el pelo enmarañado y removiendo el contenido de mi plato sentada en el sofá. Lo malo es que, aunque ya no esté en la cama, sigo rememorando cada palabra, cada gesto y cada segundo que he compartido con Liam. Un asco.

Un suave maullido interrumpe mis deprimentes pensamientos.

—Sí, un asco, Nut —le digo a mi gata, que restriega su cuerpo contra mis piernas—. El muy gilipollas me desprecia o me besa. ¿Qué coño está haciendo?

El felino me mira con sus ojos ambarinos y ondea a un lado y a otro su larga cola. Creo que acaba de preguntarme: «¿Y tú? ¿Qué estás haciendo tú?».

—No me mires así, Nut. He hecho bien enviándolo a la mierda. ¿O crees que debería haber hecho algo más?

La gata maúlla y frota la cabeza contra mis pies.

—Creo que tienes razón. Podría hacer algo más...

Sí, estoy hablando con mi gata. Es lo más normal del mundo.

Me levanto del sofá y suelto el plato con restos de arroz y verduras cuando oigo el sonido de la puerta de entrada.

—¡Candy! —me llama Aliyah—. ¡Candy! ¡Lo he conseguido!

—¿El proyecto? —le pregunto igual de entusiasmada.

—¡Sííí! —grita—. ¡El millonario chino ha elegido nuestro edificio! ¡Mi edificio!

Las dos nos abrazamos y damos saltos por todo el salón mientras gritamos eufóricas.

Tal vez nuestros vecinos de abajo se acuerden de nuestras familias, pero nos importa un carajo. Aliyah y su equipo han trabajado mucho en el diseño de un espectacular rascacielos que debía competir con otros muchos candidatos.

—¡Es alucinante, tía!

—Oh, Candy, aún estoy con la adrenalina por las nubes.

Aliyah me arrastra hasta su habitación, donde multitud de planos y bosquejos inundan su mesa de trabajo. En su momento decidimos que ella se quedara el dormitorio más amplio, para poder colocar una mesa reclinable y seguir con sus diseños a cualquier hora del día o de la noche, cuando le viniese la inspiración.

Desenrolla uno de los tantos diseños que tiene del proyecto y vuelve a mostrármelo, aunque me sepa de memoria la extraña forma en bucle del impresionante edificio que mezcla modernidad con sostenibilidad, con un enorme mirador, una gran capacidad para obtener luz natural y jardines con acceso público. Una pasada, aunque no entienda nada del tema.

—Dios, vas a ser una arquitecta famosa. —Apoyo la barbilla en su hombro para contemplar lo que tanto la enorgullece.

—Ojalá. —Suelta un profundo suspiro—. Lo malo es que el magnate chino me quiere a mí y al equipo para que se lo presentemos en su propio despacho.

—Y eso está en...

—Shenzhen, China.

—¿Tienes que ir a China? —le pregunto perpleja.

—Ya tenemos los billetes. Salimos el sábado por la noche.

—Volverás pronto, ¿verdad? —le digo alicaída.

—Tranquila, solo serán tres o cuatro días. Máximo una semana.

—Oh, qué rabia —suspiro al recordar—. Tendré que anular tu cita con Josh... Con la ilusión que me hacía que os conocierais...

—Podemos aplazarla —me sugiere.

—No lo creo —resoplo—. Con lo que le ha costado decidirse..., si la posponemos, la anulará.

—Está bien, está bien —murmura al tiempo que se pone en pie y comienza a caminar por la habitación—. Podría hacerlo todo a la vez. Soy mujer, ¿recuerdas? —Me guiña un ojo.

—¿Quedar la misma noche que tienes que coger un vuelo a China?

—Lo dejaré todo preparado —explica—. Me da tiempo de sobra de quedar con tu enfermero, volver a casa, coger la maleta e ir al aeropuerto.

—Qué poca fe tienes en la cita —gruño.

—Pasará como en los encuentros de Tinder, Candy —suspira—. Nos presentaremos, diremos cuatro banalidades, comenzaremos a mirar el reloj y acabaremos soltando que tenemos prisa.

Me entristece verla tan apática, pero lo entiendo, después de tantos fiascos.

—Con la diferencia de que esta vez yo no estaré allí —le digo—, porque conozco a Josh, y sé que no es un capullo.

130

—En fin. —Sonríe un poco forzada—. ¿Y qué tal tú? Con la pinta que traes, me queda claro que ya no te tiras al doctor Abdominator. ¡Mira qué ojeras tienes! Con lo tersa y lustrosa que tenías la piel cuando venías de retozar con él...

—Liam ha venido a buscarme al hospital.

Soy de dar pocas vueltas a las cosas. Las suelto y me las quito de encima. Forma parte de mi terapia.

—¿Liam? —exclama con indignación—. ¿Y qué coño quería ese ahora? ¿No te dijo que no lo buscaras más? ¡Hay que joderse!

—Nos hemos besado.

Ese detalle aún tenía más ganas de soltarlo.

—Cuando dices «nos hemos», ¿te refieres a que habéis participado los dos?

—¡Vaya si hemos participado! ¡Un poco más y nos comemos enteros!

—Pero ¡¿qué me estás contando, tía?! ¡No me digas que vas a perdonarlo y a volver con él!

—No puedo perdonarlo porque ni siquiera me ha pedido disculpas por lo que hizo. Y ninguno de los dos tiene la intención de retomar nada. Esta vez he sido yo la que lo ha mandado a la mierda a él.

—Ah, vale, qué susto me has dado.

—Pero, después de pensar durante mis horas de insomnio —le explico— y de hablarlo con Nut, he llegado a una conclusión.

—Tus conversaciones con Nut suelen ser la antesala de algún desastre —gruñe.

—No pienso quedarme de brazos cruzados mientras Liam se pasea por ahí alegremente con su hija o me besa cuando le apetece. Ya que mi querido exnovio no se arrepintió en su momento de lo que me hizo, se va a arrepentir ahora.

—Ay, que te conozco y te veo venir, Candace. Vas a vengarte de alguna forma...

—Exacto.

—¿Y cómo piensas hacer eso? Aunque yo te puedo dar un par de ideas. Veamos... —Se lleva una mano al mentón—. ¿Qué te parece emborracharlo, desnudarlo y dejarlo en mitad de Union Square? O, mejor, dejarlo desnudo e inconsciente con un letrero a su lado que diga: «Aunque os guste lo que veáis, ni os acerquéis. Tengo gonorrea». Pero, vamos, yo lo tiraría directamente a la bahía desde el Golden Gate con una piedra atada al tobillo...

—¿Has acabado ya? —bufo—. No, Aliyah, nada tan simple como todo eso. Yo lo que busco es un poco más retorcido.

Compongo una expresión diabólica y mi amiga abre unos ojos como platos.

—¡¿No estarás pensando en tirártelo?!

—Pues eso, exactamente, es lo que había pensado.

—¡Tú estás mal de la cabeza! —exclama al tiempo que se dirige a su armario y lo abre—. ¡Eso te dolerá más a ti que a él, y lo sabes perfectamente!

—Me da igual. —Me encojo de hombros—. Mientras viva en su propia piel lo que es el dolor, tengo suficiente.

—No lo veo, Candy —suspira—, pero allá tú. Si al final él sale jodido de alguna manera, ya me conformo. —Comienza a buscar entre su ropa—. Yo, de momento, he quedado con mis compañeros del estudio para celebrar mi éxito profesional bebiendo hasta caerme al suelo. ¿Nos acompañas?

—No imaginas la falta que me hace.

Capítulo 12

Somos muy jóvenes y nos dejaremos llevar. ¿Qué te parece, Liam? ¿Lo intentamos?

CANDACE en *Demasiado perfecto*

LIAM

Hacía varios días que el curso había acabado. Había llegado el verano y mis compañeros y yo debíamos dejar el apartamento para ahorrarnos pagar esos meses de alquiler. El problema era que ellos tenían donde ir y yo no. Mark, uno de los chicos con quien compartía vivienda, me había ofrecido que me fuera con él a Phoenix, y había aceptado su ofrecimiento. Luego comencé a salir con Candace, que me había propuesto que pasáramos juntos el verano, y empecé a pensar en otras posibilidades, como alquilar una habitación o algo que me pudiese costear.

Pero mi relación con la chica de instituto me tomó por sorpresa. No pensaba salir con nadie, mucho menos enamorarme... Y había hecho las dos cosas.

Me dolía el pecho cada vez que pensaba en ese amor

tan inesperado, en experimentar un sentimiento tan desconocido para mí. Y el dolor se volvía más profundo cuando pensaba en que ese amor cada vez se iba haciendo más fuerte. Cada día había más besos, más caricias, más momentos únicos y perfectos. Habíamos hecho el amor, algo que había intentado evitar, pero que había sucedido y me había hecho sentir aún más cerca de ella. Pero, al final del verano, todo quedaría atrás.

Por todo ello, decidí atajar ese dolor de golpe. Preferí alejarme de Candace antes de que me fuese imposible hacerlo.

—¿Qué te queda para empaquetar? —me preguntó Mark el día que comenzamos a recoger nuestras cosas para dejar el apartamento vacío.

—Poca cosa, *tranqui* —le dije mientras metía mis exiguas pertenencias en una mochila.

—Yo voy a bajar unas cuantas cajas más a la *furgo* —señaló—. Cuando estemos listos, te avisamos para que nos sigas con la moto. No tardes.

Debió de cruzarse con Candace en la puerta, puesto que lo siguiente que oí fue su pregunta con un evidente matiz de desconcierto.

—¿Qué haces?

Le expliqué la situación, que debía marcharme y blablablá. Apenas la miré mientras tanto. No tenía los suficientes huevos para hacerlo.

—¡Mírame, Liam! —exclamó al tiempo que golpeaba mi brazo—. ¡Quedamos en que estaríamos juntos este verano!

—¿Y qué? —respondí fingiendo desinterés—. ¿No se puede cambiar de opinión? Te recuerdo que tú y yo no somos nada. Únicamente lo hemos pasado bien.

—¡No me jodas, Liam! Tenemos algo especial, y lo sabes...

—No tenemos nada, y mucho menos especial. —Me

134

decidí a mirarla para resultar más creíble. Solo Dios sabe lo que llegué a odiarme a mí mismo—. Te lo dije en más de una ocasión: yo no salgo con chicas tan jóvenes, no tengo novia ni relaciones, ni quedo con sus amigos adolescentes en heladerías de colores.

—Y me lo recuerdas justo después de follar conmigo, ¿no?

—Es algo que hace la gente continuamente: follar. Y ahora, si me disculpas...

—Liam... —aferró la manga de mi chaqueta—, ¿qué está pasando? Llevo poco tiempo contigo, pero el suficiente para saber que tú no eres así. Si es porque tienes miedo de que me pille por ti o temes que puedan peligrar mis estudios en Harvard, estate tranquilo, porque en cuanto acabe el verano...

—Ese es el problema, Candace —la interrumpí furioso. No con ella, sino con la maldita idea de que el final del verano también sería nuestro final—, que creas que, por habernos enrollado unas cuantas veces, me conoces de algo. Y no tienes ni puta idea. No sabes de mí una jodida mierda.

—Y yo que pensaba que eras especial...

—Pues ya has visto que no lo soy. Soy un capullo y un gilipollas, como muchos otros. Y ahora, márchate ya, Candace.

En esa ocasión sí que la oí llorar. Yo también lloré, pero ella no me oyó a mí.

***

—Liam, tío, voy a salir con los colegas a tomar unas birras. ¿Te apuntas?

—No, gracias, tío. Estoy bien.

—Como quieras. Pero podrías, al menos, ventilar este antro. Huele a oso que atufa.

Compuse una mueca, porque tenía razón. Llevábamos varios días viviendo en el apartamento de unos colegas de Mark, en Phoenix, y apenas había vislumbrado otro panorama que las paredes de aquel reducido cuarto. Ni siquiera me había molestado en cambiar la parca y cutre decoración, como un calendario colgado en la pared con la fotografía de una chica en biquini y que todavía marcaba el mes de febrero.

Solté un bufido y me levanté de la cama, que no me había molestado en hacer ni un solo día. Me acerqué al calendario y comencé a arrancar hojas hasta llegar al mes en curso. Suspiré. Le había oído mencionar a Candace muchas veces la fecha del baile de graduación del instituto. Tendría lugar dentro de tan solo dos días.

No había podido dejar de pensar en ella, en su rostro de decepción y tristeza, en su llanto. Miraba durante largos minutos la pantalla de mi teléfono, dudando si llamarla o decirle algo, pero siempre lo acababa dejando. Ella seguiría pensando lo peor de mí, algo que, teóricamente, me importaba una mierda de cualquiera. Pero no de ella.

Y era eso lo que me mataba.

No pretendía que cambiara sus sueños u objetivos, pero que el último recuerdo que tuviese de mí fuera que solo había querido sexo de ella me dolía en lo más hondo.

—A la mierda —farfullé al tiempo que cogía una muda limpia y me encaminaba a la ducha.

Cogí mi moto y me dispuse a recorrer los casi cuatro mil kilómetros que me separaban de Nueva York.

***

No llegaba, no llegaba...

Había sufrido un corte de carretera y una avería en mi moto, con lo que el viaje se me hizo condenadamente eterno. Llegué tan tarde a Nueva York que ya no me daba

tiempo a pasar por casa de Candace. No tenía más remedio que presentarme en el maldito instituto.

Claro que una cosa era llegar y otra poder entrar. Tras
pedirle y rogarle al vigilante que me dejase pasar, él se li-
mitó a enviarme a paseo, porque, aparte de carecer de
invitación, llevaba mi negra indumentaria sudada y polvo-
rienta. Me vi obligado a asestarle una patada en la rodilla
para disponer de un momento para colarme. Corrí por
aquel pabellón, decorado como una gran y empalagosa
tarta gigante, siguiendo el sonido de la música. Pero, justo
antes de llegar al salón de baile, el gorila de la entrada me
atrapó y me tiró contra el suelo.

—¡Traigo un recado para una persona! —le grité—.
¡Solo será un segundo!

A varios profesores los alertaron los gritos y el vigilante me arrastró hasta ellos mientras me acusaba de colarme
con alguna oscura intención. Forcejeé y rogué que me
dejasen entrar solo un momento mientras los arrastraba
hasta el salón. Tal fue el follón que montamos que alguien
detuvo la música y pude ver a los recién graduados vestidos de punta en blanco. Entre ellos, vi a Candace.

—¡Candace, joder! —grité—. ¡Diles que solo quiero
hablar contigo un minuto! ¡Un maldito minuto!

—¡Dejadlo en paz! —gritó ella al ver cómo el gorila
me retorcía un brazo—. ¡Solo quiere hablar conmigo!

Sus amigos me defendieron también, así que me solta-
ron y pude acercarme a ella.

Candace estaba preciosa, con un vestido azul celeste
que la hacía parecer una princesa de cuento, mi princesa.
Mis brazos y mi corazón clamaron para que me abalanza-
ra sobre ella y la estrechara contra mi cuerpo, pero no
había ido para eso. Solo debía darle una explicación.

—¿Qué quieres, Liam?

—Candace, yo... —Estaba tan nervioso que no dejaba
de tocarme el pelo—. No me marché por lo que piensas.

Me fui porque no podía seguir fingiendo que me conformaría con un verano contigo. Cuantos más días pasábamos juntos, más difícil se me hacía pensar en que todo acabaría en dos meses. No quiero ser un lastre para ti, y por eso actué como un capullo, para que te alejases sin mirar atrás. Pero resulta que tampoco podía soportar que creyeras lo peor de mí. Porque la realidad es que te quiero, Candace. Te quiero como nunca he querido a nadie.

—Liam...

—Solo quería que lo supieras.

Me dispuse a marcharme justo cuando ella gritó mi nombre.

—¡Liam, espera! Yo también te quiero —me confesó—, te he querido en todo momento. Pero tú no deseabas relaciones, yo tenía que marcharme...

—Gracias por quererme, Candace... —No podía pedir más.

—Podemos probar, Liam. —Se acercó a mí y aferró las solapas de mi chaqueta—. Podemos estar juntos este verano y, después, intentar vernos todo lo que podamos. Yo vendré a Nueva York cada vez que pueda, tú puedes ir a visitarme, hablaremos por teléfono, haremos videollamadas...

—Candace... —musité.

¿Podría haber esperanza para lo nuestro?

—Lo que no podemos es predecir el futuro —me dijo—. No sé si aguantaremos así, si seguiremos juntos, si lo soportaremos un año, dos, tres... ¡¿Qué más da?! Somos muy jóvenes y nos dejaremos llevar. ¿Qué te parece, Liam? ¿Lo intentamos?

—A tus diecisiete años —afirmé—, me has dado una lección de madurez. Por mi parte, sí, Candace, quiero intentarlo.

Y ya no había motivo alguno para no besarla. Nos abrazamos, sin darnos cuenta de que estábamos en mitad de la pista de baile, y nos besamos tierna pero apasionadamente.

La música comenzó a sonar de nuevo. Las alegres notas de *Dancing Queen*, de ABBA, llenaron el ambiente y, ante la cara de felicidad de Candace, no pude negarme. La agarré por la cintura y la alcé al aire para dar vueltas y vueltas por la pista.

Estaba bailando, ¡sí!, en un baile de instituto. Pero nunca había sido tan feliz.

Capítulo 13

ALIYAH

Ya me encuentro en la puerta del Driven, el bar que le mencionó a Candace su compañero. La decepción acaba de embargarme porque esperaba echar un vistazo a través de las ventanas, pero este local carece de ellas. Me sobresalta el sonido estridente de la campana del tranvía, que circula calle abajo, y tengo que echarme a un lado para que acceda al local un tipo de gran envergadura.

¿Se puede saber por qué estoy tan nerviosa si he hecho esto mismo mil veces?

Bueno, no es exactamente lo mismo. Esta vez no tengo ni idea de cómo puede ser el hombre que me está esperando, pero sé, por otro lado, que es buen tío, según la información de mi amiga. Aun así, creo que me falta la ilusión y la energía de las otras veces.

Será que estoy empezando a cansarme de buscar una relación a través de la tecnología.

En esta ocasión, entra un grupo de personas y en ellas encuentro la oportunidad. Me sitúo detrás y me camuflo entre ellas para poder entrar sin ser vista, aunque, una vez dentro, se dispersan por el local y no encuentro otra salida que pegarme a la pared, justo detrás de un perchero.

Debo de parecer ridícula, parapetada detrás de chaquetas y bolsos, pero no esperaba el inconveniente de la falta de ventanas y no se me ocurre otra forma de echar un vistazo. Y no es que no me fíe de mi amiga. Soy yo, que ya no quiero hacerme más ilusiones.

El bar, por cierto, me parece bastante chulo, con paredes de ladrillo, un espacio para jugar al billar o a los dardos y algunas mesas rodeadas de sofás circulares. Tiene el encanto de tiempos pasados, y lo demuestra que suene ahora mismo *Toxic*, de Britney Spears. A la derecha del local se sitúa la barra, donde puedo ver al que supongo que es mi cita, puesto que es el único cliente que está solo y no hemos convenido chorradas del tipo «yo llevaré un libro y tú una flor blanca». Lo contemplo aprovechando mi situación privilegiada de camuflaje.

Desde aquí me parece un chico normal, sin ningún rasgo que llame la atención. Viste con vaqueros, botas y una camisa de cuadros sobre una camiseta gris, por lo que me alegro de haberme puesto también unos pantalones del mismo tipo, aunque los he combinado con un top de raso negro que le da al conjunto un toque sofisticado. Su cabello es castaño, del mismo tono de su barba, detalle que más me llama la atención, puesto que me gustan los hombres con barba y todavía no he salido con ninguno.

Parece un chico sencillo, y no sé si eso me gusta o no. Sentado en el taburete, contempla su móvil. Frente a él, sobre la barra, hay un botellín de cerveza.

Y entonces caigo en cuál es el problema: las expectativas. Cuando quedas con alguien en una cita desde una aplicación, ya has hecho una selección, sobre todo física. Pero, en una cita a ciegas, te encuentras de golpe con un desconocido al que te has estado imaginando con la cara y el cuerpo de Henry Cavill. Y en el momento en que lo

141

ves, reconoces que el mundo no es una fantasía y está lleno de personas normales, como yo y como el chico que me espera con una cerveza.

Pero yo quiero mi fantasía.

Desconcertada por mis propios pensamientos, me doy la vuelta y salgo de nuevo del establecimiento. Una vez en la calle, los sonidos del tráfico y de la gente sustituyen a la música de hace casi dos décadas. Y comienzo a caminar calle arriba, en busca del autobús.

—No sé qué diantres estoy haciendo con mi vida —barboto por lo bajo—. He diseñado un edificio que es la hostia, tengo a la mejor amiga del mundo y mis padres están orgullosos de mí. No tengo novio, ¿y qué? ¡Me voy a China a presentar un proyecto con el que se van a cagar los chinos!

Una señora que espera en la parada del autobús me mira por encima de sus gafas, pero luego sigue a lo suyo. Creo que lo menos raro que puede ocurrir en una ciudad como San Francisco es que alguien hable solo por la calle.

Miro la hora en el móvil. Me habría dado tiempo de sobra de, al menos, presentarme a ese enfermero. Me sabe mal por Candace, que le tenía puesta tanta ilusión...

Vale, está feísimo que me largue de esta forma. Solo tengo que volver a ese bar y charlar cinco minutos con el tal Josh. ¿Qué me cuesta? La pobre Candy me ha acompañado a todas mis citas de Tinder sin quejarse, y voy yo y desaparezco a la primera de cambio.

—¡¿Subes o qué?! —me pregunta el conductor del autobús.

—¡No! —grito antes de desandar el camino, bajar de nuevo la empinada calle y entrar en el local que me ha parecido tan acogedor.

El chico sigue en el mismo lugar, aunque diría que la cerveza no es la misma de antes. Algo habrá tenido que hacer mientras me esperaba.

Inspiro, doy unos pasos y me acerco a él, que se gira al notar mi presencia. Ahora que estoy más cerca, me parece bastante más mono de lo que me ha parecido hace un rato. Sus ojos son cálidos, y su barba, bien recortada, le da un punto sexy.

—¿Josh? Soy Aliyah, la amiga de Candace.

—Hola, Aliyah, encantado. —Me da un beso en cada mejilla y un leve escalofrío recorre mi cuerpo. Su barba es puro algodón al tacto y su piel huele a limpio y a suave perfume masculino—. ¿Te apetece una cerveza?

Me encanta su voz. Es dulce, cálida, profunda, como la voz de un narrador de documentales. Oírlo me ha provocado otro escalofrío, y ya van dos.

¡Menos mal que era un tío normal!

—Sí, claro.

Me siento en el taburete contiguo y le doy un trago al botellín. Ambos nos colocamos de forma que nos podamos mirar de frente. Suena otra canción antigua, *Creep*, de Radiohead.

—Lo siento —sonrío—. Seguro que Candy se ha puesto de lo más pesada.

—Yo también lo siento. —Coloca un brazo sobre la barra y compone una pose descuidada y muy masculina—. Supongo que ambos la queremos y no se lo tendremos en cuenta.

Y también sonríe. Y, justo después, un leve aleteo comienza a acariciar mi estómago desde dentro. ¿Mariposas? ¿Desde cuándo no las sentía? ¡Creía que se habían muerto todas!

—Ah, y me alegro de que hayas decidido volver. No habría aguantado la decepción de Candace si no lo hubieses hecho —afirma.

—¿A..., a qué te refieres?

—A que te he visto detrás de la percha y te he visto marcharte.

143

—Ay, madre... —Creo que me acabo de ruborizar. Tener treinta años no te inmuniza contra la vergüenza.

—No pasa nada —replica—. No sé si sabrás lo que le costó a Candace convencerme a mí.

—Lo cierto es que me ha ido muy mal con esto de las citas —le explico en un arranque de sinceridad—. Y he venido bastante desganada, solo por Candace.

—Yo nunca he utilizado aplicaciones de citas —me aclara—. ¿Tú has tenido muchas?

—Demasiadas —bufo.

—Entiendo que presentarte hoy en otra cita más te diera pereza.

—Bueno —sonrío—, al menos no es como las demás. No estamos aquí por un *match*. Es una cita a ciegas de las de toda la vida.

—Me alegro de que te lo tomes de una forma diferente.

—Sí, bastante diferente —corroboro—. Para empezar, parece que no eres un capullo.

—Oh, pues qué bien. —Ríe con una mueca—. No va tan mal la cosa si no te parezco un capullo.

Es amable, educado y divertido, lo que le confiere unos cuantos puntos más, al menos veinte. Porque me hace reír; porque ríe conmigo.

—Pues nada, espero tus consejos —me dice—. ¿Por dónde se empieza en estos casos? ¿Hay que hacer un resumen de tu vida? ¿Se habla del trabajo y se esquiva la política?

—No lo sé, realmente. —Suelto una carcajada—. Si tengo que basarme en mis últimas experiencias..., vamos mal. El último quiso ligarse a Candy, el anterior no levantaba la vista de mis tetas, y el del mes pasado me soltó que se había follado a mil mujeres y que esperaba plantarse en la mil y una.

Él también suelta una risotada. Me encanta verlo reír.

Porque su risa es grave y profunda, y porque se le marcan algunas líneas de expresión alrededor de los ojos, señal de que ríe muy a menudo.

—Pues hablemos de cualquier cosa, entonces —propone tras su ataque de hilaridad.

—Vale. —Me pongo seria—. Así que eres enfermero —le digo tras refrescarme con un trago de cerveza—. Y uno muy bueno, me han dicho.

—Me gusta lo que hago. —Se encoge de hombros—. El trato con el paciente me parece algo primordial, que no se sienta desamparado, que nunca se sienta solo.

—¿Y lo de acompañar a los paramédicos?

—Cuando es necesario, debemos asistir la mayor cantidad de profesionales posibles —explica antes de darle también un trago al botellín.

Me fijo en su mano, de uñas cuidadas y dedos finos. Lleva dos sencillos anillos de acero, en el dedo índice y el corazón. Me gusta cómo le quedan.

—También me ha dicho Candy que colaboras como voluntario con un grupo que recorre la ciudad en busca de personas sin hogar que puedan necesitar atención médica...

—Parece que la doctora Howard me ha descrito de forma muy generosa —me interrumpe, visiblemente incómodo—. No vayas a creer que soy un ángel caído del cielo ni nada parecido.

—No creo que seas un ángel —respondo con una sonrisa—, pero creo que eres un tío muy concienciado que hace algo para mejorar un poquito el mundo. Y eso es genial, ¿no?

—¿Y tú? —Cambia radicalmente de conversación. No parece que le guste ponerse medallas y eso le da veinte puntos más—. Me ha dicho Candace que eres arquitecta. ¿En qué estás trabajando?

—He diseñado un edificio por encargo de un empresario chino —le explico—. Esta misma noche he de coger un vuelo a China para presentar el proyecto.

—Vaya. —Suelta un silbido—. Suena de lo más interesante. ¿Y cómo es?

—¿A qué te refieres?

—Al edificio. ¿Cómo es?

—No quiero aburrirte, de verdad...

—Te aseguro que no me vas a aburrir —sonríe—. La arquitectura me parece un tema fascinante. Hablarte de urgencias hospitalarias me parece bastante menos apropiado para una cita. —Vuelve a sonreír.

Y así, con un par de cervezas más, le explico las maravillas del edificio Guang.

—Me gusta —me dice al finalizar mi breve exposición.

—Sí, la verdad es que es una pasada...

—Me refiero a tu entusiasmo —me dice—. Se nota que te gusta lo que haces. Te brillaban los ojos mientras hablabas de tu trabajo.

—Será que me he encontrado cómoda hablando contigo.

Y digo la verdad. Hacía tiempo que no daba con nadie interesado en mi trabajo que no fuese del gremio, de mi familia o Candace. Si le mencionaba a un chico palabras como *pendiente*, *horizontalidad*, *apaisado* o *paramétrico*, bostezaba a los dos segundos.

—Sé que tienes poco tiempo antes de coger ese vuelo —me comenta—, y si tienes que marcharte ya, lo entenderé, pero...

—Todavía tengo tiempo —lo interrumpo; demasiado rápido diría yo—. ¿Por qué lo dices?

—Porque me gustaría aprovecharlo contigo. —Me mira y sus ojos marrones cambian su calidez por un brillo diferente. Parecen interesados, interesados en mí y en mi compañía. Y esa idea me gusta; me gusta mucho. Porque

146

lo que en un principio me había parecido un mero trámite que pasar por un favor a Candace me parece ahora lo mejor que me ha ocurrido en mucho tiempo.

Observo su rostro, que me mira expectante. Me había parecido un tipo normal, anodino, incluso. Pero, en este instante, lo encuentro muy atractivo. Será que su belleza interior traspasa su piel y lo cubre también por fuera.

—A mí también —le respondo—. ¿Qué podemos hacer? ¿Se te ocurre algo?

Antes de dejarlo responder, echo un vistazo al local. Las mesas de billar, situadas al fondo, bajo una tenue luz amarillenta, llaman pronto mi atención.

—¿Qué tal se te da el billar? —le pregunto.

—Hace bastante tiempo que no juego, pero no se me daba mal.

—Yo no toco un taco desde hace siglos, pero te reto. Quien pierda paga las cervezas.

Compone una mueca traviesa que vuelve a hacerme cosquillas por dentro.

—Reto aceptado.

Suena más música pasada, *I Gotta Feeling*, de Black Eyed Peas, pero me otorga una carga extra de energía. Colocamos nuestras botellas en una mesa alta y comenzamos a jugar. En la primera partida, me gana; en la segunda, la cosa se iguala; en la tercera, lo destrozo.

—¿Estás segura de que no jugabas hacía siglos? —me pregunta escamado.

—¡Te lo prometo! —río—. Lo que no te he dicho es que en mis tiempos universitarios ¡era la leche!

—Ya lo he visto —gruñe al tiempo que saca su cartera y deja unos billetes sobre la mesa.

—¿Y los dardos? —le pregunto—. ¿Cómo se te dan? Esta vez seré sincera y te diré que mi puntería es la hostia.

—Pues yo solo tengo puntería para clavar agujas. —Tuerce el gesto—. ¿Qué tal un paseo?

—Sí, mejor —le contesto.

Yo me pongo mi fina chaqueta de punto y él se coloca una cazadora de color verde caqui y salimos a la calle, donde el cielo comienza a adquirir un tono anaranjado.

No llevamos ningún rumbo ni fijamos un destino; simplemente caminamos uno al lado del otro y conversamos, aunque nos crucemos con demasiadas personas y tengamos que esperar interminables semáforos para cruzar las calles.

—Yo te he hablado sobre mis citas —le digo—, pero ¿y tú? ¿Has tenido alguna relación recientemente?

—Lo dejé con mi novia hace seis meses —señala.

—Vaya. —Suelto un silbido—. Si la llamas «novia», es que era algo serio.

—Llevábamos juntos tres años —me confiesa.

—¡¿Tres años?! —exclamo—. Eso es mucho tiempo...

—Se cansó de mis guardias y mis noches fuera. —Se encoge de hombros—. Aunque creo que ya no había nada entre nosotros, y, cuando eso sucede, cualquier pretexto es bueno para dejarlo.

—Lo siento.

—No, tranquila. Seguíamos juntos por la fuerza de la costumbre.

Una presión en el estómago me hace recordar lo que son los celos. De repente, odio a esa desconocida por haber dejado a un hombre así. Aunque, si he de ser sincera, la odio más por haber sido su pareja durante tanto tiempo.

Sin darnos cuenta, seguimos caminando y hablando. Miramos escaparates, que, en estas fechas, lucen todos con colores naranjas y ocres, con calabazas y máscaras terroríficas, en espera de Halloween. Nos entra hambre y pedimos un perrito cada uno en un puesto callejero, aunque yo lo pido con mostaza y cebolla, y Josh, que no soporta la cebolla, lo pide con salsa barbacoa.

148

—¿Cómo puede no gustarte la cebolla? —le digo con una mezcla de risa e indignación.

—Creo que me viene de cuando era niño —ríe—. Teníamos una cocinera que añadía cebolla a todos sus guisos. Aborrecí ese sabor. —Compone una mueca de asco.

—Vaya, tenías cocinera y todo, qué nivel. —Hago un mohín mientras mastico mi bocado del perrito.

—Mis padres, ambos médicos, pasaban muchas horas fuera de casa. —Mientras habla, desliza la yema del dedo pulgar por la comisura de mi boca—. Perdona, tenías un poco de mostaza.

Me quedo quieta y sin palabras ante tal muestra de confianza. Luego lo veo llevarse el dedo a la boca para chupárselo y casi se me caen las bragas. ¡Madre mía! ¡Qué gesto tan sexy!

Aunque, a continuación, vuelve a mostrar una mueca de desagrado.

—Sabes a cebolla.

Y me pongo a reír, y él ríe también. Y mi corazón da una voltereta tan repentina que noto la caída en mi pecho. Debe de ser la falta de costumbre.

—Por cierto —comenta rompiendo el silencio y la conexión creada entre los dos—, ¿no tenías que coger un avión a China?

—¡Mierda! —Miro la hora en el móvil y me llevo una mano a la frente—. ¡Mierda y mierda! ¡Tengo que ir a casa a por la maleta! ¡E ir al aeropuerto! ¡Joder y joder!

—Vale, vale, tranquilízate —me dice al tiempo que para el primer taxi que ve pasar—. Vamos, sube, te acompaño.

En el interior del coche, no dejo de despotricar de mí misma. ¡¿Cómo he podido olvidar algo así?!

«Porque te lo estabas pasando genial, tía, como hacía tiempo que no te sucedía.»

—Sube a casa —me apremia al llegar a mi edificio—.

Yo me quedo aquí para asegurarme de que no se vaya el taxi.

—¡Gracias!

Subo rauda hasta el apartamento, donde me encuentro a Candace hecha un manojo de nervios.

—¡Por el amor de Dios, Aliyah! ¡¿Dónde estabas?! ¡Te he llamado mil veces!

—Estaba en tu cita y no me he percatado —le digo mientras, a toda velocidad, cojo el bolso que ya tenía preparado con la documentación y agarro el asa de mi maleta, también hecha hace horas.

—¿Has estado todo este tiempo con Josh? —me pregunta con un punto travieso—. ¿Y todavía estás con él?

—¡Sí, todavía! —Me acerco a ella y le doy un fuerte achuchón—. Me voy, Candy. Te echaré de menos.

—¡Espera, espera! ¿No quieres que te acompañe al aeropuerto?

—¡Ya tengo compañía! —le grito mientras presiono con fuerza el botón del ascensor.

Una vez en la calle, Josh me ayuda a meter mi equipaje en el maletero y le pide al taxista que se dé prisa a cambio de una propina. El hombre sortea el tráfico como puede y, afortunadamente, llegamos a tiempo.

—Joder, mi jefe me mata —farfullo mientras cojo la maleta y empiezo a correr por la terminal—. ¡Y el chino nos cuelga!

—¡Vamos! —Josh me da la mano y tira de mí—. ¡Seguro que llegas!

En mitad de la carrera, la situación me parece tan absurda que me pongo a reír de forma compulsiva. Josh primero se asusta, creyendo que estoy llorando, pero luego ríe conmigo, hasta que ya no puede acompañarme más. Los últimos pasajeros del vuelo están pasando el control.

—¿Ves? —me dice al detenerse, entre jadeos. Tiene

las mejillas arreboladas y el pelo alborotado—. Lo hemos conseguido.

—Sí, *hemos*, los dos —le digo también sin resuello.

—Bueno, pues lo he pasado genial, Aliyah. Que tengas un buen viaje.

Se retira un paso hacia atrás, pero no me da la gana de que esto acabe así. Cuando la vida te da una oportunidad, ¿vas a desperdiciarla?

Corro hacia Josh, apoyo las manos en su pecho y poso mis labios en los suyos. Él responde abriendo mi boca y acariciando mi lengua, un solo instante, un segundo, no hay tiempo para más. Pero a mí me ha parecido el mejor beso en mucho tiempo.

—¿Volveré a verte? —me pregunta con ternura.

—¡Sí! —respondo—. ¡Ahora tengo que irme! ¡Llámame! ¡Pídele mi número a Candy!

Cuando ocupo mi asiento en el avión, junto a dos compañeros más, dejo escapar un suspiro y apoyo la cabeza en el respaldo. Ahora mismo debo de tener una sonrisa de idiota pintada en la cara.

Capítulo 14

Apenas estoy pendiente del recorrido mientras el taxi se dirige a la dirección que le he proporcionado al conductor. Compongo una mueca al recordar cómo la he obtenido: aprovechando mi acceso a los datos de los pacientes. No es una cosa que suela hacer, lo de fisgar las direcciones, lo prometo. Pero esta ocasión así lo requería.

No voy a intentar, en estos momentos, justificar o dar un discurso sobre las razones que me impulsan a hacer lo que estoy a punto de hacer. No siempre lo que hacemos ha de resultar lo más sensato. Porque no es sensato que insista, una vez más, en ver a Liam. No es sensato que haya conseguido su dirección de una forma, digamos, poco ética. Y lo menos sensato del mundo es que me presente en su casa de improviso.

Pero unas veces se ha de actuar con sensatez y otras por impulsos. Si ahora le hiciera caso a mi juicio, le pediría al taxista que diera media vuelta y me llevara a mi casa para seguir con mi vida y olvidarme del tema. Pero, como actúo por un impulso, voy a dejarme llevar.

¿Qué es lo peor que puede pasar? ¿Que Liam se cabree?

Me importa una mierda.

¿Que yo haga el ridículo?

Encontrar a mi novio en la cama con otra ya me hizo experimentar suficiente ridículo para toda una vida. Sentir un poco más me importa un bledo.

¿Y como parte ventajosa?

Pues puedo obtener información sobre los hechos que tuvieron lugar aquel aciago día de hace seis años. Algo no me cuadra. Las reacciones de Liam a día de hoy, sus silencios, el anhelo que todavía desprende su mirada, el deseo que es incapaz de disimular... Todo ello parece decirme que falta alguna pieza para completar el puzle. Una pieza que el propio Liam me esconde. Y quiero encontrarla.

¿Más desventajas?

Que, si es necesario, me acostaré con él. Y que, tal y como me dijo Aliyah, saldré malparada, lo sé muy bien. Pero me niego a seguir viviendo con el constante martilleo de la misma pregunta: ¿por qué?

Por supuesto, tengo que admitir una cosilla más: este plan también esconde un pequeño resquicio de venganza. Quiero hacer sufrir a Liam. Quiero que sienta, al menos, una milésima parte del dolor que sentí yo.

—Ya hemos llegado, señorita. —La voz del taxista me hace volver a la realidad.

Observo la casa de dos plantas junto a la que hemos parado, con la fachada en color gris, tejado a dos aguas, molduras y celosías, y una bonita escalera con balaustradas blancas. Frunzo el ceño. Ahora me doy cuenta de que estamos en Nob Hill, popularmente llamado *Snob* Hill, por sus casas de lujo y su ambiente sofisticado. No es posible que Liam viva aquí.

—Debe de haberse equivocado usted —le digo al hombre.

—Es el 2525 de Sacramento Street, señorita. Le aseguro que no me he equivocado.

Algo confusa, pago la carrera, me apeo del coche y me quedo un rato mirando la casa. Pongo la mano sobre la frente para esquivar el sol de la tarde y sigo observando la bonita fachada. Sí, sí, esta es la dirección, la que saqué de los datos de Liam. Si hay algún error, lo comprobaré enseguida.

Subo los escalones y toco el timbre. Unos segundos después aparece una chica joven, de algo más de veinte años, muy sonriente. Lleva el cabello castaño sujeto en una coleta, que permite ver los grandes aros que cuelgan de sus orejas, y viste con unos *shorts* y una camiseta holgada. Si no me he equivocado con la dirección, esta debe de ser la niñera. No la esperaba tan joven, aunque imagino que será una estudiante que necesita algo de dinero, como me ocurrió a mí en su día. Una ola de nostalgia me invade al recordar esos tiempos en los que estudiaba y compartía mi vida con otra persona...

—Buenas tardes —la saludo—. Soy la doctora Howard, del Centro Médico de la Universidad de California. ¿Vive aquí Liam Taylor?

—Sí, aquí es. —Se vuelve seria por la preocupación—. ¿Qué ocurre? ¿Es por lo del accidente?

—Bueno, sí, yo lo atendí, pero no vengo por eso. Todo está bien, no te preocupes. —Parece respirar aliviada—. Éramos amigos en Nueva York. Coincidimos en Urgencias después de varios años sin vernos.

—Oh, es usted amiga de Liam..., quiero decir, del señor Taylor. —Compone una mueca—. Perdone, es tan majo que se me olvidan las formalidades.

En un principio he sentido un atisbo de celos al oírla hablar con tanta familiaridad de su jefe. Pero percibo tanta sinceridad que me ha caído bien.

—Lo siento, es que tenemos muy pocas visitas. —Sonríe con un mohín—. Pase, doctora Howard. —Se hace a un lado y accedo al pequeño vestíbulo, donde solo hay un espejo y un perchero.

—Llámame Candace, por favor. Tú debes de ser Phillippa, ¿verdad?

—La misma, pero puedes llamarme Pipa.

Atravesamos un distribuidor y me fijo en lo que me rodea sin disimulo alguno. Debe de ser una casa recién reformada, puesto que las paredes lucen blancas e impolutas y huele a muebles nuevos. El suelo de madera brilla y contrasta con las puertas blancas y los muebles del mismo color. Se respira clase y elegancia.

¿En serio Liam vive aquí?

El toque hogareño lo ponen las risas que provienen del salón. Y es en esa estancia donde más huele a vida y a hogar, por los sofás cubiertos de cojines, las plantas de hojas verdes y la alfombra que cubre el suelo. Y es, precisamente, sobre la alfombra donde se encuentra Liam, junto a su hija. Ambos, sentados con las piernas cruzadas, tratan de montar un castillo con piezas de Lego. Por las figuras que hay sobre la alfombra, estoy segura de que se trata del castillo de *Frozen*.

Una ola tibia y caliente me inunda por dentro al contemplar a padre e hija en una escena tan familiar. Liam vuelve a ir vestido de negro, con unos vaqueros y una camiseta de manga corta que deja lucir los tatuajes de sus brazos: la Pluma de Maat, el Ba, el Anj, el escarabajo, todos aquellos símbolos egipcios que tan bien conozco, por haberlos contemplado, tocado, besado...

Y quisiera gritar ahora mismo. Gritar fuerte y a los cuatro vientos que no puedo evitar seguir amando a Liam.

«Oh, mierda. Te quiero, Liam. ¡Te quiero! No sé si soy idiota, pero mi corazón es incapaz de amar a otro que no seas tú. Quiero odiarte, pero sigo enamorada; demasiado enamorada de ti.»

—Señor Taylor. —La voz cantarina de Pipa me devuelve al mundo—. Tiene usted visita. La doctora Howard ha venido a verlo.

Liam levanta la vista y clava en mí sus profundos ojos negros. La sorpresa se mezcla con un punto de censura y de enojo.

—¿Candace? —titubea sin cambiar su postura sobre la alfombra—. ¿Qué haces aquí?

—Hola, Liam. —Lo saludo con una enorme sonrisa que no tengo ni idea de dónde ha salido. Luego me dirijo a la niña, que no se ha molestado ni en levantar la vista de las piezas de su castillo—. ¿Qué tal, Peyton?

La cría me ignora por completo y llama la atención de su padre, que continúa desconcertado por mi presencia, aunque trata de disimular su confusión sonriéndole a su hija.

—Papi, ¿seguimos jugando?

—Peyton suele ignorar a los desconocidos cuando su padre está con ella —me explica la niñera bajando el tono de voz—. Creo que es una forma de acaparar su atención. La pobrecita solo lo tiene a él en el mundo.

—¿No tiene abuelos ni tíos por parte de su madre? —le pregunto.

—Liam... el señor Taylor no habla mucho de su vida, por no decir nada, pero creo que la madre de Peyton no tenía buena relación con su familia.

—Pero recuerdo que la niña habló con Josh, el enfermero —le digo—, la noche del accidente.

—Sí, Liam me lo contó —responde—. Aún no entendemos el motivo, pero debió de sentirse segura con él.

—Claro, Josh... —musito con una sonrisa—. Mi compañero suele provocar ese efecto en las personas.

De inmediato, busco la mirada de Liam, que conoce mi pasado y sabe perfectamente en qué estoy pensando: en mi tiempo de silencio tras la muerte de mis padres.

Dudo un instante, pero decido acercarme a ellos y me arrodillo sobre la alfombra, entre las coloridas piezas que acabarán formando parte de un castillo de cuento.

—¿Sabes una cosa, Peyton? —La niña sigue a lo suyo, sin ni siquiera mirarme, pero yo continúo hablando—: Cuando yo era pequeña, mis padres... se fueron al cielo, y también dejé de hablar. Pero un día supe que ellos serían más felices si yo hablaba con la gente que me quería. Desde el cielo, mis papás pueden verme, y sé que sonríen cuando me ven sonreír a mí.

Peyton desvía un instante la vista hacia mí. Ha sido un diminuto instante, pero suficiente para saber que me ha escuchado. Después miro a Liam, que me contempla fijamente. Ha dulcificado su semblante y parece darme las gracias solo con la mirada.

—Vamos, Peyton —interviene Phillippa—, es la hora del baño. Dejemos a papá y a su amiga hablar de sus cosas.

—No quiero bañarme ahora, Pipa. Quiero seguir con el palacio.

—Es tarde, cielo, mañana seguiremos —la convence su padre, que la levanta de la alfombra y le da un beso en el pelo—. Vamos, hazle caso a Pipa. Luego subiré a leerte un cuento.

La pequeña emite alguna queja, pero obedece. Coge un conejo de peluche —el mismo que le vi en el hospital— y le da la mano a su niñera para subir la escalera que lleva a la planta superior. Antes de que se vaya, contemplo de reojo la mirada de anhelo que le lanza la niñera a Liam. Un resquemor me invade por dentro al pensar en el enamoramiento de la joven por su jefe. El misterio que envuelve a mi exnovio sigue atrayendo a las féminas, como siempre, como hizo conmigo; como sigue haciéndome.

—Vaya —le digo a Liam—, qué bien se te da esto de ser padre.

Él se limita a proferir un suspiro y a deslizar una mano entre su oscuro cabello. Lo conozco tan bien que sé que es el típico gesto que hace cuando alguna situación lo desborda. O sea, yo en este momento.

—¿Quieres una cerveza? —me pregunta.

—Sí, gracias.

Lo sigo hasta la cocina y saca dos botellines de la nevera. Abre uno antes de dármelo y luego destapa el suyo. Ambos damos un trago. Él se apoya en la encimera.

—Vives en una casa muy bonita —le digo—. Y muy... elegante.

—¿No has incumplido alguna ley al averiguar dónde vivo?

—Puede ser. —Me encojo de hombros y vuelvo a beber.

—¿Qué quieres, Candace?

—No sé —suspiro—. Supongo que verte. Se me hace raro que vivamos en la misma ciudad.

—San Francisco es lo suficientemente grande como para no tener que coincidir.

Me acerco un poco más a él y detecto su tensión. Bien, perfecto. Mi cercanía lo pone nervioso, quizá lo excita. Lo malo es que yo me siento igual. Todo lo que tenía pensado decir o hacer acaba de desaparecer de mi cabeza. Tendré que seguir actuando por impulso.

—Me gustaría que fuésemos amigos, Liam —le suelto.

Menuda gilipollez. Creo que se ha notado que no siento lo que he dicho ni de coña.

—Lo dudo, sinceramente —me dice.

—Oh, guardo un oscuro secreto —replico con mordacidad—. He venido con oscuras intenciones.

—Eso es más propio de ti.

—¿En serio?

Hemos sonreído los dos, algo que me hace retroceder sin remedio al pasado.

—¿Qué me respondes, Liam? —insisto.

Le da un nuevo trago a su botella y me hace un repaso visual de arriba abajo. Me siento como si me hubiese despojado de cada una de mis prendas y hubiese acariciado mi piel desnuda.

—Tú y yo no podemos ser amigos, Candace.

—Lo mismo me dijiste cuando nos conocimos —le recuerdo.

—Y así fue, ¿no? —responde—. Fuimos pareja, no amigos.

—Te consideraba mi amigo, además de mi pareja.

—Déjalo, Candace. —Suelta la cerveza y se aleja de la encimera—. No puedes presentarte en mi casa de repente y pedirme que seamos amigos.

—¿Por qué, si puede saberse?

—¡Porque eso es imposible!

Me desconcierta que haya alzado la voz, tan serio y comedido que ha sido siempre. Debo de haberlo perturbado demasiado.

—Lo siento, Candace. —Se frota el rostro con las manos—. Perdona.

«Ah, pero ¿tú sabes pedir perdón?», estoy a punto de decirle.

No obstante, vamos bien, que es lo que interesa. Siguiente paso.

Me acerco a él y tomo una de sus manos entre las mías. Acaricio los pequeños símbolos tatuados que adornan sus dedos sin dejar de mirarlo a sus preciosos ojos oscuros. Avanzo un poco más, hasta que siento el roce de la tela de sus vaqueros en mis piernas.

—Creo que estoy de acuerdo —musito al tiempo que rozo su cuello con la nariz. Aprovecho y aspiro su inconfundible aroma, el mismo que me proporciona una avalancha de recuerdos que me encogen el alma—. Tú y yo no podremos ser amigos nunca.

—¿Por qué has venido realmente, Candace? —murmura.

—Porque necesitaba verte, después de lo que ocurrió el otro día en aquel callejón.

—Y que no puede volver a ocurrir —concluye.

—Pero ¿lo deseas?

Estamos tan cerca que cada uno aspira el aliento del otro. Mi corazón late con fuerza y una especie de languidez se apodera de mis huesos al pensar en la posibilidad de que Liam vaya a besarme de nuevo.

Pero no lo hace. Mira mi boca como si fuera la primera vez y respira a marchas forzadas. Sin embargo, tras unos segundos en los que creo que me voy a derretir, posa sus manos en mis hombros y me aparta de él.

—No me hagas esto, Candace. Vete...

Parece tan atormentado... Algo normal si tenemos en cuenta que me destrozó el corazón.

—Sí —suspiro—, me iré. Tienes que subir a leerle un cuento a tu hija —le digo con resquemor—. Adiós, Liam.

Dejo la botella sobre la encimera, doy media vuelta y me marcho de la casa. Una vez en la calle, contemplo el taxi que ya me está esperando junto a la acera y que yo misma había llamado para quedar a esta hora. Todo ha salido como esperaba.

Más o menos.

Capítulo 15

Siento el apartamento vacío y silencioso sin Aliyah, sobre todo al llegar la noche. Pero ahora no tengo tiempo de pensar en mi amiga o en la ilusión que me ha hecho saber que ella y Josh se han gustado y que casi pierde el vuelo a China por lo cómodos que se encontraron los dos juntos.

Ahora solo puedo pensar en la extraña visita que le he hecho a Liam, en su desconcierto al verme tan lanzada. Miro la hora en el reloj que adorna una de las estanterías del salón: casi las diez de la noche. Creo que no falta mucho para saber si mi plan ha dado resultado.

Con tranquilidad, después de cambiarme y ponerme una camiseta y unos *shorts*, me sirvo un Jack Daniel's, me siento en el sillón, frente a la ventana, y coloco los pies sobre la mesita de centro. No hay ninguna luz encendida. La única claridad proviene de las farolas de la calle y de los edificios cercanos, se cuela por la ventana y dota al salón de una relajante penumbra. Le doy un sorbo a mi vaso y, justo al tragar, me sobresalta el sonido del timbre.

Ya está aquí. Es él. Sé que es él.

Me levanto con el vaso en la mano, abro la puerta y ahí está, Liam, apoyado en el marco. Lleva la misma ropa de esta tarde, bajo su inseparable cazadora de cuero, por lo que la piel pálida de su rostro destaca entre su indumentaria y la penumbra del ambiente.

—Hola, Liam —lo saludo con naturalidad.

—No pareces muy sorprendida de verme.

—No lo estoy.

—¿Quizá es por... esto?

Liam me muestra una tarjeta. Sí, es mía, y, sí, yo la he dejado sobre la encimera de su cocina. Es la tarjeta que suelo dar en mi consulta, aunque después de añadirle a mano mi dirección y mi teléfono particular.

—Podrías haberme llamado —señalo.

—Pero tú querías que viniera, ¿verdad?

—Sí —respondo al tiempo que me hago a un lado para que se decida a entrar.

Él titubea, hasta que el dulce sonido de un maullido lo incita a adentrarse en mi salón. Cierro la puerta detrás de él antes de que se arrepienta.

—Tienes un gato —señala sorprendido pero con un deje de ternura—. Un gato negro. —Lo coge entre sus manos y observa el rostro del felino—. Es precioso.

—Es gata —le aclaro—, y se llama Nut.

—Nut —musita—, como la diosa egipcia del cielo. —Puedo distinguir el brillo de emoción en su mirada—. Hablamos muchas veces de adoptar un gato negro, pero nunca llegamos a hacerlo.

—Yo estaba estudiando y tú ibas y venías de Boston...

—¿Y ahora? —me pregunta antes de besar la cabecita de Nut y dejarla en el suelo. Casi se me derriten las piernas con ese gesto—. ¿Te las apañas bien viviendo sola?

Sutil manera de preguntarme si hay alguien más por la casa...

—Hace un año que comparto el apartamento con Aliyah —le aclaro.

—¿Con Aliyah? Vaya, qué sorpresa —comenta con una sonrisa—. ¿Y dónde está ahora?

—En China. Se graduó en Arquitectura, como recordarás, y está en Shenzhen para presentar su proyecto.

—Me alegro. —Compone una sonrisa cubierta de tristeza—. La eché de menos también a ella cuando tú y yo... lo dejamos. Iba a decirte que le dieras recuerdos de mi parte, pero no sé si es buena idea.

—Malísima idea —le digo—. Aliyah siente por ti una mezcla de odio y ganas de colgarte por las pelotas que ni te imaginas.

—Ya... —murmura con expresión taciturna.

«¿Qué esperabas, capullo?»

—¿Y por qué has venido, Liam? —Hay que ir aclarando las cosas.

—Por lo mismo que tú querías que viniera.

Se acerca a mí, me quita el vaso y se bebe su contenido antes de dejarlo sobre la mesa.

—Porque no puedo ser tu amigo, pero sí quiero follarte, Candace.

Trago saliva y me pongo a temblar.

—¿Qué ocurre, Candace? —me pregunta con un deje claramente mordaz—. ¿No era eso lo que esperabas? —Acuna mi rostro entre las manos y roza mis labios con los suyos, una vez, otra, un poco más—. ¿No es eso lo que llevas deseando desde que me buscaste?

Su engreimiento me da ganas de asestarle un rodillazo en la entrepierna, pero pueden más mi deseo y mi anhelo por besarlo. Por fin, rodeo su cuello con los brazos y dejo que su boca aprese la mía, con ansia, casi con desesperación. Sabe a *bourbon*, a deseo, a apetito demasiado tiempo contenido. Nos devoramos los labios, la lengua y casi los dientes justo antes de que él dé por finalizado el beso. Sin decir una palabra, me mira y contemplo sus labios, brillantes y húmedos. Me pongo a temblar cuando tira de mi camiseta y me la quita por la cabeza. Coge mi mano y acerca mi muñeca a su boca para deslizar la lengua por mi tatuaje del Ojo de Horus. Cierro los ojos. Es así como comenzaba siempre a hacerme el amor. Sé lo que viene a continuación.

Me da la vuelta para que le dé la espalda, aparta mi pelo y desabrocha mi sujetador. Profiero un audible gemido cuando, al mismo tiempo, su lengua recorre el tatuaje del Anj, o Cruz Ansada, situado entre mis omóplatos, y sus manos aferran mis pechos. La humedad de su boca en mi piel y la presión de sus dedos en mis pezones consiguen que deje caer la cabeza hacia atrás y vuelva a gemir de puro placer. La presión en mi sexo es cada vez más fuerte...

—Dios, Liam...

Sigue con su lengua hacia la zona lumbar mientras sus manos tiran hacia abajo de mis *shorts* y mis braguitas, hasta dejarme desnuda. Se arrodilla en el suelo para poder aferrarme de las piernas y besar el tatuaje de mi cadera, la Pluma de Maat. Después se pone en pie y espera mientras me mira. Me toca a mí.

Ahora soy yo quien lo despoja a él de su camiseta. Tengo que contener un jadeo cuando contemplo su piel pálida y tatuada, casi espectral, bajo la tenue claridad de la luna. Y, como siempre me ha sucedido, intento saciar mi hambre de él lamiendo y mordiendo su tórax mientras forcejeo con el botón de sus vaqueros para bajárselos y dejarlo desnudo a él también. Nos detenemos un instante para contemplarnos bajo la luz plateada de la noche.

Pero ninguno habla. Liam solo emite un gruñido cuando me coge de la cintura, me da la vuelta y me coloca sobre la mesa del comedor, de forma que mis pechos y mi frente queden sobre la fría superficie y pueda sujetarme al filo. Creo que el latido de mi corazón resuena contra la madera.

—Por favor, Liam... —gimo desesperada, expectante ante su siguiente movimiento.

Cuando creo que voy a morirme de placer insatisfecho, siento los labios de Liam en mi espalda y en mis glúteos. Se ayuda de su rodilla para abrirme las piernas y, a continuación, desliza su lengua por mi sexo expuesto.

—¡Joder, Liam!

Clavo las uñas en el borde de la mesa y humedezco la madera con mi aliento y con mi grito, porque Liam abre aún más mi cuerpo e introduce su lengua en mi interior, penetrándome con ella mientras sus dedos frotan mi punto más sensible. Mis caderas se mueven frenéticas cuando un ardiente orgasmo recorre a toda velocidad mis venas y me hace estallar por dentro.

Mis entrañas arden, pero Liam no me da tregua. Vuelve a cogerme por la cintura para sentarme sobre la mesa. Contemplo cómo se enfunda el preservativo, se acerca al borde de la mesa y me penetra con fuerza cuando ni siquiera me había repuesto de los espasmos. Se hunde en mí una y otra vez.

—Maldita seas, Candace —gruñe entre jadeos y embestidas—. ¡Maldita seas!

Luego tira de mí para incorporarme y que pueda rodear su cuello con mis brazos y sus caderas con mis piernas y él pueda sostenerme en vilo en mitad del salón.

Tenerlo de nuevo dentro de mí casi me hace llorar; de placer, de nostalgia. Nos besamos con ansia mientras él me ayuda a subir y bajar sobre su miembro.

—Mi habitación es la de la derecha —gimo entre besos.

Liam me lleva hasta mi cama, donde me deposita sin separar nuestros cuerpos. Una vez sobre mí, embiste con ímpetu al mismo tiempo que clava sus impetuosos ojos negros en los míos. Y yo tampoco dejo de mirarlo. Abrazo con fuerza su ancha espalda y levanto las caderas para acogerlo más y más adentro. Hasta que el placer nos invade a los dos juntos, de forma arrolladora, ardiente, devastadora. Liam embiste una última vez antes de caer sobre mí y hundir su rostro en la curva de mi cuello. Siento su aliento caliente y el retumbar de su corazón, que choca contra el mío.

Un minuto después, sale de mi cuerpo, rueda hacia un lado y trata de recuperar el aliento.

Y esto es hacer el amor con Liam: algo único que jamás podré experimentar en los brazos de nadie más. Con él siempre tuve el sexo más alucinante, porque contenía la cantidad exacta de pasión y emoción. Hacer el amor con él era compartir cuerpo, placer y alma.

Pero mi cabeza, ahora mismo, es un caos, porque mis sentimientos hacia Liam contienen un cincuenta por ciento de amor y un cincuenta por ciento de odio. Lo odio por su traición. Lo amo porque nunca he dejado de hacerlo. Y lo odio porque lo amo. Así que tengo que intentar, por todos los medios, que el odio rebase al amor, aunque sea en un uno por ciento. Es primordial para seguir adelante.

Me giro hacia él, que sigue tratando de respirar mientras se tapa el rostro con un brazo. Tal y como lo contemplo, tumbado de espaldas en la cama, compone una imagen tan hermosa que me abrazaría a él y no dejaría que nada ni nadie me arrancase de su lado de nuevo.

—Parece que, en cuanto al sexo, nos seguimos entendiendo bastante bien —le digo.

Aparta el brazo de su rostro y me lanza una mirada oscura y turbulenta.

—Solo ha sido sexo, Candace. Llevaba demasiado tiempo sin echar un polvo, y tener a mano una ex suele servir para eso.

«Vale, has conseguido que te odie un treinta por ciento más, por lo menos.»

—Pero seguro que no es la primera vez que nos pilla con ganas. —Compongo una sonrisa meliflua que me

166

provoca ardor en la garganta—. Y, sin embargo, lo hemos pasado bien, ¿no?

—¿Qué intentas decir, Candace?

Vale, me conoce demasiado bien.

—Entre tú y yo ya no hay nada, Liam —le explico—. Pero el sexo es genial. Tanto que con otras personas no somos capaces de disfrutar del todo. Tendríamos que repetir más a menudo.

Me mira como si me hubiese brotado otra cabeza.

Vale, también lo esperaba.

—No sé qué cojones te pasa, Candace. ¿Me estás proponiendo que seamos amantes o algo así?

—Más o menos. —Compongo un mohín.

—Estás loca de remate.

Antes de que se incorpore sobre la cama, me coloco encima de él. Deslizo la lengua por sus pezones y abro las piernas para frotar mi sexo contra el suyo. En un instante, vuelve a ponerse duro.

—¿Lo ves? Sé lo que te gusta, Liam. Seguro que podríamos follar ahora mismo otra vez, si quisieras...

—Pero no quiero —gruñe.

Se aparta de mí, se levanta de la cama y, desnudo, desaparece tras la puerta del baño. Un minuto después, regresa con la ropa que debía de tener tirada por el salón.

—¿Lo pensarás? —le pregunto.

Sigo desnuda, tumbada sobre la cama, para conseguir lo que está sucediendo exactamente: que Liam me devore con la mirada aunque trate de disimularlo.

—No, Candace —responde mientras se abrocha los vaqueros—, no vamos a volver a follar tú y yo.

—Entonces, ¿por qué has venido esta noche? —le pregunto cabreada. Ahora sí me tapo con la colcha. La furia consigue que me sienta expuesta.

—Y yo qué coño sé —refunfuña tras ponerse la camiseta.

Ahora sí que lo odio. ¡Al cien por cien!

Me levanto de la cama y me pongo una bata que tengo colgada en una percha.

—¡Has venido porque te apetecía follar conmigo, Liam, no lo niegues!

—¿Por qué este empeño en que nos liemos, Candace? —pregunta al tiempo que se pone la cazadora—. ¿No tienes bastante con tu colega, el médico con cara de *melofollotodo*?

—¿Y tú? —le escupo—. ¿No tienes bastante con tu empleada, la niñera con cara de *megustaríafollarmeamijefe*?

Me mira desconcertado, como si las miradas de la chica hubiesen pasado desapercibidas para él.

—No tengo nada con la niñera —gruñe—. Se encarga de mi hija, nada más.

Mete la mano en el bolsillo de su cazadora, saca la tarjeta que he dejado en su casa y la lanza sobre la cama.

—Todavía no entiendo que hayas utilizado tantas tretas para presentarte en mi casa o que yo lo haga en la tuya. Eres más madura que todo esto, Candace. Ya lo eras con diecisiete años.

—No sé si ha sido un cumplido o un reproche.

—Tómatelo como quieras.

Baja sus largas pestañas, se da la vuelta y sale de la habitación. Está atravesando el salón, a punto de llegar a la puerta.

¡No! ¡No he conseguido una mierda! ¡Ni una maldita respuesta!

Corro y salto sobre los muebles para plantarme en la puerta de entrada y evitar que se marche todavía.

—Si esto acaba aquí —le digo—, dime, al menos, por qué, Liam. Si después de seis años seguimos teniendo sexo espectacular, dime por qué tuviste que acostarte con otra.

—No me apetece hablar de eso ahora... —Trata de apartarme pero me mantengo en mi sitio.

—¡Me importa una mierda lo que te apetezca! Quiero saberlo —le exijo, le suplico—. Me lo debes, Liam...

Cierra los ojos; parece atormentado. Pero luego su rostro cambia, se transforma en otro furioso. Aunque me parece una furia impostada.

—¡¿Y qué esperas que te diga?! —ruge—. ¡¿Que me cansé de ti?! ¡¿Que ya no te quería?! ¡¿Que estaba tan agobiado que, la primera vez que una mujer se me puso a tiro, me la llevé a la cama?!

Casi puedo oír el «¡crac!» en mi corazón.

—¿Es eso cierto? —musito—. ¿Dejaste de quererme?

Levanta sus espesas pestañas negras y me mira desafiante.

—Sí —contesta.

—Entonces, ¿por qué mi hermana me dijo que, cuando volviste a Nueva York, lloraste en sus brazos?

—Era parte de nuestro trato, recuerda —puntualiza—. No quisiste que tu hermana supiera qué había pasado. Tuve que hacerle ver que estaba muy afectado, que me habías dejado tú.

—Claro, es cierto —murmuro evocando aquellos días.

—Y ahora deja que me vaya, por favor, Candace.

—Sí, por supuesto —musito.

Yo misma le abro la puerta y dejo que se marche. Después cierro y me apoyo en la madera.

Ahora sí, estoy más que segura de que Liam esconde algo, de que me miente.

Porque es imposible que dejara de quererme.

Capítulo 16

Se me había concedido mi mayor sueño, el de estudiar Medicina. Tenía clarísimo mi futuro.

CANDACE en *Demasiado perfecto*

LIAM

No sé si se podría decir que aquel fue el mejor verano de mi vida, pero sí que fue el inicio de los que vendrían después. Porque fue el primero que pasé con Candace.

Cierto es que fue un tiempo de paréntesis, donde las confidencias, los besos y hacer el amor bajo las estrellas ocuparon la mayor parte de los días, aunque yo siguiese trabajando en el estudio de tatuajes de Bob, que me volvió a contratar. Seguía necesitando ingresos para subsistir, sobre todo para pagar el alquiler de alguna vivienda. Pero tuve la suerte de que una persona me ofreciera una habitación sin coste alguno: la señora Miller, nuestra vecina cascarrabias, algo por lo que siempre le estaré agradecido. Aunque también fueron geniales Nathan y Abbey, que me permitían estar en su casa las veces que me hiciera falta. Tal vez, en otras circunstancias, no habría aceptado tanta ayuda, pero pretendía ahorrar para poder ir a visitar a Candace cuando se trasladase a vivir a Cambridge.

El día que acabó aquel verano y ella tuvo que marcharse nos abrazamos con fuerza, porque sabíamos que comenzaba la verdadera prueba: saber si nuestra relación sería capaz de soportar la distancia. Candace no pudo evitar las lágrimas cuando fuimos a despedirla al aeropuerto.

—Vendré muy a menudo —insistió una y otra vez entre los besos que me daba.

—Lo sé, cariño, y yo iré a verte, te lo aseguro.

Y fue así. Cada vez que teníamos oportunidad, uno u otro viajaba para poder compartir todo el tiempo posible. Incluso, pasados unos pocos meses, decidimos alquilar un estudio en Boston para nosotros solos. Así, ella podía estudiar tranquila, y yo la acompañaba mientras también seguía con mis estudios de Diseño Gráfico.

Me gradué tres años después y pronto me surgieron ofertas de trabajo, aunque no acepté ninguna que me obligara a encerrarme en una oficina. Preferí trabajar como *freelance*, a pesar de las jugosas cantidades que me ofrecían. De esa forma, diseñaba, que era lo que tanto me gustaba, y, a la vez, disponía de tiempo para seguir perfeccionando mi técnica como tatuador o viajaba unos días a Egipto con una mochila, algo que necesitaba y que solía hacer una vez al año.

Al final, pasaba más tiempo en Boston que en Nueva York. Se podía decir que Candace y yo, prácticamente, vivíamos juntos.

Y creo que lo hicimos bien. Ella estudiaba duro, y yo, en la misma estancia, trabajaba con el ordenador. Cuando acabábamos, salíamos a pasear, a cenar o de fiesta con algunos nuevos amigos. Y, sobre todo, hacíamos el amor, porque el sexo entre ella y yo cada día era mejor.

Por supuesto, aprovechábamos vacaciones y muchos festivos para regresar a Nueva York, porque Candace echaba de menos a su hermana y al resto de la familia. Sobre todo, cuando nació Isabella, la primera hija de Abbey y Nathan.

Sería el cuarto verano que pasábamos juntos cuando nos encontramos todos reunidos en el jardín de la casa familiar, junto a la piscina. Abbey, Summer y Candace jugaban con el bebé y yo tomaba una cerveza con Nathan y Shane, que aprovecharon aquel encuentro para proponerme algo: ayudarme a montar mi propio estudio de tatuajes.

—Es una oferta muy tentadora —balbucí por la sorpresa—, pero no puedo aceptar algo así...

—No te estamos regalando nada —me explicó Shane—. Se trataría de una inversión y seríamos tus socios capitalistas.

—Eres muy bueno con el diseño —añadió Nathan—. Los trabajos que has hecho para la Atlantic Group Corp. han dejado boquiabiertos a muchos. Tienes un don, Liam.

—En realidad —intervino Shane—, nuestra propuesta de trabajar directamente para nosotros y pertenecer a la empresa sigue en pie.

—Ya sabéis mi respuesta —contesté algo incómodo—. Prefiero ir a mi aire.

—No te preocupes. —Shane compuso una mueca—. Tenía que volver a intentarlo.

Candace apareció en aquel momento. Me dio un suave beso en los labios y se sentó a mi lado.

—No quiero influir en tu decisión —me dijo—, pero opino lo mismo. Dibujas verdaderas maravillas que muchos te piden en el estudio de Bob. Un negocio propio, con diseños personalizados y únicos, sería un éxito. Además, sería ideal para organizarte a tu modo. Conoces a gente del gremio y podrías contratarlos para que te ayudaran.

—Y podrías seguir aceptando algunos trabajos importantes para editoriales, videojuegos, publicidad... o para la Atlantic —apostilló Nathan.

Una vez dije que yo no tenía sueños, porque no me atrevía ni a soñar. Pero, en aquella ocasión, me permití hacerlo. Soñé con vivir de aquello que tanto me gustaba. Y soñé con una vida con Candace, porque ambos íbamos a ser capaces de cumplir nuestros sueños y objetivos.

Solo unos pocos años atrás me había llegado a sentir inútil, incapaz de sentir, incapaz de ilusionarme por nada. Pero mi esfuerzo y mi amor por Candace estaban haciendo posible que yo, Liam Taylor, el niño al que ni sus propios padres habían querido, fuese feliz.

—Acepto vuestra propuesta —dije al fin.

—Genial —repuso Nathan con una enorme sonrisa y una palmada en mi hombro—. Lo primero que haremos será buscar un local.

—Habría que hacer un estudio para decidir la zona más apropiada —añadió Shane.

—Vale, vale —les dijo Candace al tiempo que me cogía la mano y tiraba de mí—. Pero, antes, tengo que comentar un par de cosas con mi novio.

Desconcertado, la seguí hasta el interior de la casa y la atravesamos para llegar al ala independiente de la que disponía aquella vivienda para mayor privacidad de su inquilina más joven. Cuando entramos en el dormitorio, Candace cerró la puerta y se abalanzó sobre mí para besarme.

—¿A qué viene esto? —le pregunté divertido tras el beso.

—A que estoy feliz por ti —me dijo al tiempo que acariciaba mi mandíbula. Aunque su traviesa mano bajó después hasta mi cintura y atrapó el borde de mi camiseta para quitármela por la cabeza—. Y a que tendríamos que celebrarlo. —Me guiñó un ojo antes de quitarse también la suya.

—¿Ahora? —le pregunté turbado, aunque no pude evitar excitarme. Me había dejado solo el bañador sobre el cuerpo y ella se había quedado con un biquini de color amarillo que resaltaba su piel bronceada.

—Sí, ahora —respondió decidida mientras apresaba la cinturilla de mi bañador para tirar de él y dejarme desnudo. Mi miembro saltó sin poder evitarlo.

—Por Dios, Candace —murmuré al ver cómo se agachaba delante de mí—. Toda tu familia está ahí fuera...

—¿Y qué? —sonrió de forma perversa.

—Pueden venir a buscarnos en cualquier momento...

La última palabra se quedó atascada en mi garganta cuando aferró mi miembro y se lo introdujo en la boca. Y me fue imposible seguir quejándome. Aunque en un principio eché varias ojeadas a la puerta, el placer que me provocaba la boca de Candace me incitó a cerrar los ojos, enterrar los dedos en su pelo y gemir de puro placer. Sus labios me succionaban y su lengua me lamía de la forma que yo le había enseñado. Cuando la presión se instaló en mis riñones como presagio del clímax, cogí a Candace por los brazos para ponerla en pie y besarla profundamente. Arranqué las dos piezas de su traje de baño y, a trompicones, caímos sobre la cama, donde comencé a besar sus pechos, su vientre, su sexo.

—Hazme el amor ya, Liam —gimió.

Obedecí y la penetré lentamente, aunque ella rodeó mis caderas con las piernas y me alentó a embestirla mucho más rápido y profundo. Cuando alcanzamos el orgasmo, me vi obligado a besarla para que nuestros gemidos no se colaran más allá de la puerta. En mitad de nuestros espasmos de placer, me dejé caer sobre ella, la abracé y deposité mi rostro junto al suyo para poder susurrarle al oído.

—Te quiero, Candace.

—Y tú eres mi vida, Liam —musitó ella.

Me explotaba el corazón de puro amor cada vez que me decía eso.

Aunque, unos segundos después, alcé la cabeza para mirarla con una mueca de reproche.

—Tú también eres mi vida, cariño, pero acabarás con ella el día que aparezca alguien y me dé un infarto.

—¡Qué tontería! —rio—. ¡No es la primera vez que lo hacemos aquí! ¡Como si no lo supieran!

—Pero procuramos que no haya nadie, o que sea de noche...

—Somos una pareja, Liam. —Acurrucó su cuerpo desnudo sobre el mío y apoyó la mejilla en mi pecho mientras repasaba con sus dedos los contornos de mis tatuajes—. Yo ya tengo veintiún años, y tú veinticuatro. Llevamos casi cuatro años juntos..., y los que nos quedan.

—No sé —farfullé—. Como todavía estás estudiando, tengo la impresión de que sigo con una chica demasiado joven.

—Oh, sí, el chico maduro que solo salía con mujeres mayores y yo le parecí una cría —bromeó.

—Te lo digo en serio —reí.

—Mis estudios van a ser muy largos, eso ya lo sabíamos —señaló mientras acariciaba mi pelo—. Pero sé que lo vamos a conseguir, Liam. Yo seré una médica muy respetada y tú un diseñador-tatuador muy reconocido. —Sonrió con ternura—. Y estaremos juntos, lo sé, porque te quiero y siempre te querré.

—Pues si la cosa va de quererse... lo conseguiremos, seguro —concluí antes de besarla de nuevo.

Todo fue así de bien durante los años en los que Candace tuvo que superar el *bachelor's degree* en premedicina. Pero después llegaría la carrera, mucho más exigente, y, con ella, los primeros problemas.

Capítulo 17

Hoy tocaba pasar consulta y ya he atendido al último paciente, aunque sé que todavía me queda un buen rato de trabajo. Termino de hacer algunas anotaciones en la lista de pacientes, busco informes y pruebas en el ordenador, consulto fechas de posibles intervenciones...

Alguien toca a la puerta antes de abrir. Angie, unas de las chicas de la centralita, asoma su rubia cabeza.

—¿Ya te vas? —le pregunto como suelo hacer cuando llega la hora.

—Sí, ya me iba, doctora Howard, pero aquí fuera tiene a un paciente que desea que lo atienda.

—Pues dile que tiene que pedir cita —replico sin apartar la vista de la pantalla del ordenador.

—Ya se lo hemos dicho —bufa—, pero lleva ahí sentado una hora. Ha insistido en que no le importaba esperar.

—Joder —farfullo—. A ver, ¿de quién se trata? Seguro que es uno de mis ancianos pacientes, que no aceptan un no por respuesta, aunque solo vengan por un dolor de rodilla.

—No es paciente suyo, doctora, ya lo he comprobado, aunque sí consta una visita a Urgencias. Su nombre es Liam Taylor.

Aprieto con fuerza el ratón del ordenador y trato de no mostrar mi sorpresa.

—Oh, sí, lo recuerdo —le digo a Angie con fingida naturalidad—. Dile que pase, yo me hago cargo. Y puedes marcharte, tranquila.

—Ahora lo hago pasar. Hasta mañana, doctora Howard.

Mantengo mi postura y continúo mirando la pantalla, como si no esperara ansiosa el motivo de la presencia de Liam en mi consulta.

—Hola, Candace —me saluda al llegar—. ¿Puedo pasar?

—Después de extorsionar a la pobre Angie...

—Tenía que hablar un momento contigo. —Entra en la sala y cierra la puerta.

Lo miro de reojo. Imagino que viene del trabajo, puesto que vuelve a vestir con traje, aunque me hace gracia que se resista a la camisa, y mucho más a la corbata.

—Pues tú dirás.

Le señalo la silla y se sienta frente a mí. Parece cabizbajo mientras se aparta el oscuro flequillo de la frente. Da la impresión de que lo haga adrede para que mis ojos no pierdan detalle de sus dedos y de los brillantes mechones que se cuelan entre ellos. Pero sé que es un gesto suyo, natural.

—¿De verdad te pareció que el sexo que tuvimos fue espectacular?

Parpadeo ante una pregunta tan inesperada, pero vuelvo a fingir desinterés.

—No recuerdo que te dijera algo así —mentira, lo recuerdo perfectamente—, pero supongo que estuvo bien.

—Ya... —musita—. A mí también me lo pareció.

Clava en mí sus inolvidables ojos oscuros y consigue que mis huesos se vuelvan blandos y maleables. Cierro en mi cerebro la puerta que me deja ver las imágenes de

Liam embistiéndome con furia en mitad del salón y en mi cama.

—Soy consciente de las miradas de Phillippa, pero quiero que sepas que nunca tendría nada con la persona que se encarga de mi hija.

—No tienes que darme explicaciones...

—Nunca mezclaría a Peyton en mis... aventuras.

—Ya está, Liam, en serio. Después de seis años no hace falta que nos confesemos nuestra intimidad.

—Pero necesitaba que esto quedase claro —manifiesta—, porque quiero aceptar tu proposición.

Estoy ahora mismo tan aturdida por todo, que no acabo de entender lo que me está diciendo.

—¿Te refieres a ser amigos o a... enrollarnos cuando nos apetezca?

—No sé —murmura mientras se frota la nuca—. ¿Crees que serían factibles ambas cosas?

No puedo creer lo que me está sugiriendo.

—Tú fuiste el que dijo que nosotros no podemos ser amigos —le recuerdo.

—¿Y tú? —me pregunta—. ¿Lo crees tú?

—En realidad no —suspiro—. Tenemos una historia, Liam, y una traición por tu parte que, además, te has negado en redondo a mencionar.

—Entiendo... ¿Solo sexo, entonces?

Sí, fui yo quien lo propuso, con oscuras intenciones, además. Unas intenciones que siguen ahí, esperando el momento más oportuno para clavarle la puñalada. Más fácil no me lo puede poner, pero, aun así, no puedo evitar que mi corazón bombee con fuerza contra mis costillas.

¿De verdad voy a mantener un rollo sexual con Liam? ¿Vamos a ser amantes?

Parece un chiste, por favor.

«Sí, puedes hacerlo, Candace. Recuerda que la venganza es un plato que se sirve frío, aunque lleve enfriándose seis años.»

—Está bien. —Me levanto de la silla, invitándolo así a que haga lo mismo—. En pocas palabras, mi lío con Michael ya me aburre, y tú estás más solo que la una. Es un apaño.

—Sí, un apaño —musita.

Ambos estamos en pie, en mitad de la consulta, aunque parece que ninguno conoce el siguiente paso. Decido ser yo la que tome alguna decisión.

—Mientras Aliyah no esté, puedes venir a mi casa. Cuando vuelva, ya veremos. Te iré diciendo.

—De acuerdo.

Titubea un instante, pero termina acercándose a mí. Me dedica una mirada de ternura que me derrite por dentro al tiempo que aparta con dulzura un mechón de mi cabello, gesto que me derrite por fuera. Más derretida no puedo estar.

—Hasta luego, Candace.

Aproxima su boca a la mía y me da un beso, suave, tierno, lento. Pero, cuando suponía que iba a apartarse, deja sus labios rozando los míos. Su aliento se mezcla con el mío y también soy incapaz de alejarme.

Liam profiere un gemido antes de abrir mi boca y besarme profundamente. Mi lengua sale al encuentro de la suya y la envuelve y la saborea, tal y como él me enseñó a hacer la primera vez que nos besamos en un balcón a la luz de la luna.

Los labios de Liam dejan un instante mi boca para deslizarse por mi garganta. Doy un respingo cuando percibo sus dedos en los botones de mi camisa.

—Liam... —musito cuando contemplo sus ojos clavados en los míos mientras continúa desabrochando botones.

—Si no puedo ahora, dime que pare, Candace. Pero tendrás que decírmelo tú.

—Espera un momento. —Detengo sus manos y una sombra de decepción cubre su rostro. Aunque parece entender cuando cierro la puerta por dentro y bajo las cortinas—. Ahora sí —le digo.

Termina de desabrochar mi camisa, aunque me la deja puesta, igual que la bata blanca. Por la abertura asoma el sujetador, del que baja las copas hacia abajo. Mis pezones se yerguen de inmediato cuando les lanza una mirada lujuriosa. A continuación, los entierra bajo sus manos y los acaricia con fruición al tiempo que vuelve a apoderarse de mi boca.

Oh, madre mía...

Ya lo sabía, lo he podido comprobar todos estos años, cuando he estado con otros hombres: que ninguno ha podido hacerme sentir ni la milésima parte de placer que consigue hacerme sentir Liam. Un beso profundo y ardiente, como el que estamos compartiendo ahora mismo, y sus dedos pellizcando mis pezones son más que suficientes para que mis caderas se muevan sin control, buscando, anhelando tener a Liam en mi interior. Buscando el contacto, saco su camiseta de los pantalones e introduzco las manos bajo la tela para acariciar su espalda y su estómago, que se contrae y se pone duro por el roce de mis dedos.

Somos, ahora mismo, dos malditos volcanes en erupción. Ni sé ni entiendo cómo es posible, después de los años, después del rencor, después de su traición...

Con movimientos rápidos y acuciantes, cargados de ansia y deseo, Liam desabrocha mis pantalones, los baja junto a mis braguitas y se deshace de ambas prendas casi al mismo tiempo que me sienta sobre la camilla que está en la consulta. Mareada de deseo, abro las piernas mientras también forcejeo con el pantalón de Liam. En pocos segundos, extrae su miembro, lo enfunda en un preservativo y me coge de los muslos para penetrarme hasta el fondo.

Casi alcanzo el orgasmo en ese mismo instante.

Liam entra y sale de mi cuerpo con urgencia, con desesperación, y yo lo acojo de la misma forma. Él me besa y acaricia mis pechos. Yo tiro de su pelo y muerdo sus labios.

Pero no da tiempo de nada más. Ambos alcanzamos el clímax en unos pocos segundos, aunque el estremecimiento de nuestros cuerpos se alarga casi lo mismo. Yo hundo el rostro en su camiseta y él enreda el suyo entre mi pelo. Y me abraza, me abraza fuerte. Incluso lo oigo decir algo, pero tan bajito que no logro entenderlo.

El corazón me da un fuerte latido. Porque, si no fuera porque es imposible, juraría que me acaba de decir lo que siempre murmuraba cuando terminábamos de hacer el amor.

«Te quiero, Candace.»

Sí, es más que improbable.

Se separa de mí y le ofrezco una bolsita de residuos para que meta el preservativo usado.

—Será mejor que lo tires fuera de aquí —le digo con una mueca mientras vuelvo a enfundarme los pantalones y él abrocha los suyos.

—Sí, claro... —murmura.

Apenas me mira, como si se arrepintiera de lo que acaba de hacer. Yo tampoco tengo muy claro lo que debo decir, aturdida todavía ante tal arranque de pasión que hemos compartido.

Finjo una expresión de total desinterés.

—Echamos buenos polvos, ¿eh, Liam? —le digo mientras vuelvo a sentarme tras mi mesa—. Creo que le diré a mi colega el cardiólogo que, cuando tú y yo nos cansemos el uno del otro, volveré a enrollarme con él. Parece que me hacía falta un poco de variedad.

Decir algo así ha sido una gran gilipollez, pero ¿no se

supone que estoy intentando joderlo? Y me refiero a vengarme, no a lo otro, que resulta obvio.

Liam me lanza una mirada tan atormentada que casi me arrepiento de haber sido tan borde.

Pero se queda en el casi.

—Bueno, pues volvemos a quedar esta noche, ¿no? —le digo.

—Supongo —musita.

Cierra la puerta detrás de él cuando se marcha. Y yo intento aguantar las ganas de llorar. ¡No se merece una maldita lágrima mía!

Pero ¿qué haces cuando lo que sientes es más fuerte que tu voluntad?

***

Me he esmerado más que nunca en el maquillaje y en mi pelo. Me contemplo en el espejo, con solo un conjunto de lencería al que le acabo de quitar la etiqueta sobre mi cuerpo. No es solo que lo estrene, sino que lo acabo de comprar. Es de color blanco. A Liam le encantaba verme con ropa interior blanca.

Me coloco después un vestido sencillo, estampado, ligero, fácil de quitar. Incluso el perfume que uso es nuevo, de la misma marca que usaba hace años, para oler lo más parecido posible a la Candace de entonces.

Cuando termino de prepararme, siento una mezcla entre satisfacción y perversión, como si de verdad estuviese emocionada por gustarle al hombre que se va a presentar en mi casa, pero, al mismo tiempo, supiese que cada detalle está calculado para torturarlo.

Porque quiero volver a enamorar a Liam. Y después abandonarlo como a un perro. ¡No, no, algo mejor! Lo invitaré a mi casa y haré que coincida con Michael, que se lo encuentre desnudo recién salido de mi cama. Así haré que se sienta como yo me sentí. Y si me pide explicaciones..., se llevará una patada en el culo como respuesta, la misma que me dio él a mí.

Preparo dos copas de *bourbon* y, cuando voy a dejarlas sobre la mesa, el sonido de llamada de mi móvil me hace chasquear la lengua. Si se trata de alguna urgencia en el hospital, adiós noche de venganza... y de sexo.

Frunzo el ceño al comprobar que es un número desconocido. Contesto.

—Candace, hola, soy yo, Liam —me dice al otro lado de la línea—. Siento avisarte tan tarde, pero no puedo verte esta noche.

Aprieto el teléfono con fuerza. No sé si por rabia o por decepción. O ambas cosas.

—Ya, tranquilo, no pasa nada —le aclaro, sin embargo—. Casi había olvidado nuestra cita, no te preocupes. Incluso me había arreglado para salir.

No soy una mentirosa compulsiva, pero las circunstancias obligan. Él me obliga.

—Yo no la había olvidado —me dice con voz queda—. Es por Peyton. Tiene fiebre y se queja de dolor de cabeza. Voy a llamar al médico.

En estos momentos me siento como una persona horrible.

—Espera, Liam. —La orden me sale sin meditar, pensando más como médico que como expareja vengativa—. Deja que yo le eche un vistazo y te diga si es necesario llevarla al hospital.

—No es necesario que te molestes, Candace...

—Tú espérame, por favor —lo interrumpo—. Estaré en tu casa dentro de unos minutos.

Cuelgo y voy en busca del maletín que siempre tengo preparado para cualquier emergencia. Lo reviso para asegurarme de su contenido y bajo rauda en el ascensor mientras llamo a un taxi. Tal y como le he dicho a Liam, estoy en su puerta al cabo de pocos minutos.

—Están en la habitación de Peyton —me dice la niñera nada más abrirme.

Subo veloz la escalera detrás de Pipa y accedemos a una bonita habitación infantil, espaciosa y decorada con todos los juguetes que cualquier niña podría desear.

Peyton está en la cama, aunque no para de moverse y de quejarse. Siento un inesperado dolor al percibir sus ojos húmedos por el llanto. Su padre, sentado a su lado con cara de preocupación, trata de calmarla con dulces palabras, aunque ella no parece muy receptiva.

Dejo mi maletín a los pies de la cama, lo abro y, después de colocarme unos guantes desechables, saco un termómetro.

—Hola, ¿qué tal está? —le pregunto a Liam mientras me siento al otro lado—. ¿Le has tomado la temperatura?

—Lleva todo el día apagada e irritable —me informa—. La última vez estaba a treinta y nueve.

—Pues será eso lo que comprobemos primero. —Me dirijo a la niña—: Peyton, preciosa, voy a tomarte la temperatura. —Con cuidado, pero con decisión para que no me note preocupada, coloco el termómetro en su axila—. Lo notarás frío, pero es normal, ¿de acuerdo?

La cría me mira, algo es algo, pero ni contesta ni asiente. Mira a su padre de reojo y este le sonríe y toma su mano.

—Puedes estar tranquila, cariño —le explica Liam—. Candace es médica, ¿te acuerdas de ella, del hospital? Es muy buena doctora; la mejor que conozco. —Nuestros ojos se encuentran un instante—. Ella estudió muchísimo para poder ayudar a las personas a curarse, lo que más deseaba en este mundo. Y lo sé porque la conocía. Era mi amiga.

Me he tenido que tragar un gemido, de tristeza, de

nostalgia, de amor; del amor que sigo sintiendo por este hombre, maldito sea mil veces. Ni siquiera me he atrevido a mirarlo esta vez, por si flaqueo y mis ojos delatan lo que no deben delatar.

Me decanto por centrarme en Peyton. Extraigo de su funda un depresor lingual y le sonrío para que olvide la incomodidad del instrumento.

—Lo primero, miraremos esa garganta, ¿de acuerdo, bonita? Abre la boca.

La pequeña me obedece, aunque no deje de mirar a su padre, que le coge la mano todo el tiempo.

—Todo bien —murmuro antes de coger el otoscopio—. Ahora miraremos esos oídos.

En cuanto rozo su oreja, Peyton se aparta con un respingo, y la piel blanca y perfecta de sus mejillas se cubre de lágrimas.

—¡No! —le grita a su padre—. ¡No quiero que me toque ahí! ¡Me duele mucho!

—Lo que ella describía como dolor de cabeza no es tal —le digo a Liam—. Me temo que va a ser el oído. Pero he de mirárselo, por si hubiera líquido en su interior.

—Ha estado resfriada varios días —interviene la niñera, que ha estado siguiendo la escena a los pies de la cama—. Tenía mocos, pero no le di importancia, lo siento...

—No pasa nada, Pipa. —Me dirijo a Liam de nuevo—: Tienes que conseguir que se relaje. Debo asegurarme de que es otitis.

Liam toma las manos de su hija entre las suyas.

—Te dolerá un poquito, tesoro, pero yo sé que eres la niña más valiente del mundo. Has dejado tu colegio y a todos tus amigos para acompañar a tu padre a otra ciudad. Todo es nuevo para ti y lo estás haciendo genial, preciosa. Seguro que puedes aguantar un poco de dolor.

—Vale, pero no me sueltes —accede ella, no sin antes

cerrar con fuerza los ojos, en espera de la tortura que yo le pueda causar.

Con cuidado, introduzco el instrumento en su oído izquierdo y observo la rojez y el abombamiento de la zona. Miro después el derecho, pero está bien.

—Es otitis media —le certifico a Liam mientras guardo los instrumentos—. No hay líquido y solo es en un oído, así que, de momento, solo administraremos analgésico. —Extraigo un frasco y se lo muestro a la niña—. Lo has hecho genial, Peyton, pero ahora debes curarte. Tendrás que tomar este jarabe, que, lamento decirte, está malísimo. —Sonrío—. Pero, después de aguantarme a mí tirando de tu oreja, podrás con ello.

—Seguro que sí —la alienta su padre.

Deposito la cantidad correspondiente en una cuchara de plástico y se la introduzco en la boca. La pobrecilla compone una mueca de asco pero se traga el contenido antes de que Liam le dé un vaso de agua.

—Asqueroso, ¿verdad? —le digo con un bufido mientras dejo el frasco sobre la mesilla—. Mucho decir que sabe a fresa, pero es mentira podrida.

Liam sonríe ante mis comentarios, y creo que su hija también. No sé cuál de las dos sonrisas me emociona más.

—Esto le bajará la fiebre y la ayudará a descansar —le digo a Liam—. Contrólala esta noche y vuelve a darle dentro de seis horas si persiste el dolor o la fiebre. Aun así, llamaré a un colega pediatra que puede venir a tu casa para que vuelva a reconocerla.

—Gracias, Candace —musita Liam—. Y siento haber estropeado tu noche. —Señala con su mirada mi bonito vestido, mi maquillaje o mi melena suelta y planchada.

«¡Todo esto era por ti, maldito idiota! Solo y únicamente por ti...»

—No pasa nada —le digo, sin embargo, tratando de

ignorar el anhelo que reflejan sus negrísimos ojos, los mismos que me siguen cautivando, pasen los años que pasen. Tan oscuros y con las pestañas tan largas... Una sola mirada de esos ojos es capaz de deshacer mis entrañas y hacerme sentir la mujer más deseada del mundo. Lo conseguía antes y lo sigue consiguiendo ahora..., pese a todo.

—¿Puedes dormir hoy conmigo, papi? —La cría bosteza y sus ojos comienzan a cerrarse.

—Por supuesto, mi pequeña. —Le da un tierno beso en la frente—. Me quedaré aquí toda la noche, contigo.

—Yo puedo acompañarlo si quiere —se ofrece Phillippa.

Miro a Liam. Sin derecho alguno, lo sé, pero me jode bastante pensar en esa chica compartiendo cama con la niña... y con su padre.

—No es necesario, Pipa —contesta él—. Puedes marcharte a casa.

—No importa —insiste ella—. También puedo quedarme en la habitación de al lado, la que he usado en otras ocasiones.

—Como queráis —digo, demasiado ofuscada.

Pero, cuando voy a levantarme, observo las manos de Peyton. Una de ellas se aferra a su padre; la otra me coge a mí.

—Yo... —titubeo al verme sujeta por la niña— puedo quedarme un rato, para asegurarme de que le baja la fiebre...

—Puedes aprovechar para descansar. —Liam se desprende de los zapatos y se acurruca junto a su hija—. Si no te importa.

—No, claro...

Me quito también los zapatos y me echo en la cama. Contemplo aturdida a la niña, que ya duerme, cuyas manos han unido, sin pretenderlo, la mía y la de su padre.

—Estaré aquí al lado —susurra Pipa al tiempo que

nos cubre a los dos con una colcha—. Cualquier cosa que necesitéis, solo tenéis que llamarme. —Y sale de la habitación.

Desde que Liam reapareció en mi vida, nos hemos besado, abrazado y hecho el amor dos veces. Y, en ninguna de esas ocasiones, me he sentido tan cerca de él como ahora mismo, en la cama de su hija, con la niña durmiendo en medio de los dos.

—Pues aquí estoy —sonrío mientras susurro—. En la cama, contigo.

—Literalmente —sonríe también.

—No te preocupes —le digo ante su expresión de pesadumbre—. La otitis es algo normal en los niños de su edad. Se pondrá bien.

—No entiendo cómo se me ha podido pasar el tema del resfriado —se lamenta—, o cómo no he pensado en el oído.

—Lo estás haciendo genial, Liam —lo tranquilizo. Muevo ligeramente la mano que me sujeta la niña para rozar la de su progenitor—. Eres un buen padre. A la vista está lo que Peyton te adora.

—No te puedes imaginar la de manuales que me leí en su momento —comenta con una mueca—. *Padres primerizos*, *Cómo ser un buen padre*, *Guía para el padre soltero...*

—Estabas solo —musito—. Fue algo inesperado.

Dejo en el aire el mismo reproche de siempre: lo poco que tardó en enamorarse de otra y tener una hija con ella.

—¿Es cierto que dejaste de quererme? —le pregunto como resultado de mis nefastos pensamientos.

Liam alza los abanicos de sus pestañas y me mira intensamente.

—No —susurra también tras un lapso de silencio.

«¡Lo sabía, lo sabía!»

—Entonces... ¿por qué, Liam?

Me prometo a mí misma que, si me lo aclara todo en este momento, lo dejaré en paz.

Pero ha sido mucho pedir, porque no será esta noche cuando lo averigüe. Peyton se revuelve y se queja entre sueños.

—Creo que no es momento para esta conversación —concluye.

Bueno, al menos, puedo descartar un motivo: que Liam dejara de amarme.

Pero, si me quería, entonces...

Creo que me he quedado peor que antes.

Capítulo 18

Un movimiento me despierta. Abro los ojos y me encuentro con otros más oscuros y soñolientos. Son los ojos infantiles de Peyton.

—¿Cómo estás? —le pregunto en un susurro. Liam sigue dormido al otro lado.

El corazón se me queda atascado en la garganta cuando la niña me responde. Es la primera vez que se dirige a mí directamente.

—Me duele un poco —responde.

Tratando de no delatar la emoción, coloco la mano sobre su frente. Ya no está tan caliente. Luego miro la hora en mi reloj.

—Has descansado casi toda la noche —le digo—. Pero voy a volver a darte la medicina, ¿de acuerdo?

—Está muy mala, pero beberé mucha agua. —Sonríe, y su sonrisa me atraviesa el pecho, como una esquirla de cristal. Es tan bonita y se parece tanto a su padre...

En cuanto me siento en el borde de la cama, me doy cuenta de que Liam ha sido espectador mudo de la escena. La emoción se refleja en su amado rostro.

—Así que mi pequeña valiente ya está mejor. —Posa la mano sobre la carita de su hija.

—Sí, pero tu amiga doctora me va a dar la medicina mala.

—Candace —me presento mientras vierto el espeso líquido en su boca y, a continuación, le doy a beber agua—. Me llamo Candace. Y ahora, intenta volver a dormir.

—¿Ya te vas, Candace? —me pregunta la niña.

—Sí, tengo que irme —sonrío—. Hoy tendré que trabajar toda la noche en el hospital y tengo que hacer algunas cosas en casa.

—¿Vendrás otro día?

Miro a Liam, que también se ha levantado de la cama.

—Vendrá a verte un amigo mío que es médico —le respondo sin saber si podré cumplir lo que me pide.

—Candace está muy ocupada —interviene Liam—. Ya la hemos acaparado bastante.

—Adiós, Peyton —me despido mientras me pongo los zapatos y cojo el bolso y el maletín. Liam me detiene en la puerta de la habitación.

—Gracias de nuevo, Candace —musita—. No tenías por qué hacerlo...

No creo que sea consciente de que sus dedos están rozando los míos.

—Soy médico ante todo, Liam. —Me alejo de él—. El pediatra vendrá hoy.

—Espera, Candace...

Pero lo que sea que fuera a decirme es interrumpido por la presencia de la niñera.

—Buenos días —nos saluda—. ¿Cómo está Peyton?

—Ahora duerme —le contesta Liam—. Está mejor, gracias, Pipa.

—Se pondrá bien, no os preocupéis —les digo—. He de irme.

Bajo rauda la escalera hasta el vestíbulo y salgo a la

calle. Me duele el corazón. Y no es un dolor que pueda paliar ningún cardiólogo.

—¡Espera, Candace!

Antes de que llame a un taxi, la llamada de Phillippa me hace detenerme en la acera.

—¿Qué ocurre, Pipa? —le pregunto—. He dejado el jarabe sobre la mesilla y una nota con la dosis y el horario...

—Sí, sí, ya lo he visto. —Todavía está en pijama y me parece más joven que nunca, con el pelo alborotado y las mejillas aún rosáceas del sueño—. Es por otra cosa, pero no he encontrado el momento oportuno para decírtelo. —Coge aire—. No quiero parecer la típica empleada cotilla, pero... hubo algo más que amistad entre tú y Liam, ¿verdad?

—Pues...

Me ha pillado tan desprevenida que no tengo respuesta.

—No hace falta que me contestes. —Sonríe y me hace un gesto con la mano—. No había más que seguir vuestras miradas para saberlo. Casi me derretís de amor... Vale, soy lectora de novelas románticas, lo confieso. Es la mejor forma de desconectar un poco de mis estudios de Química. Y del mundo en general.

—Yo... pensaba que estabas enamorada de Liam —comento, desconcertada ante su entusiasmo por su descubrimiento.

—¡¿Y quién no se enamora de un jefe guapo y envuelto en misterio como el mío?! Un tipo serio, oscuro, tatuado, padre soltero y guapísimo... —Se aclara la voz ante su fervor a la hora de enumerar los atractivos de Liam—. Quiero decir que..., en otras circunstancias, habría hecho lo posible por ligármelo, pero tú y yo sabemos que él nunca haría algo así, con su hija de por medio.

—Lo sé —sonrío.

—He empezado a salir con un compañero de facultad —me explica—, así que no pienses que estoy mal por no conseguir que me haya mirado ni una sola vez.

—Eso espero...

—A ver, chafa un poco, no te voy a mentir. —Compone un mohín de resignación—. En fin, te lo digo porque —se acerca a mí y baja la voz—, si te hiciese falta alguna información para ayudarte con Liam, no dudes en pedírmela. Ya sabes: horarios, salidas, entradas...

Iba a escandalizarme con la propuesta, pero me ha durado un segundo el rebote. Porque no me parece tan descabellado. Cualquier ayuda es buena para conseguir mi propósito. Aunque prefiero mostrar prudencia con la niñera.

—Es bueno saberlo —afirmo.

—Por cierto —vuelve a bajar la voz—, ha recibido ya varias llamadas de una mujer, una tal Alexia, de Los Ángeles. —Hace una divertida mueca de desagrado—. Por lo poco que he oído, totalmente de casualidad, tenían algún rollo allí y tuvieron que cortarlo por el traslado de Liam... Vamos, que la tía quiere venir para volver a retomar lo que fuera que tuviesen, y él pasa de ella.

—Pues sí que ha sido productiva la «casualidad» de oírlos —le digo divertida.

—Dos palabras por aquí, una discusión por allá... Al final solo tienes que unirlas un poco. Pero yo no me preocuparía —me confiesa—. Liam solo suelta bufidos cuando habla con ella.

—No me preocupo —me apresuro a decirle—. Eres tú la que ha decidido que yo quiero volver con Liam.

—No sé si quieres volver con él. —Se encoge de hombros—. Pero sí lo quieres a él.

Ni confirmo ni desmiento.

—En fin, Pipa —digo mientras cojo el móvil y me alejo de ella—, gracias por tu ayuda y tu información. Ya nos veremos.

—¡Un placer, Candace! —Me despide con un gesto de la mano, sonriente y satisfecha.

Pongo los ojos en blanco. La chica no puede estar más feliz porque supone que va a ayudar a unirse a una pareja.

Si supiera lo que estoy pensando...

***

—Por Dios, Aliyah, dime que vendrás pronto. —Cojo a Nut y coloco su cabeza junto a la mía, para que mi amiga pueda vernos bien en la pantalla del ordenador—. Te echamos de menos las dos. —Hago un puchero.

—Es el chino, hija, que quiere explicación detallada y pormenorizada de cada detalle, sobre todo de los sistemas de luz natural, ventilación... En fin, un coñazo de tío.

Después de terminar el turno de noche, he de darme prisa en llegar a casa para poder hablar con Aliyah y que no sea demasiado tarde para ella. Aun así, por las dieciséis horas de diferencia horaria, en Shenzhen ya es la una de la madrugada.

—Perdona tanto lamento —le digo tras soltar a la gata—. Pero sabes que San Francisco ya me resultó inhóspito en su momento, hasta que llegaste tú. El trabajo no me ha dejado tiempo ni para hacer amigos este año. Si me faltas tú..., solo me queda Netflix.

—Somos tal para cual —afirma con una sonrisa atribulada—. Yo tuve que dejar Nueva York y trasladarme a la otra punta del país también, así que, si no hubiese sido por ti, viviría sola y rodeada de gatos.

—Ya tenemos uno —río—, todo llegará.

—Hablemos mejor de hombres —ríe también—. ¿Ya no te tiras a Liam el cabrón?

—Te recuerdo que nuestra última cita se canceló porque su hija se puso enferma. Y no me ha parecido bien intentar tirármelo mientras la niña sigue con fiebre.

—Ah, que tienes al doctor Abdominator en la recámara...

—No me hables —bufo—. Tengo que esquivar a Mike todo el tiempo. Según él, me echa de menos, quiere verme, me pide una cita... Vamos, que deben de haberle fallado las demás candidatas a su cama.

—Yo creo que le gustas —me dice entre risas—. Tal vez el cardiólogo tenga un corazoncito, aunque suene a chiste malo.

—¿Por qué no hablamos mejor de Josh? —le pregunto con una sonrisilla diabólica—. Porque, si antes era el chico de la sonrisa perenne, ahora destila flores por la boca. ¿Qué le has hecho al pobre? ¡Lo has dejado atontado!

—Ay, Candy, no quiero hacerme ilusiones... Solo hemos compartido una tarde, unas cuantas llamadas y videollamadas, pero no puedo evitar pensar en él todo el tiempo...

—Ni siquiera os habéis acostado —bromeo—. A no ser que hayáis practicado sexo virtual...

—Joder, Candy —gruñe—. Últimamente, tu romanticismo está bastante oxidado, ¿no te parece? Entre utilizar a Mike para el sexo y utilizar el sexo para vengarte de Liam... Te pasas la vida jodiendo en cualquiera de sus formas.

—Y la que acabará jodida seré yo —bufo.

—¿Sigues sin averiguar por qué Liam se comportó como un cerdo? O, lo que es peor, ¿por qué te sigue deseando y acepta liarse contigo? ¡Es todo tan raro!

—Demasiado raro —suspiro—. Ya te iré poniendo al día. Y ahora, a dormir, Aliyah, o acabarás quedándote dormida delante del chino por mi culpa.

—Maldito chino...

***

195

Doy un bostezo mientras camino hacia la cocina arrastrando los pies. Abro la nevera y suelto un bufido. Desde que Aliyah no está, me alimento a base de congelados, galletas y bolsas de patatas. Así que, después de darle un repaso al interior del frigorífico y contemplar un pepino mustio y una caja de leche vacía, vuelvo a cerrarlo con otro bufido.

—Por suerte, tú comes pienso —le digo a Nut tras llenar su bol—, y no tienes que preocuparte de preparar nada.

Una mañana más, he dormido poco. Pitidos de los coches, acelerones de motos, las vecinas hablando en el rellano, niños que gritan, muebles que se arrastran, música a todo volumen... Lo normal para la gente que vive de día y lo que odiamos los que trabajamos de noche.

Me dejo caer en el sofá con un café y unas galletas y conecto el televisor. Pero, antes de dar el primer sorbo, me suena el teléfono. Como tengo a Nut encima, alargo la pierna por encima de la mesa y trato de alcanzar el móvil con los dedos del pie.

—Mierda, no llego.

Me estiro más, un poco más... Estoy a punto de caerme del sofá, me ha crujido el dedo gordo y acabo tirando al suelo el plato de galletas, que salen rodando hasta el último rincón del salón. Pero acabo arrastrando el teléfono hasta mí, por lo que suelto un suspiro de triunfo por haberlo conseguido sin despertar a Nut.

Solo los que tenemos gatos sabemos de lo que somos capaces por no molestarlos cuando están cómodos y dormiditos.

El sueño que acumulo se me quita de golpe cuando contemplo el número en la pantalla: es Liam.

Nuestro único contacto los últimos días se ha limitado a preguntarle yo por su hija en algún mensaje y contestarme él que bien. Por eso descuelgo con rapidez, por si la niña no está mejor. El mero pensamiento de que Peyton pueda estar mal me produce un lacerante dolor en el pecho.

—¿Liam? —pregunto alterada—. ¿Qué ocurre?

—Hola, Candace —me responde una suave y dulce voz infantil.

De pronto, soy consciente de que debería haber llamado para saber de ella, que unos fríos mensajes no eran lo más adecuado. Pero el recuerdo de la vileza de Liam condiciona mis funestos pensamientos y, para qué negarlo, su hija es el recordatorio vivo de que se enamoró de otra justo después de traicionarme a mí.

Pero la niña es la menos culpable. Y me es imposible sentir rencor hacia ella.

—Oh, Peyton, bonita, ¿cómo estás?

—Estoy mejor —afirma—. Y como ya estoy buena, papá quiere hacerme un regalo. Yo le he pedido subir al tranvía. ¿Quieres venir con nosotros?

—Yo... —titubeo—, no sé, seguro que preferís ir los dos solos...

—Papá me dice que estarás cansada y que no te apetecerá. ¿Es verdad? ¿Estás cansada?

—Sí..., no...

¡Mierda! ¿Qué digo?

—¿Está tu padre contigo? —le pregunto.

—Ahora se pone.

—¿Candace? Oye, perdona, pero no he podido parar a Peyton. Cuando se pone enferma suelo prometerle un regalo para cuando mejore, y esta vez no deja de pedir que hagamos el recorrido en tranvía por la ciudad. Pero no tienes que venir. Entenderé que digas que no.

—¡Pues si Candace no puede, iremos otro día! —grita Peyton junto al teléfono.

—Está bien, iré —intervengo—. ¿Me dais un rato para cambiarme?

—Vamos yendo —me dice—. Tómate el tiempo que necesites.

—¡Bieeen! —oigo a la niña antes de colgar.

En menudo lío me acabo de meter. Pero no quiero ni pensar.

«Es por la niña, es por la niña», me repito una y otra vez.

De un salto, me levanto del sofá —esta vez ya no hay más remedio que despertar a Nut—, me meto en la ducha y me visto con unos vaqueros, una camisa blanca y deportivas. Todavía con el pelo húmedo y ligeramente maquillada, bajo después hasta el portal, desde el que contemplo un taxi aparcado junto a la acera. Liam sale del vehículo y me espera con la puerta abierta. Viste de nuevo de negro, con la cazadora y gafas de sol.

Y vuelven mil malditas mariposas a aletear dentro de mí.

—No tenías por qué hacerlo —me susurra al llegar a su altura. Hasta mí llega su fragancia a colonia y a jabón de afeitar.

—No importa —le respondo antes de saludar a Peyton—. ¿Seguro que ya te encuentras bien? —le pregunto a la niña mientras me acomodo a su lado.

—Síí, gracias a tu medicina mala. —Compone una mueca tan graciosa que una ola de ternura me calienta el corazón.

El taxi nos deja en Powell, una de las paradas de inicio del tranvía y donde podemos ver el famoso cambio manual. Me resulta muy curioso y lamento no haberlo visto antes. Pasamos por Union Square, Chinatown o Nob Hill, el barrio pijo donde vive Liam.

—¡Mira, papi! —grita la niña, que va en brazos de su padre—. ¡Nuestra casa!

Hacemos luego la ruta al revés, desde Hyde, para poder ver desde las alturas Alcatraz o Russian Hill. Cada vez que el tranvía toma una bajada con cierta velocidad, los niños que van montados, Peyton entre ellos, gritan y ríen por la divertida sensación. Hay tanta gente montada, que tengo que pegarme a Liam y a su hija mientras nos aferramos a una de las barras.

—¿No habías subido nunca? —me pregunta Liam.

—Me avergüenzo, pero no —suspiro—. Llevo un año aquí y apenas conozco la ciudad. Creo que lo único que hice un día fue ir a ver el Golden Gate, pero estaba envuelto en nubes. Me dijeron que es bastante normal, así que decidí dejarlo para otra ocasión... y ya no he vuelto.

—No te avergüences —replica—. Eres médica, trabajas de noche, intentas dormir por la mañana y, cuando te das cuenta, se te ha pasado el día.

Vuelvo la vista al paisaje de la ciudad, para no ser tan consciente de que estoy de visita turística por primera vez desde que vine a San Francisco. Oh, y, por si se me había olvidado mencionarlo, en compañía de mi exnovio, Liam Taylor, y su hija de cinco años.

¿He dicho ya que debió de concebirla solo unas pocas semanas después de romper conmigo?

¡Ah!, y algo más: que no fue una ruptura nada amistosa; lo pillé en la cama con otra.

—¡Mira, mira, Candace! —Los gritos de Peyton me devuelven al presente.

Se la ve tan feliz, abrazada al cuello de su padre, mejilla con mejilla... Cada vez que los miro me parecen más iguales.

Acabamos en el Golden Gate Park, sentados en el césped mientras la pequeña corretea.

—Es increíble lo que Peyton se ha abierto contigo —comenta Liam mientras no deja de seguir a su hija con la mirada.

—Es una niña muy especial —le digo mientras jugueteo con unas briznas de hierba—. ¿Crees que recuerda a su madre?

—Dice que sueña con ella, pero dudo que la recuerde. —Sonríe con un atisbo de tristeza—. Empezó a cerrarse cuando otros niños comenzaron a preguntar por su madre. Para ella era normal tenerme solo a mí en su vida, pero la entristecía ver que el resto tenía padre y madre, y ella no. Desde entonces..., ya has visto. Necesita tiempo para confiar en las personas.

—Solo te tiene a ti —murmuro—. Es normal que tenga miedo de perderte.

—Y yo solo la tengo a ella —musita.

No puedo evitar sentir en la piel la tristeza que desprende Liam.

—Me comentó Pipa que la madre de Peyton no tenía relación con sus padres. Así que, si los tuyos siguieron sin tener contacto contigo, tampoco conoce a sus abuelos.

—Sus abuelos pueden irse al infierno.

Parpadeo ante la hostilidad de sus palabras.

—¿Y Sienna? —le pregunto. Conocí a su hermana durante nuestra relación y me pareció una chica maravillosa y especial—. ¿Todavía sigue en Los Ángeles?

—Sí —responde evitando mi mirada—, sigue allí. Pero ya te he dicho que Peyton solo me tiene a mí.

Doy por concluidas mis preguntas, demasiado personales. Tal vez la madre de su hija tampoco se llevaba bien con su hermana, y prefiero no hurgar más en la herida.

Yo tengo mis propias heridas.

—No sabes cuánto te agradezco que nos hayas acompañado —me dice—. A pesar de... todo.

—No podía decirle a una niña de cinco años, y mucho menos hacerle comprender, que no podía venir porque su padre fue un cabrón conmigo.

Tensa el rostro y se pasa la mano por el pelo. Genial.

—¿Te hace sentir incómodo que te lo recuerde? —ironizo—. Pues te jodes, Liam. Puedo hacer la vista gorda por tu hija y fingir que somos amigos, pero la realidad es que no puedo olvidar lo que hiciste.

—Entiendo que te sientas así —se limita a decir, cabizbajo.

—¿Lo entiendes? —le espeto cabreada—. Oh, pues entonces, todo arreglado —le suelto con mordacidad—. Cualquier cosa antes que reconocer que la cagaste, ¿verdad?

—Sí, la cagué, Candace —reconoce ¡por fin!—. Y solo yo sé cuánto la cagué.

—¿Entonces? —insisto—. ¿Por qué esa reticencia a pedirme perdón?

Alza sus increíbles pestañas y me dispara una mirada que me provoca un escalofrío.

—Porque no voy a pedir disculpas por algo que no me arrepiento de haber hecho.

Casi me atraganto con la ira que se me acumula en la garganta. Me pongo en pie, dispuesta a enviarlo a la mierda delante de un montón de gente, pero su hija aparece y tengo que morderme la lengua. Creo que hasta saboreo la sangre.

—Papi, estoy cansada, quiero irme a casa ya. —La pequeña se deja caer en el regazo de su padre y este besa su pelo con ternura.

—Sí, hay que irse ya. —Liam se levanta mientras Peyton se aferra a sus piernas. Los bonitos y grandes ojos oscuros de la niña están casi cerrados y denotan el cansancio del día—. Candace también tiene que irse.

—Sí —miro la hora en el teléfono—, tengo que irme ya. Esta noche trabajo en el hospital y me gustaría descansar un poco.

—Pediré un taxi y te dejaremos en casa...

—No —interrumpo a Liam. No me apetece en absoluto compartir más tiempo y espacio con él—. Ya me pido yo uno para mí.

—¿No vuelves con nosotros? —murmura la niña en mitad de un bostezo.

—No, Peyton, tengo que marcharme ya.

—Pero ¿nos acompañarás otro día?

Unas pocas palabras pronunciadas con una soñolienta voz infantil, acompañadas por el rostro cansado y dulce de Peyton, consiguen que se me acabe de partir el corazón.

Me agacho a su altura y recoloco un mechón de su negrísimo cabello que se había soltado de la diadema de color azul que lleva puesta. Siempre las lleva a juego con la ropa, y me enternece pensar que es su padre quien se las pone cuando la peina. Después, acaricio suavemente la tersa piel blanca de su mejilla y le doy un beso en la frente. Inspiro su olor dulce e infantil y reprimo las ganas de abrazarla.

—A partir de ahora tendré mucho trabajo, cariño. Será complicado volver a quedar.

Parpadeo con fuerza para que las lágrimas que se me han acumulado puedan quedarse donde están y no salgan de mis ojos. Nunca habría imaginado que me dolería tanto pensar en no volver a ver a esta niña.

—Vale —musita decepcionada—. Otro día, entonces. Le he pedido a papá que me lleve también a la excursión en barco.

—Queremos ver la bahía de San Francisco —interviene Liam.

—Eso está muy bien —le explico a la niña sin mirar a su padre—. Comparte con papá todos los momentos que puedas.

«Hace mucho tiempo que yo no puedo hacerlo con el mío.»

—Pero no te pongas malita para pedirlo —sonrío.

—Todavía tengo mocos. —Se encoge de hombros—. A lo mejor vuelvo a ponerme enferma y tenemos que volver a llamarte. —De una forma muy graciosa, fuerza un poco de tos y me hace reír.

—Será mejor que no —le digo.

He hecho todo lo posible por no caer en la tentación de abrazarla y achuchar su cuerpecito contra el mío. Pero ella no ha pensado lo mismo, porque rodea mi cuello con sus bracitos y ya no puedo hacer otra cosa que hundir mi rostro en la fragancia infantil de su pelo.

—Adiós, Peyton —me despido con la voz quebrada.

Ni siquiera me despido de Liam. No soportaría ahora mismo contemplar sus bellas pero traidoras facciones. Que le den, a él y a sus explicaciones. Se acabó. Ya no me interesan.

***

Una vez en mi apartamento, me quito la ropa y me pongo una camiseta y unas braguitas de algodón para tumbarme un rato en la cama, aunque sea solo para cerrar los ojos y descansar antes de que llegue la hora de ir al hospital. Sorprendentemente, los párpados comienzan a pesarme. Han sido demasiadas emociones y sentimientos los vividos en pocas horas y mi cuerpo necesita recuperarse para poder atender a los pacientes que me esperan esta noche.

Y llego a dormirme. Aunque, lo que me parece muy poco tiempo después, me despierta el timbre de la puerta. Cuando abro y me encuentro a Liam, trato de cerrar, pero él lo impide y se cuela en el salón.

—¿Qué haces aquí? —le digo con hostilidad—. ¿Crees que me apetece una mierda verte después de lo que me has soltado?

—Te lo dije desde el principio —masculla—, que todo esto era un jodido error. Se suponía que no iba a volver a verte, que ambos seguiríamos con nuestras vidas. Pero no sé qué maldita jugada del destino tuvo que llevarme al hospital donde trabajas. Y volvimos a encontrarnos...

—¿Y qué? —le reprocho—. Podemos seguir igual, ignorándonos.

—Esa era mi pretensión, Candace, pero te recuerdo que averiguaste mi hora de visita médica y te presentaste en el hospital, lo mismo que me pediste una cita o fisgoneaste mi dirección para aparecer en mi casa. —Compone una mueca hostil—. ¿Y todas esas gilipolleces sobre enrollarnos y echar un polvo cuando nos apeteciese? ¡¿Qué coño pretendías?!

—Quería saber el motivo de que te comportaras como un hijo de puta, Liam. —Me es imposible controlar mi voz, que se quiebra—. ¡Llevo seis putos años preguntándome qué hice para que me hicieras algo así! ¡Te quería, joder!

—¡Tú lo has dicho! ¡Fui un miserable! ¡¿Por qué no me olvidaste sin más?!

—¿Te crees que, si hubiese podido, no lo habría hecho? ¡Dime la fórmula! —le recrimino—. ¡Dime cómo lo hiciste tú para olvidarme tan fácilmente!

—¡No lo hice! —exclama.

Respira con dificultad, hasta que una larga inspiración parece calmarlo.

—No te olvidé, Candace; jamás.

Se aproxima a mí y desliza la yema de su dedo pulgar por mi mejilla para enjugar una lágrima que no he logrado contener. Pero le doy un manotazo para apartarlo. Lo único en lo que puedo pensar es en que ya me ha visto llorar dos veces. ¡Dos malditas veces!

—Apártate de mí.

—No puedo, Candace —susurra al tiempo que vuelve a acercarse, tanto que puedo saborear su aliento—. Lo he intentado, te lo prometo, pero me es imposible.

Ha pegado su frente a la mía y su nariz a mi nariz. Solo nuestros labios se separan por milímetros. Sus dedos rozan con timidez la piel de mi antebrazo y suben hasta colarse por la manga de mi camiseta. Cierro los ojos. Respiro a toda velocidad y mi corazón late del mismo modo.

—Y tú tampoco puedes alejarte de mí —musita antes de posar su boca en mi boca y besarme, con ternura, con anhelo, con pasión. Coloco las manos en su pecho y, al percibir el calor que desprende, rodeo sus hombros con fuerza al tiempo que profundizo el beso y profiero un audible gemido.

Porque tiene razón. El cabrón lo sabe: no puedo apartarme de él.

Liam responde apresando con fuerza mis glúteos por encima de mis bragas para apretarme contra él. El fuego del deseo me hace morder sus labios y tiro de su carne una y otra vez, lo que provoca que un desgarrador jadeo salga de su garganta.

Y vuelve a ocurrir, no podemos pararlo. Liam me quita la camiseta por la cabeza y se lanza sobre mis pechos para devorarlos con ansia. Al mismo tiempo, trato de quitarle la cazadora, pero el placer y sus brazos me lo impiden, por lo que se detiene y él mismo se desnuda de cintura para arriba. Yo también me abalanzo sobre su piel tatuada y lamo sus pezones y su estómago duro mientras él se desprende de los pantalones y la ropa interior. Cuando se me acerca, desnudo, para seguir besándome, aferro entre los dedos su erección y comienzo a acariciarla. Conozco tan bien lo que le gusta y le da placer... Desde aquel día, en su habitación, donde aprendí a tocarlo y lo hice correrse en mi mano, después de que él me regalara mi primer orgasmo.

Volvemos a ser fuego, porque nuestras pieles queman. Como siempre sucedía cuando se tocaban; como sigue sucediendo.

Liam gime y aparta mi mano.

—Así no, Candace. Voy a correrme y quiero follarte. Necesito follarte.

Borracha de deseo, lo empujo hasta mi habitación, lo tiro de espaldas sobre mi cama y me quito las bragas antes de encaramarme sobre las sábanas. Él ya lleva un sobre plateado entre los dedos, pero se lo arrebato, lo rompo con los dientes y deslizo el preservativo sobre su miembro excitado. Me pongo a horcajadas sobre él, lo introduzco en mi cuerpo y comienzo a cabalgarlo casi con desesperación. Mientras la presión me inunda por dentro, Liam me coge de las manos y no deja de mirarme. Yo también lo miro mientras subo y bajo con fuerza y aprieto sus manos. Y así alcanzamos el orgasmo: mirándonos, agarrándonos.

Casi sin aire, me dejo caer sobre su pecho y hundo el rostro en la curva sudorosa de su cuello. Él me abraza, besa mi hombro y después lleva su boca a mi oído para susurrarme unas palabras que, esta vez, oigo a la perfección:

—Te quiero, Candace.

«Y tú eres mi vida, Liam.»

Aunque mi respuesta solo se oye en mi cabeza.

Durante un largo instante no me muevo; tampoco hablo. Me deshago del cuerpo de Liam y me coloco a su lado, mirando al techo. No me atrevo a mirarlo a él por si descubro demasiado pronto la mentira en su rostro.

—Ni siquiera voy a preguntarte si es cierto lo que acabas de decir —decido comentarle, sin embargo—. Tal vez has dicho algo por inercia, por un recuerdo, qué más da. —Suspiro—. Lo que sí sé es que yo te quiero a ti, Liam. Te quiero y no he dejado de quererte nunca.

Desvío la mirada hacia él y lo contemplo con un brazo sobre el rostro. Su pecho, adornado con símbolos egipcios, sube y baja con rapidez. Pero no emite un solo sonido.

—¿Sabes? —continúo—. Acabo de recordar algo que

me dijo mi hermana, una y otra vez, cuando descubrió que Nathan la había utilizado. Me dijo que el amor, en ocasiones, no es suficiente. Yo la contradecía porque pensaba que sí, que lo era, que si dos personas se amaban, no existía nada que les impidiera estar juntas. Pero ya no tengo diecisiete años, Liam, y acabo de descubrir que Abbey llevaba razón. Porque tú y yo no podemos estar juntos.

Liam emite un gruñido y se levanta de la cama.

—Eso es lo que he intentado decirte todo este tiempo —bufa antes de recoger su ropa del salón, volver a la habitación y comenzar a vestirse—. Que dejaras de acercarte, joder...

—Pero yo insistía, ¿verdad? —Bufo con una mueca—. Es cierto todo lo que me has reprochado antes. Hice lo posible por verte, tener una cita, acostarme contigo... Todo con el único objetivo de que volvieras a enamorarte de mí, a engancharte de alguna forma para luego dejarte y vengarme de ti. Pero no he podido, Liam, me ha sido imposible odiarte. Sigo enamorada de ti; demasiado enamorada como para hacerte daño. No puedo ser más idiota.

Detiene sus movimientos durante un instante. Se estaba abrochando el pantalón, pero la cremallera se queda a medio camino. Parece sorprendido, casi aturdido por mi confesión.

—Al menos —le digo—, se puede decir que me he salido con la mía. Si es que es cierto lo que me has confesado antes y te has vuelto a enamorar de mí.

Termina de vestirse y se inclina sobre mí, ya que sigo sentada sobre la cama. Coloca las manos a ambos lados del cabecero, acerca su rostro al mío y me mira con una intensidad casi hiriente.

—No, Candace, no has conseguido nada —replica con un atisbo de reproche—. Porque no me he enamorado de ti. Ya lo estaba. Nunca he dejado de estarlo.

Se aparta y se coloca la cazadora antes de salir de la habitación. Furiosa, me levanto al mismo tiempo que tiro de la sábana para cubrir mi cuerpo desnudo.

—Eso no puede ser —le recrimino—. Porque una persona enamorada no haría lo que tú hiciste. ¡Sería totalmente absurdo!

Él se da la vuelta y camina hacia mí hasta detenerse a unos pocos centímetros de distancia. Me mira con una mezcla de tristeza y determinación.

—Hazme un favor, Candace. Busca dentro de tu cabeza; rebusca si hace falta entre tus recuerdos. Y, después, me dices si no encuentras ninguna locura o algo absurdo que hicieras alguna vez por amor. Cuando lo encuentres, que seguro que lo harás, lo comprenderás. Y sabrás que eso fue, exactamente, lo que hice yo.

Desconcertada, observo cómo abre la puerta y sale del apartamento, dejándome más confundida que nunca.

Ha querido decirme algo, pero ¿qué?

Capítulo 19

No sé si aguantaremos así, si seguiremos juntos, si lo soportaremos un año, dos, tres... ¡¿Qué más da?!

CANDACE en *Demasiado perfecto*

LIAM

—No te esperaba, Liam.

Candace, que parecía concentrada en varios libros que ocupaban toda la mesa, me miró con un atisbo de frustración y cansancio.

—Nunca he tenido que avisarte.

—Pues a partir de ahora tendrás que hacerlo —gruñó—. Estoy muy liada, con los exámenes y las prácticas.

Desconcertado, dejé sobre la encimera las llaves y una bolsa con algunas cosas que había parado a comprar de camino.

—He traído algo de fruta y carne, para que tengas reservas en el frigorífico y no te veas obligada a bajar a comprar cuando yo no esté...

—Vale, sí —bufó sin mirarme—. ¿Algo más?

—No, nada —murmuré—. Me pondré a trabajar en algunos diseños que me han pedido para el lanzamiento de un nuevo videojuego.

—Ah, pero ¿te vas a quedar aquí?

—¿Te refieres a quedarme contigo? Sí, claro. Haré como tantas veces, trabajar mientras tú estudias...

—Esta vez no, Liam —me interrumpió—. Si estás aquí me desconcentro. ¿No tenías que mirar lo del local con Nathan y Shane?

—Sí, estamos en ello. —Cada vez me sentía más descolocado y perplejo—. Pero hay muchos detalles que comprobar primero, hacer un estudio de mercado...

—Ya, pues creo que podrías ayudarlos. —Giró la silla para mirarme de frente—. Siento sonar borde, pero...

—No pasa nada. —Cogí de nuevo las llaves de la encimera y me acerqué a darle un beso en los labios—. Yo también tengo cosas que hacer. Volveré a Nueva York.

—Te lo agradezco, Liam.

Candace volvió a concentrarse en sus libros y yo me marché del apartamento.

***

Tardé un mes en volver a Boston. Durante aquel tiempo, Candace y yo hablamos solo unas pocas veces por teléfono. No quería distraerla o ponerla más nerviosa de lo que estaba diciéndole lo que la echaba de menos. Aproveché aquel tiempo para encontrar un local adecuado para mi proyecto de negocio, aunque el papeleo se iba a alargar más de lo esperado.

Cuando regresé al apartamento, Candace me pidió disculpas entre abrazos y besos.

—No tienes que pedirme perdón —reiteré—. Ambos sabíamos lo duro que iba a ser.

—Quiero tener buenas notas, Liam —suspiró—.

Graduarse en Harvard está bien, pero quiero ser de las mejores, para poder optar a un buen puesto y un buen hospital...

—No te justifiques más, cariño. —Le di un beso—. Se puede decir que ya hemos superado la mitad del tiempo. Podremos con la otra mitad.

Pusimos todo nuestro empeño en ello. Nos veíamos poco y Candace estaba nerviosa y estresada, pero nos amábamos por encima de todo. Aun así, no dejé de pensar en una solución que, aunque me dolía el solo hecho de pensarla, le expuse a Candace.

—Creo que lo mejor sería que yo me quedara a vivir en Nueva York, cariño. Tantos viajes acabarán mermando nuestra economía, además de que arrancar mi negocio me va a requerir mucho tiempo. Podré estar más pendiente de ello y tú estarás más tranquila.

—Liam, no...

—Por ello —la ignoré—, he pensado que podrías ofrecer a alguna compañera compartir el apartamento para repartir gastos. Yo seguiré viniendo cuando pueda y tú harás lo mismo.

Candace soltó un suspiro de derrota. Sabía que era lo mejor y acabó aceptando.

Incluso así, una discusión inesperada sería el detonante de llevarme a hacer algo que, a día de hoy, me sigue pareciendo la mayor locura de mi vida. Fue por amor, pero locura al fin y al cabo.

***

Abrí la puerta del apartamento con mi propia llave y, nada más acceder al interior, supe que iba a tener que dejar de hacerlo. Roxanne, la nueva compañera de piso de Candace, se paseaba por la estancia con solo las bragas y el sujetador sobre su cuerpo.

—Perdona —murmuré azorado al tiempo que intentaba mirar hacia cualquier parte que no fuese la chica—. Tendría que haber llamado al timbre, pero a veces olvido que ya no vivo aquí y utilizo mi llave...

—Tranquilo, guapo —contestó ella como si nada. En realidad, parecía disfrutar con la situación, porque se acercó a mí y me sonrió con sensualidad—. ¿Qué te ocurre? —me preguntó mientras deslizaba sus dedos por la solapa de mi cazadora—. ¿Te gusta demasiado lo que ves?

—Perdona, Roxanne, yo... no pretendía...

—¿Te has excitado? —insistió—. Seguro que llevas tanto tiempo sin aparecer por aquí que no echas un polvo con Candace desde hace semanas. A no ser que busques consuelo en Nueva York... o en otra parte...

Me envaré al instante. Una cosa era ignorar las miradas lujuriosas de Roxanne, y otra conversar con ella sobre mi vida sexual.

—¿Dónde está Candace? —le pregunté al tiempo que me alejaba de ella.

—No te asustes, cielo. —Tras un mohín de decepción, se puso una blusa y un pantalón, se calzó unos zapatos y cogió su bolso—. Tu novia ha salido, pero no tengo ni remota idea de cuándo volverá. Espérala por aquí —señaló el sofá lleno de prendas femeninas—. Como si estuvieses en tu casa. —Me guiñó un ojo y salió del apartamento.

Suspiré de alivio y me acerqué a la nevera para coger una cerveza. Unos pocos tragos después, apareció Candace por la puerta. Si en algo tenía razón su compañera de piso era en que llevaba semanas sin verla y la echaba terriblemente de menos. Solté el botellín sobre la encimera y fui hacia Candace con la intención de abrazarla y besarla hasta dejarla sin aliento, pero algo en su rostro me hizo detenerme. Estaba pálida y desencajada.

212

—¿Qué ocurre, cariño? —le pregunté.

Quise acariciar su mejilla, su pelo, tocarla de algún modo, pero ella se apartó y dejó sobre la mesa la bolsa de papel que llevaba en las manos. Después, sacó una caja de su interior y, con un gesto de desprecio, la tiró sobre el montón de libros y papeles que ocupaban la mesa.

—¿Qué es eso? —pregunté mientras centraba la vista en el objeto.

Palidecí al leer la inscripción de la caja: era un test de embarazo.

—Tengo un retraso, Liam. —Fue lo primero que dijo—. ¡Tengo un puto retraso!

Sentí un miedo atroz. Y juro que no lo sentí por mí, sino por ella. Candace estaba terminando la carrera, cursaba el último año, pero todavía le faltaban los dos de residencia y otros tantos de especialización. Quedarse embarazada resultaría una auténtica putada. Pero no podía mostrarle ese miedo. Debía ofrecerle tranquilidad, confianza, calma.

—Tranquilízate, cariño —le dije—. Todavía no te has hecho la prueba, pero, sea cual sea el resultado, tienes mi apoyo, para lo que decidas.

—¡¿Tu apoyo?! —gritó con hostilidad—. ¡Qué fácil lo tenéis los tíos! ¡Quedáis de puta madre ofreciendo vuestro apoyo mientras somos nosotras las que tenemos que sufrir un embarazo y un parto y detener nuestra vida! ¡Como si solo fuese problema nuestro!

—No puedo cambiar el ritmo de la naturaleza —le dije, tenso por su explosión de ira—. Pero sabes que voy a estar a tu lado, Candace, tomes la decisión que tomes.

—¡Oh, gracias, muy amable por dejarme elegir! —volvió a señalar con mordacidad—. Supongo que te refieres a que está en mis manos seguir adelante con un embarazo o abortar. ¡Qué guay ser la que tenga que decidir algo así! ¡Qué privilegio!

213

—¡Por el amor de Dios, Candace! —chillé frustrado—. ¡¿Qué más puedo hacer?!

—¡Nada! —chilló. Nunca la había visto tan cabreada ni tan atormentada—. ¡No puedes hacer una puta mierda! ¡Solo ver cómo se va al carajo todo mi futuro!

Rompió a llorar y, con el corazón encogido, me acerqué a ella para estrecharla entre mis brazos. Pero lo único que conseguí fue que me apartara de un manotazo.

—¡No te acerques ahora, Liam! —sollozó—. ¡Juro que, si me tocas ahora, sería capaz de hacerte daño!

—¡Vale! —grité, ya que, por momentos, yo también me estaba desquiciando—. ¡No puedo ofrecer ayuda, no puedo opinar y no puedo tocarte! Y, antes de que me escupas a la cara y me culpes de todo, ¡¿por qué no pruebas a hacerte el jodido test?! ¡Quizá, y solo quizá, estemos liando una paranoia por nada!

Candace lanzó un audible gruñido al tiempo que cogía la caja, tirando al suelo en el proceso varios libros que había en la mesa.

—Voy a hacérmelo ahora mismo.

—¿Quieres que te acompañe?

—¡Claro que no! —gritó antes de encerrarse en el baño con un portazo.

Me llevé las manos al pelo y tiré con fuerza mientras me dejaba caer en el sofá, sin importarme ya si lo hacía sobre bragas o calcetines. Apoyé los codos en las piernas y hundí la cabeza entre ellas.

En aquellos eternos minutos pasaron por mi cabeza cientos de pensamientos, y ninguno bueno. Nos imaginé a ambos con un bebé, escena en la que la mirada de reproche de Candace era la protagonista. Tuve muy claro que yo me encargaría de él mientras ella terminara sus estudios, y que mi proyecto o mis viajes podrían esperar.

También pensé en la posibilidad de que Candace no quisiera seguir adelante con el embarazo, y, si esa era su decisión, la apoyaría igualmente. Era su cuerpo y su futuro, y ella tenía la llave para los dos.

Cuando la vi salir del baño con el test en las manos, salté del sofá para ponerme en pie. El corazón me latía demasiado rápido y no recordaba haber estado nunca tan nervioso, pero era algo que debíamos enfrentar los dos.

—¿Cuál... cuál es el resultado? —balbucí.

—Es negativo —musitó—. Además, me acaba de bajar la regla. —Tiró la prueba sobre el sofá—. Deben de haber sido los nervios por los exámenes. Ya puedes quedarte tranquilo.

La última frase me jodió demasiado.

—¡¿Me estás recriminando que estuviese preocupado?! —exclamé cabreado—. ¡Si lo estaba era por ti, joder!

—¡Obvio! —gritó ella—. ¡Era yo la que acababa jodida!

—Ah, claro —le dije con desdén—. Porque tu maldita carrera es lo más importante de este mundo, mucho más importante que mis proyectos. ¡Más importante que yo! ¡Todo gira en torno a ti y a tus malditos estudios, y al resto que nos den por saco!

Estaba cabreado. Y cuando se está cabreado se dicen cosas que, realmente, no se sienten.

—Y ahora, ¿qué me estás recriminando tú? —me reprochó—. ¡¿Que te arrepientes de haber perdido tu tiempo esperándome?! ¡Seguro que cada día lamentas haber vuelto de Phoenix para buscarme!

—Yo no he dicho eso, y jamás he pensado nada parecido. —Suspiré y traté de calmarme, pero resultaba jodidamente difícil en mitad de aquella discusión—. Mira, Candace, lo mejor ahora mismo es que me vaya. Acabaremos diciendo cosas que no sentimos.

—Tal vez sí las sentíamos, pero no nos atrevíamos a decirlas —soltó de forma hiriente.

215

Preferí no contestar. Salí del apartamento dando un portazo y volví a Nueva York.

***

Estuvimos semanas sin vernos y sin hablar, ni siquiera por teléfono. Fueron días en los que tuve tiempo de pensar y de darle muchas vueltas, y en los que acabé tomando una decisión. Determinación que tuve muy clara hasta que Candace viajó a Nueva York y se presentó de improviso en el local que yo todavía trataba de acondicionar.

—Liam —me dijo entre lágrimas mientras me abrazaba. Yo también la estreché con fuerza entre mis brazos—. Lo siento, lo siento. Es el último curso y estoy nerviosa, ya lo sabes, pero dije cosas que no sentía. Te quiero. Te quiero y no deseo volver a enfadarme contigo...

—Perdóname tú también a mí, Candace. Dije muchas gilipolleces por la preocupación y la frustración...

Nos besamos y acabamos haciendo el amor en una cama pequeña que había instalado para poder disponer de un lugar donde dormir.

Sé que debería haber parado, y que, si de verdad quería seguir adelante con mi decisión, lo último era acostarme con Candace. Pero, por más cabeza que le pusiera, mi corazón y mi cuerpo seguían reaccionando a ella, a sus besos, a sus abrazos, a sus «te quiero». Como siempre nos ocurría, unos cuantos besos desesperados fueron capaces de sumirnos en un estado de trance en el que solo éramos conscientes el uno del otro.

No terminamos ni de desnudarnos. Candace se levantó la falda corta de cuadros y se deshizo de las bragas mientras yo me abría los pantalones. El único momento de lucidez lo empleé en colocarme un preservativo, pues ya no me fiaba ni de las píldoras anticonceptivas. Después, me introduje en el cuerpo de Candace y, sin dejar de besarnos ni de abrazarnos, nos movimos con urgencia hasta que acabamos estallando en un estremecedor orgasmo.

Mi cabeza contenía tal cantidad de caos que tardé más de la cuenta en decir las palabras con las que solía acabar. Candace alzó la cabeza y me dedicó la que acostumbraba a ser su respuesta.

—Eres mi vida, Liam.

«Ahora, Liam. Ahora o ya no podrás», me dije.

—Y yo te quiero, Candace. Y por eso, por lo que te amo, creo que es mejor que rompamos.

Candace se incorporó sobre la cama en una décima de segundo y me lanzó una mirada de verdadero terror.

—¡¿Qué?! —gritó—. ¡¿Has dicho que deberíamos romper?! ¡¿He oído bien?!

—Sí —suspiré—. Creo que sería lo mejor para ti y...

—¡No! —gritó de nuevo—. ¡Ni se te ocurra volver a repetirlo!

—Escúchame, por favor —insistí—. Solo sería hasta que acabaras tus estudios, este año. Si, durante la residencia estás menos agobiada, lo retomamos. Pero te recuerdo que todavía te quedará la especialidad, y sería más conveniente que nada te distrajera y...

No pude continuar porque colocó sus dedos sobre mis labios.

—Chist, ni se te ocurra seguir —protestó—. No pienso romper contigo, Liam, digas lo que digas. Te quiero y, si no te tengo a mi lado, será mil veces peor.

—Será algo temporal —reiteré—. Tú misma te quejabas hace poco de que tu media había bajado, y es algo que no te puedes permitir, puesto que en Harvard solo se admite la excelencia. Considero muy complicado centrarte en Medicina mientras tienes un novio pululando a tu alrededor.

—No me importa la media —sollozó al tiempo que

rodeaba mi cuello con sus brazos—. Solo me importas tú. Aunque nos veamos poco, sé que estás ahí...

—No es cierto, y lo sabes. —Estaba viendo la batalla perdida, pero debía seguir intentándolo—. Claro que te importan tus notas y ser de las mejores. —Señalé lo que nos rodeaba—. Mira, y no debes preocuparte por mí. He montado esta habitación, lo mismo que una pequeña cocina y los baños. Mientras el estudio se va poniendo en marcha, puedo vivir aquí, para no tener que hacerlo en casa de tu hermana. La relación laboral con tus cuñados seguirá vigente, por supuesto, pero tú y yo, como pareja, nos daremos un respiro, un paréntesis...

Al ver el rostro desencajado de Candace y los regueros de lágrimas que bajaban por sus mejillas, tuve que parar.

—No quiero un respiro, Liam. Quiero estar contigo.

—Candace, escúchame, por favor...

—No —sentenció—. Es más: quiero que me prometas que no vas a volver a proponerme nada semejante. Nunca, Liam. ¡Prométemelo!

—Está bien —musité al tiempo que la abrazaba y besaba su pelo—. Te lo prometo.

Le estaba prometiendo no romper yo. Pero nadie había contado con la posibilidad de que me dejase ella.

Y eso era lo que tenía que ocurrir.

Capítulo 20

—Candace, siento que acabes de llegar, pero acaba de ingresar un paciente con una fractura abierta de tibia. Todavía estoy terminando de cambiarme, pero las urgencias no pueden esperar.

—No importa, Josh —le digo mientras camino a su lado. Me coloco el fonendoscopio alrededor del cuello y me recojo el pelo.

Accedemos a un box, donde un joven gime de dolor por la herida de su pierna.

—¿Qué ha pasado? —le pregunto mientras le echo un vistazo a la fractura abierta. La tibia fracturada asoma entre la carne, entre músculo y tejidos.

—Iba en bicicleta —gime el muchacho—. Un vehículo me ha dado un golpe y he caído por un terraplén. Ni siquiera se ha parado a socorrerme. Por suerte, alguien lo ha visto todo y ha llamado a Emergencias. No sé si ha cogido la matrícula...

—Ya nos preocuparemos luego por eso —le digo—. Ahora no tenemos más remedio que intervenir. —Me dirijo al enfermero—: Josh, suminístrale antibiótico y que preparen el quirófano. Llama al anestesista. Necesito un preoperatorio ya.

—Ahora mismo.

Mientras me estoy lavando las manos, Josh se me acerca con los resultados de las rápidas pruebas.

—Todo está en orden —me señala antes de proferir un suspiro—. Tienes cara de cansada, Candace. ¿Estás bien?

—Por supuesto —le contesto con seguridad.

—Creo que deberías pedir unos días libres —insiste—. Estás pálida y las ojeras te llegan a la barbilla.

—Ya los he pedido, no te preocupes. —Sonrío—. Me marcho un par de días a Nueva York para el cumpleaños de mi sobrina. Lo malo es que suponía que me acompañaría Aliyah y sigue en China.

—No es mucho descanso, aunque te irá bien desconectar. —Se torna un poco más serio—. Pero ya lo sabes: si en cualquier momento tuvieras que irte, yo te cubro si hace falta. Mentiría por ti, Candace.

«Mentiría por ti.»

Esas tres palabras se introducen en mi mente, causando una sensación extraña. Acabo de sentirme como cuando intentas moverte en la oscuridad y, de repente, cuando se enciende la luz, te das cuenta de que las cosas no están donde tú creías que estaban; que estabas equivocada, aun cuando pensabas que lo tenías todo controlado.

«Mentiría por ti...»

Como siempre hago, almaceno la información en mi memoria para cuando llegue el momento. Ahora he de restaurar huesos y tejidos.

***

En esta ocasión, no es a Nathan a quien me encuentro cuando bajo del avión. Es Shane, su hermano, quien me espera junto a su coche. Lleva un impecable traje oscuro y unas gafas de sol, tan imponente como siempre, tan atractivo.

Se quita las gafas cuando me distingue entre la gente y yo, conforme me voy acercando, vuelvo a sentir el impacto que produce su mirada, aunque la sensación nada tenga que ver con la de años atrás. Sus ojos, uno verde y otro marrón, empezaron inquietándome cuando lo conocí, hace ya trece años. Pero después, cuando pasó a formar parte de mi familia, acabé adorándolos, tan hermosos y misteriosos me parecieron.

Reconozco que me va lo del misterio...

Sonríe al verme, aunque su semblante siga siendo el de un tipo serio y adusto. Pero los que lo conocemos sabemos que Shane, a pesar de su parquedad en palabras, es un hombre maravilloso y muy especial que se complementa a la perfección con su hermano, Nathan: rubio y moreno, sonrisa y seriedad, encanto y discreción.

—Hola, Shane —le digo con un abrazo—. Lamento que hayas tenido que ser tú el que haya venido a buscarme. Podría haber cogido un taxi.

—¿Decepcionada por no encontrarte con tu rubio cuñado favorito?

—Claro que no.

Poso la mano en su mentón y contemplo su moreno y atractivo rostro. Al igual que su hermano, sigue tan guapísimo a sus cuarenta y cinco años, aunque las pocas canas que salpican su cabello oscuro sean más visibles que en la cabeza rubia de Nathan. Sus ojos dispares brillan, por lo que acabo de darme cuenta de que estaba bromeando. Las bromas de Shane suelen ser escasas y bastante ácidas.

—Ya sabes que tú eres mi segundo cuñado favorito —afirmo mientras me coge el equipaje y lo coloca en el maletero del coche.

—Que yo sepa, solo tienes dos —gruñe al tiempo que me abre la portezuela.

—Por eso —río—. Por cierto, menudo cochazo. ¿No se supone que te asignaron un chófer? Ahora eres el presidente de la Atlantic Group Corp., la mayor empresa de telecomunicaciones del país.

—No necesito un chófer —refunfuña mientras nos acomodamos en los asientos y arranca el motor—. Si no te importa, hemos de pasar primero a recoger a Summer del trabajo.

—Oh, genial —le digo—. La última vez no tuve mucho tiempo de hablar con ella.

Atravesamos gran parte de la ciudad mientras hablamos de sus dos hijos, Daniel y Lucas, de seis y dos años, de los que comenta sus progresos como un padre orgulloso. Y lo mismo hace al hablar de nuestras sobrinas, Isabella y Olivia, a las que tanto queremos, aunque él tenga la suerte de verlas mucho más a menudo.

Llegamos, por fin, a Manhattan y a su bulliciosa y elegante Quinta Avenida para detenernos frente al majestuoso edificio del Museo Metropolitano de Nueva York, donde trabaja Summer como guía.

—Vaya —se lamenta Shane—, como no suelo moverme en mi coche por la ciudad, ya no recordaba que aquí no se puede aparcar, solo taxis y autobuses. Voy a tener que llamarla para que sepa que he llegado.

—Ya la aviso yo —replico al tiempo que salgo del coche—. Así la saludo antes de que nos veamos envueltas en globos y niños en la fiesta de cumpleaños de Olivia.

Subo la escalinata hasta la arcada de la puerta principal, y, antes de cruzar la cristalera que da acceso al museo, diviso a Summer, que habla con algún turista que le acaba de preguntar algo. Al verme, sonríe con entusiasmo y corre hacia mí para darme un cariñoso abrazo.

—¡Candace! —exclama con júbilo—. Shane no me había dicho nada de que fueras a venir con él. ¡Si es que hay que sacarle las palabras con sacacorchos!

—Así ha resultado una sorpresa —le digo—. Aunque la sorpresa me la acabo de llevar yo. Por Dios, Summer,

¡estás guapísima! ¡No sabía que habías vuelto a teñirte el pelo!

Todos conocimos a Summer con la mitad de su cabello rubio teñido de rosa, pero, después de tener a sus hijos, decidió que ya era hora de un cambio y se lo dejó crecer de forma natural, rubio, largo y liso. Ahora, sin embargo, compruebo que lo vuelve a llevar por encima de los hombros y con varios mechones de color rosa, aunque de un tono más claro que años atrás.

—Sí —sonríe—, he vuelto a mis orígenes. —Me coge de un brazo y me señala con la mirada a su marido, que espera apoyado en el lateral del coche mientras revisa algo en su teléfono—. ¿Sabes? Shane seguía llamándome «mi chica del pelo rosa», y yo no paraba de recordarle que ya no lo era. «Para mí lo serás siempre», me decía. Así que hace unos días decidí que, por él, por Shane, merecía la pena; que teñirme el pelo no es nada comparado con lo que estaría dispuesta a hacer por él.

Siento un nudo en el pecho, pero de emoción. Debería estar acostumbrada a las muestras de amor de Shane y Summer, de Nathan y Abbey, pero, cuando dicen cosas así, no puedo evitar retener las lágrimas.

Tal vez sea la emoción; tal vez sea el recuerdo de lo que yo misma sentí... y que todavía siento, para mi desgracia.

—Me vas a hacer llorar —le digo con una mezcla de risas y de quiebro en la voz.

Bajamos ambas la escalinata, aunque Summer acelera el paso, se adelanta y corre hasta su marido, al que abraza y besa como si llevara semanas sin verlo.

—Hola, mi chica del pelo rosa —musita él.

—Hola, mi chico de los ojos alucinantes —susurra ella.

—Siento interrumpir semejante declaración de amor y de vuestras maravillas físicas, pero os recuerdo que tenemos una fiesta infantil esperando.

Ambos ríen mientras volvemos al coche y, en unos minutos, dejamos atrás el bullicio de Manhattan para adentrarnos en Dyker Heights, el barrio residencial de Brooklyn donde se ubica la residencia de mi hermana y Nathan. Ya en la puerta de la casa, podemos observar los globos de colores que avisan de la fiesta infantil que tiene lugar en su interior.

A los anfitriones los encontramos en el jardín, donde han instalado un castillo hinchable y en el que mis sobrinas y varios niños se lo están pasando en grande. Nathan y otros adultos supervisan a los más mayores mientras que Abbey y otro grupo vigila a los más pequeños, el hijo menor de Shane entre ellos, en un gran cajón de arena, donde juegan con cubos, palas o con sus propias manos.

—¡Candace! —grita Abbey al abrazarme.

Yo le devuelvo el abrazo a mi hermana, aunque luego se le suma Nathan y, por supuesto, mis sobrinos, Isabella, Olivia y Daniel, el hijo mayor de Shane y Summer.

—¡Tía Candace! ¡Has venido!

—Pues claro que he venido. —Los estrecho entre mis brazos e inhalo el aroma infantil que desprenden. Durante un instante, contemplo en mi mente la imagen de otra niña, de piel pálida y pelo negro, que me mira con sus ojos oscuros y algo tristes. Y no puedo evitar añorarla.

La fiesta sigue, con juegos, merienda, tarta y regalos, sin tiempo para otra cosa que para seguir el ritmo de los más pequeños. Poco a poco, los padres se van llevando a sus hijos y acabo muerta de cansancio, tirada en un sofá junto a Summer y Abbey. Los cuatro niños se han quedado dormidos sobre la alfombra, extenuados tras horas de juegos.

Mi hermana se dirige a su marido y su cuñado en un tono solemne con un puntito de ironía.

—Señor presidente de la Atlantic —le dice a Shane—,

y señor vicepresidente —le dice a Nathan—, les ruego hagan el favor de hacerse cargo de acostar a sus hijos. Ya los meteremos mañana en una bañera y los dejaremos en remojo.

Los hermanos O'Brien se miran, componen una mueca y le hacen caso a mi hermana. Cargan con los cuatro niños y suben a la planta de arriba para acostarlos.

—Y ahora —suspira Abbey al tiempo que se levanta del sofá—, nos toca el turno a nosotras. —Abre el minibar del mueble y saca una botella de tequila y tres vasos. A continuación, los coloca en una bandeja, los llena y nos los acerca a la mesa—. Brindo por la hora de dormir de los niños.

—Y por los maridos que se encargan de ellos —añade Summer.

—Lo ratifico —digo antes de que las tres nos bebamos el contenido de nuestros vasos de un trago. Hacemos una mueca cuando el calor invade nuestras gargantas, pero Abbey los vuelve a llenar.

—Cuéntanos algo más interesante —me dice mi hermana—, que no tenga que ver con niños y fiestas de cumpleaños llenas de niños.

—Que me he acostado con Liam —les comento. El tequila suele soltarme bastante la lengua.

Abbey deja de beber y Summer se atraganta y empieza a toser.

—Y no una —añado—, sino tres veces.

—Trae para acá esa botella, Abbey —gruñe Summer—, porque creo que vamos a necesitarla.

—Pero..., Candace... —musita mi hermana—. Suponía que entre vosotros no había nada. Al menos de tu parte...

—Y yo suponía que no iba a verlo más —rezongo mientras dejo que vuelva a llenarme el vaso—. Pero, como ya te dije, ha vuelto a aparecer, después de seis años.

—Si hubiese sido una vez —comenta Summer—, te diría que ha podido ser un calentón entre dos ex. Pero tres veces... Me parece que ha habido algo más que un calentón.

—Tienes razón, Summer —le digo—, hay más. Lo quiero. Nunca he dejado de quererlo.

—Ay Dios... —musita la chica del pelo rosa antes de beberse otro vaso de un trago.

—¿Que lo quieres? —dice Abbey con voz chillona—. ¿Qué me he perdido, Candace?

La miro y suelto un suspiro.

—No lo dejé porque quisiera anteponer mis estudios o nuestra relación se hubiese gastado —le confieso—. Lo pillé en nuestra cama con mi compañera de piso. Ni siquiera me pidió disculpas. Se largó y desapareció. Hasta ahora.

—Pero ¡por todos los santos, Candace! —exclama Abbey—. ¿Y por qué me entero de eso ahora?

—Toma, Abbey —le dice Summer mientras le llena el vaso de nuevo—, bebe, bebe.

—No lo sé —suspiro—. Supongo que no quise montar un drama familiar. Me imaginé a Nathan y a Shane pidiéndole explicaciones, o a ti misma soltándole la bofetada que no le solté yo... En fin, que preferí contar el motivo que os di.

—Entonces —insiste Abbey—, ¿cómo explicas que, el día que lo encontré en casa, llorara desconsolado en mis brazos?

—Fue un paripé —señalo después de un nuevo trago.

—¿Un paripé? ¡Ja! —exclama mi hermana con mordacidad—. Liam lloraba de verdad, querida hermanita, y me repetía una y otra vez: «La amo, Abbey, y la amaré toda mi vida». ¿Te parece que eso es lo que dice un tío que acaba de ponerle los cuernos a su novia y, además, le ha importado un carajo?

—Se le dará bien el teatro —bufo—. ¡Y yo qué sé!

—A ver, recapitulemos —interviene Summer—. Dices que os habéis acostado tres veces. ¿Qué pasó? Me refiero... para repetir.

—Pues... la primera vez dijimos que era solo sexo y la segunda fue por venganza. La tercera me confesó que me quería y, aunque todavía no sé si fue sincero, yo le dije que también lo amaba, pero que no podemos estar juntos porque me traicionó y, para colmo, jamás se disculpó.

—Y, además, poco después —prosigue Summer—, tuvo una hija con otra.

—Exacto —bufo.

Otro vaso más de tequila se nos pierde en la garganta.

—Me sigue pareciendo todo muy extraño —murmura Abbey—. ¿Hablaste alguna vez con Roxanne, tu compañera de piso? ¿Te explicó cómo ocurrió?

—¡Por supuesto que no hablé con ella! —exclamo—. ¡La eché a patadas de allí! ¡Se acababa de follar a mi novio!

—Joder, con Liam —farfulla mi hermana—. Con la pena que me dio cuando cerró el estudio de tatuajes antes de ponerlo en marcha...

—Nunca llegué a pedirles disculpas a Nathan y a Shane por las pérdidas que sufrirían por aquello —me lamento.

—Recuperaron su dinero —señala Summer—. Unos meses después, Liam se lo devolvió.

—¿Liam les devolvió el dinero? —pregunto contrariada—. ¿Tan pronto? ¿Cómo es posible?

—Nunca lo supimos —suspira Abbey—. Recibieron un día la transferencia del equivalente a su inversión y nunca más se supo. Supusimos que habría pedido un crédito.

—En San Francisco vive en una casa en Nob Hill —mascullo—. Liam no puede permitirse una vivienda así, y menos todavía si tiene que hacer frente a semejante crédito. Nada tiene sentido...

—Tal vez la madre de su hija fuera de familia adinerada —interviene Summer.

—Liam no aceptaría dinero sin más —aclaro—. Lo conozco bien.

—Pero sí por una hija, ¿no? —concluye Abbey.

Tanto pensamiento mezclado con tequila me produce dolor de cabeza y sueño. Tras vaciar la botella, las tres nos despedimos y subo hasta la habitación que han designado para mí, donde duermen los dos hijos de Shane y Summer. Han dispuesto una cama más grande para mí en medio de los dos.

Me meto bajo las sábanas y, cuando mi cuerpo comienza a relajarse, me sobresalta un movimiento en la habitación.

—Tía Candace —susurra Isabella, que entra en mi cuarto junto a su hermana Olivia—, ¿podemos dormir contigo?

—Claro que sí. —Abro la cama a cada uno de los lados y las niñas se sumergen en ella junto a mí.

Sonrío antes de cerrar los ojos. ¿Dónde iba a dormir mejor la tía Candace que rodeada de sus sobrinos?

Capítulo 21

ALIYAH

Me cuesta un esfuerzo enorme caminar por la terminal del aeropuerto mientras arrastro la maleta. Tantas horas de vuelo, la escala y el *jet lag* me han dejado para el arrastre. Por si fuera poco, me desanima saber que Candy todavía no ha vuelto de Nueva York y Josh tiene que trabajar. Menudo comité de bienvenida me espera...

Camino en dirección a la zona de taxis, diviso los vehículos amarillos, doy un bostezo... y casi se me desencaja la mandíbula cuando tengo que interrumpirlo.

—Josh... —musito al verlo allí plantado, esperándome, mirándome. Me sonríe y las mariposas que había creído muertas solo estaban dormidas, porque aletean con tanta fuerza que me producen escalofríos por todo el cuerpo.

Sé que solo hemos estado juntos unas horas y que el resto de las citas han sido por videollamada, conversaciones telefónicas o mensajes. Así, aunque a distancia, hemos hablado, reído, llorado y desnudado nuestras almas, por lo que me siento como si nos conociéramos de mucho más tiempo, tal es la afinidad, la conexión, la atracción...

Una vigorizante felicidad me invade y arranco a correr hacia él para echarme en sus brazos, colgarme de él y besarlo. Todavía llevo marcada en mi memoria su fragancia, el sabor de sus labios y la suavidad de su barba, y casi no me cabe el corazón en el pecho al probarlo todo de nuevo.

—¿No estabas trabajando? —le pregunto, eufórica, cuando interrumpimos el beso, aunque sigo abrazada a él, admirando su rostro para no perderme ni un segundo de su mirada o su sonrisa.

—Le pedí a un compañero un cambio de turno —me responde al tiempo que me mira con ternura y anhelo, de la misma forma que debo de estar mirándolo yo—. Dios, Aliyah, qué ganas tenía de esto. —Vuelve a besarme—. Llevo tantos días soñando con tenerte así...

—No más que yo. —Sonrío contra sus labios—. Gracias por venir a recibirme.

—Tenía que verte —me confiesa mientras coge mi maleta y caminamos hasta la zona de taxis. El conductor del primero de ellos nos ayuda con el equipaje antes de ponernos en marcha—. Se te ve cansada —me dice mientras repasa con ternura la sombra de mis ojeras.

—Ha sido una semana muy intensa. —Bostezo de nuevo y me acurruco en su hombro—. Y el cambio de horario ha acabado de rematarme.

—Te acompañaré a casa —musita tras darme un beso en el pelo.

Ya en mi apartamento, es Nut la que me recibe, ondeando su negra cola al tiempo que emite un suave maullido y se frota contra mis piernas.

—Hola, preciosa. —La cojo en brazos y beso su cabecita—. Voy a ver cómo anda de comida y agua —le digo a Josh—. Candy solo lleva dos días fuera, pero voy a asegurarme.

—Tranquila —me responde—. Te dejo el equipaje en tu habitación.

Después de reponer alimento en los recipientes de Nut, me dirijo al salón, donde Josh me espera junto a la puerta.

—Y ahora —me dice—, métete en la cama y descansa. Esperaré que me llames para no molestarte. Yo, después de un viaje tan largo, he llegado a dormir doce horas seguidas y...

—Quiero que te quedes conmigo —lo interrumpo. Me acerco a él y poso la mano en su suave barba—. ¿O es que te parece que sería demasiado precipitado...? Sé que, físicamente, solo estuvimos juntos unas horas, pero, si no hubiese tenido que irme a China, aquella misma noche habría querido pasarla contigo.

—¿Precipitado? —responde con una mueca traviesa—. Yo no habría esperado a que acabase aquella noche. Me gustaste en cuanto te vi asomada entre las chaquetas del perchero. —Reímos ante ese recuerdo—. Y cuando te inclinaste sobre la mesa de billar... me pusiste tan cachondo que te habría follado allí mismo, sobre el tapete verde.

Trago saliva y el corazón me late desbocado al mismo tiempo que la excitación recorre mis venas al imaginarme la escena. Siento la humedad y un suave latido entre mis piernas.

—Ya te dije que no soy un ángel —me recuerda mientras comienza a desabrochar los botones de mi blusa.

—Ni yo quiero que lo seas.

Sin embargo, detengo sus manos.

—Yo... estoy un poco nerviosa, Josh. Hace mucho tiempo que no estoy con nadie.

—Tranquila. —Me ha quitado la blusa y los pantalones y contempla con avidez mi cuerpo cubierto únicamente por un conjunto de ropa interior en color celeste—. En los últimos seis meses habré tenido sexo en un par de ocasiones. La última vez, allá por el verano...

—Lo mío es bastante peor. —Compongo un mohín—.

Todo el año que llevo en San Francisco no he ido más allá de horribles citas de Tinder. Y, antes de llegar aquí, en Nueva York... Déjame que piense... Doce más tres son quince y me llevo una...

—¿Qué te parece —ríe— si hacemos memoria entre los dos?

—Me parece perfecto —le digo antes de despojarlo a él de su camisa para poder contemplar su torso desnudo. Me encanta su cuerpo. No está lleno de abultados músculos, pero es fuerte y fibroso.

Josh termina de desnudarme y me tumba sobre la cama sin dejar de besarme. Él también se despoja del resto de su ropa y dejo escapar un hondo gemido cuando nuestros cuerpos entran en contacto. Hace tanto tiempo...

Me besa con pasión justo antes de bajar por mi garganta y buscar mis pechos para rodearlos con su lengua. Una corriente eléctrica me sacude cuando siento la humedad en mis pezones. Las piernas se me abren por instinto y elevo las caderas. Estoy muy excitada y temo terminar demasiado pronto...

Ahora el gemido se convierte en grito. Josh sigue lamiendo mi vientre y mis caderas, hasta depositar su rostro entre mis piernas. El simple roce de su barba en mis muslos me obliga a arquearme de tal modo que solo mi cabeza y mis tobillos tocan la cama.

—Josh, espera, no...

Pero llego tarde. En cuanto mi sexo recibe las caricias de su lengua y la fricción de su barba, todo mi cuerpo se convulsiona, incapaz de frenar el orgasmo que me atraviesa como un rayo caliente y devastador.

—Oh, Dios —musito entre jadeos—. Ni un minuto —me quejo—. No he aguantado ni un miserable minuto...

—A mí me parece bien —sonríe él mientras trepa por mi cuerpo para colocar su rostro a la altura del mío—. Me has dado alas para pensar que soy un diestro y virtuoso amante.

Su broma vuelve a hacerme reír.

—Todavía tienes tiempo de demostrarlo —le digo un segundo antes de atrapar su boca.

Esta vez beso yo su cuerpo, aunque él tampoco parece aguantar mucho. Se coloca el preservativo y se arrodilla frente a mí.

—¿Prefieres ponerte encima? —me pregunta.

—En otra ocasión —le respondo al tiempo que tiro de él para que me haga el amor cuanto antes—. Ahora quiero sentir tu cuerpo sobre el mío.

Me penetra con cuidado, pero yo aferro con fuerza su espalda y le rodeo las caderas con las piernas para alentarlo a que se mueva más rápido, más profundo. Eleva el torso y apoya los codos en la cama para poder mirarme mientras se mueve, para que yo pueda gemir ante sus ojos. Y, así, mirándonos, alcanzamos ambos el clímax y convulsionamos de placer hasta caer sobre las sábanas arrugadas.

Minutos más tarde, sigo enredada entre su cuerpo. Mis dedos juguetean con el vello de su pecho y él resigue con los suyos la piel de mis brazos y mi espalda.

—Tengo que ser sincera contigo, Josh.

Él detiene su lánguido movimiento.

—Qué frase tan inquietante. —Intenta sonar despreocupado, aunque no lo consigue del todo.

—Ya te conté que el diseño del edificio que ha entusiasmado al empresario chino ha otorgado un alto prestigio al estudio de arquitectura en el que trabajo.

—Claro. —Parece relajarse y me besa la frente—. Os lloverán las ofertas a partir de ahora. Y me huelo un ascenso en tu carrera, porque has demostrado ser una arquitecta con mucho futuro.

—Has acertado casi en todo —le señalo—. A Frank

Bowman, dueño de Art&Design, ya le están lloviendo las ofertas para nuevos diseños, por lo que va a abrir otro estudio en Nueva York. Quiere que yo dirija al equipo.

Solo le había contado esto a mis padres, quienes, lógicamente, gritaron de alegría al saber que tengo la oportunidad de volver a mi ciudad y estar más cerca de ellos. Pero ni a Candy ni a Josh les había comentado nada. Debe de ser porque me siento culpable al saber que tengo que marcharme y dejarlos atrás si quiero seguir con mi carrera.

Josh se incorpora y me mira con ternura. Busco decepción en su rostro, pero solo puedo ver admiración sincera.

—Me alegro muchísimo, Aliyah. Lo que haces es tan impresionante que mereces algo así. Enhorabuena.

—He preferido decírtelo antes de...

—¿De que nos enamoremos? —me pregunta con una sonrisa torcida.

—Lo siento, Josh —me lamento—. Si lo hubiese sabido antes, no habría tenido aquella cita contigo. Pero lo supe ayer mismo y...

—Chist. —Posa un dedo en mis labios—. No digas eso. Nada me entristecería más ahora mismo que pensar en no haberte conocido.

Lo último que percibo son los labios de Josh en los míos. Estoy tan cansada que mi cuerpo no puede más y me quedo dormida.

Capítulo 22

Decido no revelarle la verdad [a Abbey], la auténtica verdad. ¿Para qué?

CANDACE en *Demasiado orgulloso*

LIAM

Habíamos quedado en que ese fin de semana yo no fuera a Boston. Candace estaría sumida en las prácticas en el Hospital General de Massachusetts, el hospital universitario de la Escuela Médica de Harvard. Yo lo sabía perfectamente y, aun así, me presenté en el apartamento que habíamos compartido hasta hacía unos meses.

Roxanne fue la que me abrió la puerta.

—Candace no está —me dijo, aunque no dudó en hacerse a un lado y dejarme entrar—. ¿Tu novia no te pone al día de sus quehaceres?

—Se le olvidó mencionármelo —mentí—. Y ahora, aquí estoy, sin tener nada que hacer.

—No volverá hasta mañana —me indicó mientras se tumbaba en el sofá y cogía el portátil para mirar publicaciones de Facebook—. Si quieres quedarte, ahí tienes su habitación. O puedes ver la tele. —Encogió las piernas para dejarme un hueco.

—Creo que paso —le dije—. Me apetece más irme a tomar algo por ahí. ¿Me acompañas, si no tienes nada que hacer?

Roxanne abrió los ojos por la sorpresa de mi comentario y soltó el ordenador sobre la mesa.

—¿Me estás invitando a salir contigo? —me preguntó con un leve matiz seductor que enseguida capté.

—Esta noche, sí. —Me encogí de hombros—. Ha sido una semana de mierda y lo último que esperaba era estar solo un sábado por la noche.

—En un momento estoy lista. Espérame. —Salió disparada hacia su habitación y tardó cinco minutos en salir con un ajustado vestido negro y unos zapatos de tacón. Sus labios pintados de rojo destacaron en su piel morena y su cabello negro y ondulado.

—Qué guapa —la piropeé.

Y qué amargo me supo ese piropo. Durante los minutos en que la había estado esperando, había estado a punto de largarme por la jodida puerta un montón de veces. Pero ya lo había pensado, meditado y decidido: Candace se merecía continuar con su sueño de ser una alumna destacada de Harvard. Y si, para ello, yo debía desaparecer un tiempo, eso haría. Más que nunca, creí aquello de que si amas a alguien es mejor dejarlo marchar. Sobre todo, si tu presencia puede condenar a esa persona a no lograr lo que más anhela en el mundo.

—Gracias —me respondió Roxanne batiendo las pestañas—. Tú siempre estás guapo, Liam.

Ya había elegido, con antelación, un bar al que nunca había ido con Candace. Todavía era temprano y estaba bastante vacío y tranquilo. Me acomodé al final de la barra e invité a Roxanne a sentarse a mi lado.

—¿Qué te apetece? —le pregunté.

—Una cerveza, para empezar —me respondió al tiempo que cruzaba las piernas y dejaba ver la totalidad de sus muslos. Hasta ese momento no había sido consciente de su generoso escote y de su falta de sujetador, por lo que pude apreciar a la perfección el contorno de sus pechos y sus pezones a través de la tela.

—Vamos, Roxanne —le dije tratando de sonar seductor—, pide algo más fuerte. Nos lo merecemos. Yo invito.

Terminé aquella sugerencia con un guiño y una sonrisa mientras intentaba que la bilis no me llegase a la garganta.

—Entonces... vodka —contestó con una sensual sonrisa.

Después de tres o cuatro copas, pude deducir que Roxanne no era de las que aguantaban bien el alcohol. Hablaba y reía sin parar, y tuve que sujetarla un par de veces por las piernas para que no se cayera del taburete, gesto que ella aprovechó para dejarse caer sobre mí y depositar sus labios en mi cuello y en mi mandíbula. Traté todo el tiempo de evitar que acertara en mi boca y lo conseguí, aunque me fue un poco más difícil alejar su mano de mi entrepierna.

Lo que sería toda una prueba para mí consistía en averiguar lo que aguantaría yo. Para aquel numerito necesitaba estar también un poco borracho, pero no del todo. Tenía que encontrar el punto justo entre osadía y raciocinio. Años atrás, yo era de los que aguantaban litros de alcohol sin despeinarse mientras veía caer al suelo a mis colegas de borracheras. Pero aquellos tiempos habían quedado atrás, por lo que, en cierto momento, tuve que ir al baño a echarme un poco de agua en la cara porque mi aguante había mermado considerablemente.

—Ya no quiero beber más —barbotó Roxanne cuando ordené al camarero que le sirviera la enésima copa—.

Creo que estoy un poco borracha. —Tras decir esto último, soltó una estridente carcajada llena de hipidos.

Yo también estaba bastante borracho. Si no, no habría sido capaz de decir lo que solté por la boca.

—La última, Roxanne —le dije justo antes de acercar mi boca a su oído—. Y después nos vamos, te lo prometo. Porque estoy loco por follar contigo. Esto es lo que tengo ganas de hacerte...

Le enumeré y describí toda una serie de posturas eróticas con el simple objetivo de que las guardase en su mente.

La chica, obediente y visiblemente excitada, vertió en su garganta el contenido del vaso mientras yo hacía lo mismo con el mío. A partir de ahí, tuve que cogerla por la cintura para sacarla del local y meterla en un taxi, aunque yo también caminara en zigzag y estuviera a punto de darme de bruces con una farola.

«No pierdas el control del todo. Razona, Liam, razona...», me decía a cada momento.

Cuando llegamos al apartamento, entre risas, tropiezos y besos —todavía no sé si llegó a besarme en la boca, no lo recuerdo—, ambos caímos en la cama de Candace como pesos muertos. Roxanne seguía riendo y riendo..., hasta que la risa dio paso a un fuerte ronquido.

—Ya era hora —farfullé mientras trataba de incorporarme.

Mis reflejos y mi coordinación dejaban mucho que desear, pero, con mucho esfuerzo y después de echarme por encima una botella de agua que pillé de la mesilla, fui capaz de desnudar a Roxanne y de desnudarme a mí mismo. Acabé agotado, pero mi último esfuerzo valió para poner un brazo y una pierna de la chica sobre mí. A continuación, caí en un abismo oscuro del que no salí durante horas.

***

Gritos, sorpresa, indignación, ira... Todo aquello empezó a clavarse en mi cabeza como carámbanos afilados. Parpadeé con fuerza para abrir los ojos y, aunque tuve que tragarme una arcada, fui capaz de incorporarme sobre la cama. Roxanne seguía dormida a mi lado y ambos continuábamos desnudos.

Y sabía lo que venía a continuación: la entrada de Candace en aquel cuarto. Los rugidos y la rabia provenían de ella.

—¡¿Qué coño es esto, Liam?! ¡¿Qué cojones ha pasado aquí?!

—Deja de gritar o acabaré vomitando —farfullé mientras me ponía los pantalones.

«No la mires, no la mires. No pienses. No caigas en la tentación de abrazarla y contarle la verdad...»

—¡¿Que deje de gritar?! —exclamó aún más fuerte. Luego se dirigió a su compañera de piso y la zarandeó con furia—. ¡Y tú! ¡Levanta de ahí, zorra! ¡Siempre quisiste tirarte a mi novio y no has parado hasta conseguirlo! ¡Lárgate de mi puta casa!

—Joder... —masculló Roxanne—, no recuerdo una mierda... —Me miró mientras se ponía el vestido negro que había utilizado la noche anterior—. Joder, ahora lo recuerdo. Me he follado a tu novio.

—¡He dicho que te largues, puta! —Candace la cogió por un brazo y la arrastró fuera de la habitación.

—No la trates así —le dije a Candace tras ponerme la camiseta—. Ella no es la única culpable.

No pude evitar sentirme mal por Roxanne. En realidad, en aquel momento, me sentí el tipo más desgraciado e hijo de puta de la Tierra.

—Sigue siendo una zorra —me encaró—. Pero, por supuesto, aquí el único culpable eres tú.

Candace se situó frente a mí y cambió su semblante de ira y desprecio por otro de tristeza y desesperación que me destrozó por dentro.

—¿Qué has hecho, Liam? —me preguntó. Cuánto dolor me produjeron sus ojos tristes y decepcionados. Fui tan cobarde que no me atreví a mirarla, ni una sola vez.

—Creo que será mejor que termine de vestirme y me vaya.

—¡No, no te vas a ir! —gritó encarándome—. ¡Quiero una puta explicación!

—Pues no la hay, Candace. Bueno, sí: que me he follado a otra.

Cogí mi chaqueta y me dirigí a la salida.

—¿Y ya está, Liam? —Se me encogió el corazón al detectar el llanto en esa pregunta—. ¿Después de siete años juntos terminamos así? ¿Por qué me has hecho esto...?

«Por ti. Lo he hecho por ti», me dije mientras huía de Candace para que no viera las lágrimas que yo también empezaba a derramar.

***

El viaje de regreso decidí no hacerlo en moto porque, con seguridad, me habría estampado por el camino. Cogí un vuelo a Nueva York y, cuando bajé del avión, me encontré con varios mensajes y llamadas perdidas de Candace.

«No te vayas todavía, Liam.»

«Tenemos que hablar...»

«No puedes dejarme así...»

Los siguientes empezaron a cambiar de tono.

«Maldito miserable, rastrero, cobarde, hijo de puta...»

Los ignoré todos, aunque no fui capaz de hacer lo mismo cuando me llamó, unos días después, mientras yo me encontraba en la puerta de su casa, donde fui a recoger mis cosas. Parecía más calmada, más serena, pero también más impasible, indiferente, fría.

—Tranquilo, Liam, no voy a insultarte ni a exigirte

nada a estas alturas —me dijo—. Solo voy a pedirte un favor, si no te resulta demasiado esfuerzo.

—Dime —me limité a decir.

—Si ves a mi hermana o a alguien de mi familia, no le digas el motivo de nuestra ruptura. Ya se lo he dicho yo y he dado mi propia versión. He preferido decirles que he roto yo porque he decidido escoger mis estudios por encima de una relación desgastada por el tiempo.

—No te preocupes.

—Eso es todo, Liam.

Ambos colgamos y di una fuerte inspiración antes de entrar en la vivienda que habíamos compartido y donde su hermana y Nathan me habían permitido vivir. No tuve huevos para hablar con ellos, por lo que me presenté a por mis cosas una mañana en que los suponía a todos fuera.

Pero no tuve esa suerte. Abbey se había quedado en casa porque su hija pequeña tenía un poco de fiebre. Me la encontré de bruces mientras cargaba unas bolsas sobre mis hombros.

—Liam —balbució—. Yo... siento lo que ha pasado. Candace me lo ha contado. Todavía no doy crédito... Os amabais tanto...

Ahí fue donde me rompí. Me lancé a los brazos de Abbey, a la que tanto quería ya también, como a sus hijas o al resto de la familia, y exploté en un desconsolador llanto que no podía parar. Abbey acariciaba mi pelo mientras yo me aferraba a su jersey.

—La amo, Abbey, y la amaré toda mi vida.

—Lo siento, Liam, lo siento...

Ella supuso que mi lamento se debía a que su hermana me hubiese dejado, cuando, en realidad, lloraba de culpabilidad.

***

Fue una puta locura, una temeridad, un disparate y, quizá, lo más rastrero que había hecho en mi penosa existencia, pero supe por la propia Abbey que su hermana había terminado la carrera de Medicina con altas calificaciones, por lo que tanta tristeza y dolor habían valido para algo.

Durante aquel tiempo, dejé en suspenso el tema de la apertura del estudio. Vivía en el local, todavía sin inaugurar, y seguí trabajando, realizando diseños para quienquiera que me los pidiese. Nathan y Shane fueron a verme e intentaron convencerme de que continuara, pero me quedé sin ánimos para nada. Saber que Candace seguía adelante mejor que si estuviera conmigo... me alegraba y me destrozaba al mismo tiempo.

De todos modos, mi plan original siempre incluyó esperar solo un tiempo, dejar a Candace que acabara la carrera y, cuando fuese a comenzar la residencia, hablar con ella, pedirle perdón, suplicarle una disculpa si fuese necesario para que entendiese lo que había hecho. Habría sido un año, máximo dos.

Y a punto estaba de cumplirse ese plazo cuando una llamada desde Los Ángeles destrozó todos mis planes.

—Le habla Kelly Sheppard, del Departamento de Servicios Sociales. ¿Es usted Liam Taylor?

—Sí, yo mismo —dije confundido.

—Le rogamos que venga inmediatamente. Se trata de su hermana...

Capítulo 23

Ayer me sentí fatal cuando supe que Aliyah volvía justo cuando yo no iba a estar. Por si fuera poco, tiene el teléfono desconectado, señal de que estará durmiendo todavía, por lo que, después de coger un taxi para ir a casa, entro en el apartamento con sigilo, sin hacer ruido y sin encender ninguna luz. Apenas se cuela por las ventanas un resquicio de la tenue claridad del amanecer.

Dejo la maleta en un rincón de mi cuarto, me desvisto y, con solo la camiseta y las bragas que uso para dormir, me acerco al dormitorio de Aliyah. Llevo tantas horas dándole vueltas a lo mismo que me siento agotada, física y mentalmente. Necesito un poco de consuelo, un abrazo y el calor de mi amiga, aunque sepa que está dormida.

Desde la puerta distingo sobre la cama la silueta de Aliyah, que parece que esta noche ha decidido dormir ocupando todo el espacio. Aun así, busco un hueco a su lado, me echo la colcha por encima y me acurruco junto a su cuerpo. Cuando coloco mi mano sobre ella, me quedo quieta, casi congelada.

Lo que estoy tocando ¿es pelo?

No puede ser, debe de ser el pijama, pero, nada convencida con mi explicación, subo la mano para buscar su rostro y ¡me encuentro con más pelo!

Contrariada, me incorporo sobre la cama, introduzco la mano bajo la sábana y, como no podía ser de otra forma, tropiezo con un erecto miembro masculino.

—No sabía que le gustasen los tríos, doctora Howard.

Doy un salto tan rápido y tan repentino que casi me caigo al suelo.

—¡Joder, Josh! —grito tras encender la lámpara de la mesilla de noche.

Mi compañero se parte de risa sobre la cama.

—Tranquila, no se lo diré a nadie —ríe sin parar.

—¡Eres un capullo! —Le lanzo a la cara un cojín de la cama—. ¡Te has dado cuenta y no has dicho ni pío!

—¿Qué ocurre? —murmura Aliyah, que acaba de removerse e intenta abrir los ojos—. ¿Candy? ¿Eres tú?

—Sí, soy yo —gruño—. Y a ver si otro día me avisas de que tienes a un tío en tu cama. Pon un cartelito en la puerta, joder.

Aliyah aún no parece comprender.

—Aquí mi colega, la doctora —le explica Josh mientras, sentado en el borde de la cama, busca su ropa—, que quería montárselo con los dos.

Aliyah nos mira a uno y a otro y empieza a desternillarse de risa.

—Ah, pues genial —refunfuño—. Tú ríete a gusto mientras yo veo a tu novio desnudo. —Miro a Josh—. ¡A ver cómo trabajo yo ahora contigo cada noche sin imaginarte en pelotas!

—Ya me voy, ya me voy —repite mientras se viste sin pudor alguno.

—Y tú —le gruño a mi amiga—, haz el favor de ponerte algo de ropa, que voy a meterme en la cama contigo. No me toparé con algo viscoso, ¿verdad?

—Que no, tonta. —Aliyah se coloca una camiseta y

espera que Josh rodee la cama para situarse a su lado y despedirse. Intento no prestar mucha atención, pero no me pasan por alto las sonrisas tristes de ambos.

—Descansa, Aliyah. —Josh besa su frente y después sus labios—. Y que tengas mucha suerte. Ha sido un placer conocerte.

El enfermero se levanta y me guiña un ojo, a pesar de la aflicción que acabo de descubrir en él. Ahora entiendo que este chico puede tener siempre una sonrisa que regalarte, una palabra de ánimo que te aliente, un abrazo que te reconforte. Pero eso no quiere decir que él no tenga sus propios demonios. Simplemente, hay personas que no somos capaces de disimular la tristeza, mientras que otras prefieren sonreírle al mundo porque no están dispuestas a que los tropiezos que les impone la vida les apaguen la sonrisa.

Cuando oigo la puerta, me meto en la cama y le doy un beso a mi amiga.

—¿Qué ocurre, Aliyah? Me ha quedado claro que os gustáis y os habéis echado de menos. ¿El sexo no ha cubierto vuestras expectativas?

—El sexo ha sido perfecto —suspira antes de dejar escapar un sollozo—. Joder, Candy, ¿por qué la vida siempre nos obliga a elegir? ¿Por qué nunca podemos tener todo lo que deseamos?

Aliyah me explica todo lo referente al traslado a Nueva York y al maravilloso futuro laboral que se le presenta.

—Supongo que entiendo a Josh —le digo con pesar—. Los dos deseamos lo mejor para ti, pero no queremos perderte.

—Esto es una mierda, Candy. —Acurruca su cabeza en mi hombro—. Porque no quería hacerlo, pero creo que me he enamorado de Josh. Tanto tiempo buscando mi alma gemela y, cuando la encuentro, resulta que tengo que marcharme. Qué asco de vida...

—Tienes toda la razón, siempre nos obligan a elegir —suspiro—. Cuando era pequeña, tuve que elegir entre encerrarme en mi pena por la muerte de mis padres o seguir adelante. En la adolescencia, tuve que escoger entre dejarme ayudar o continuar autolesionándome. Y, en la edad adulta, estuve a punto de verme obligada a elegir entre mi carrera y el amor, aunque al final no tuve que hacerlo. La traición de Liam me libró de tener que plantearme que...

Detengo mi diatriba sobre mis recuerdos. Parece que, en ocasiones, cosas que hemos repetido y analizado cientos de veces, de repente, nos aparecen de forma distinta.

«Mentiría por ti.»

«Una locura por amor.»

«Eso fue, exactamente, lo que hice yo.»

—¿Te has dado cuenta de lo que acabo de decir, Aliyah? —le pregunto a mi amiga. Un horrible presentimiento me ha desbocado el corazón.

—¿Te refieres a que, gracias a la putada de Liam, no te viste obligada a sacrificar tus estudios por amor?

—Ni al revés —le aclaro—. Ni a renunciar al amor por mi carrera. Porque me quedé sin él.

—¡Hostias, Candy! —exclama mi amiga de repente—. ¿En serio estás pensando que...?

—¡No lo sé! —la interrumpo mientras, nerviosa, me levanto de la cama y comienzo a caminar por la habitación. Ya ha amanecido y se distinguen a la perfección todas las formas que nos rodean—. ¡No sé qué pensar!

—Recuerda que ya intentó romper lo vuestro —alude—, aquella vez que tuviste un retraso.

—Claro que me acuerdo. —Cierro los ojos—. Y le pedí que no volviera a dejarme...

Pero no hizo falta...

—A ver, rebobinemos —señala Aliyah—. Cuéntame de nuevo lo que recuerdes de aquella noche. Ahora que lo pienso —comenta con el ceño fruncido—, solo me lo has contado una vez, cuando me llamaste llorando. Después, con los años, hemos tratado de evitar el tema, por lo que, en lo que se refiere a detalles, me siento bastante ignorante.

Siempre me ha dolido rememorar aquel momento, pero en este instante soy capaz de hacerlo como si fuera una espectadora, separando las palabras de los sentimientos. Me siento demasiado alterada, nerviosa y desconcertada como para volver a sentir dolor.

—Llegué a casa —le cuento, como si repasara la lista de la compra—, tras una larga noche de prácticas. El piso era tan pequeño que desde el diminuto salón ya se veía mi habitación y mi cama. Reconocí de inmediato a Roxanne, por su inconfundible melena oscura. Y reconocí el cuerpo masculino que la acompañaba, por los tatuajes que cubrían su torso, sus brazos y su espalda.

—Te pusiste a gritar —interviene Aliyah— y los despertaste, porque, al parecer, estaban de resaca. Dijiste que olía a alcohol.

—Sí, lo recuerdo —reitero—. Los acusé a los dos de lo que habían hecho y ninguno lo negó. Es más, lo confirmaron.

—Ya... —Aliyah se levanta también y se pellizca el labio inferior—. Pero, hasta ahora, me has contado todo lo que te dijeron los sentidos: lo que viste, lo que oliste, lo que oíste.

—Lo sé —musito. El horrible presentimiento ha dado paso a un miedo atroz.

—¿Qué ocurrió realmente, Candy? —murmura Aliyah.

—¡¿Cómo voy a saberlo, si Liam es el único que podría responderme y no tiene ninguna intención de hacerlo?!

—Pues pregúntale —recalca—. Pregúntale directamente, Candy, porque, si no, nunca lo vas a saber.

«La amo, Abbey, y la amaré toda mi vida...»

«¿Te parece que eso es lo que dice un tío que acaba de ponerle los cuernos a su novia...?»

Tengo frío y vuelvo a meterme en la cama. Aliyah me abraza y Nut calienta mis pies.

***

Aliyah tenía que volver al trabajo y aprovecho para descansar, ya que dentro de pocas horas vuelvo a tener turno de noche. Sin poder dejar de sonreír, repaso en el teléfono las fotografías que hice en el cumpleaños de Olivia. Después de que mi amiga me haya asegurado que va a regresar a Nueva York, me asola la nostalgia más que nunca. Aunque viví muchos años en Boston, estaba más cerca de casa y veía más a menudo a mi hermana, a mis sobrinos, a mis guapos cuñados. Ahora no solo seguiré viéndolos de tarde en tarde, sino que me va a faltar Aliyah. Joder...

Inspiro con fuerza para no llorar. Al fin y al cabo, yo hice lo mismo en su momento, alejarme de todo por mi futuro y mi carrera. Y, por primera vez en mi vida, me planteo si eso era lo que quería.

¿No se supone que el principal objetivo en la vida es ser feliz?

Y yo, ¿soy totalmente feliz?

Ejercer la medicina es mi sueño, y siento que todavía me queda mucho por ofrecer en la profesión, pero ¿cumplir un sueño significa renunciar a todo lo demás?

El teléfono vibra en mis manos mientras contemplo una imagen en la que se nos puede ver a Abbey, a Summer y a mí. Frunzo el ceño. Es Pipa, la niñera de Peyton, con la que me intercambié el número cuando se prestó a «ayudarme» con Liam.

—Hola, Pipa —la saludo.

—¡Hola, Candace! —me dice ligeramente alterada—. Tienes que venir a casa de Liam, ahora.

—¿Por qué? —pregunto extrañada—. ¿Qué ocurre? ¿Es por Peyton?

—No —responde—. Peyton está bien y está en el colegio. Voy a buscarla dentro de un rato. Pero he tenido que pasar antes por su casa para coger una chaqueta, que se le ha olvidado. Y ha sido cuando me he encontrado con el pastel.

—¿Pastel?

—La tal Alexia —me explica— está aquí. No he podido oír gran cosa, pero he captado algunas palabras... inquietantes.

—¿Qué quieres decir con eso? —pregunto con desconcierto.

—¿Por qué no vienes y lo averiguas tú? Puedo esperarte unos minutos, pero debes darte prisa. ¡No tardes!

Y cuelga.

No sé ni qué hago, no razono bien. Sencillamente, me visto con rapidez y cojo un taxi para presentarme en la elegante casa de Liam. Pipa me espera en la entrada.

—Entra —me susurra mientras me deja la puerta abierta—. Yo tengo que irme a buscar a Peyton. La llevaré un rato al parque para hacer tiempo.

—Pero...

—¡Tengo que irme! —grita mientras baja la escalera y desaparece corriendo calle abajo.

Genial. No sé ni qué hago aquí, colándome en la casa de Liam porque la niñera me ha llamado y casi obligado a venir.

Con sigilo, atravieso el vestíbulo y accedo al salón. Desde aquí puedo oír un murmullo que proviene de la cocina. Me acerco y me asomo a la puerta, desde la que puedo contemplar a Liam con una mujer. Ella está de espaldas y solo puedo ver su media melena rubia y el elegante vestido estampado que viste. Pero también puedo advertir los brazos de ella alrededor del cuello de mi exnovio. Y su boca en la boca de él.

Porque se están besando.

«¡Otra vez! ¡Está ocurriendo otra vez!»

Debo de haber acompañado ese pensamiento con un jadeo, porque Liam levanta la vista y me mira.

—Candace... —musita.

No digo nada, porque lo más probable es que no tenga derecho. Pero soy incapaz de seguir aquí, mirando cómo Liam besa a otra mujer. Me doy la vuelta y corro hasta la salida, bajo la escalera y me lanzo a cruzar la calle.

—¡Candace, espera! —grita Liam detrás de mí.

Pero no le hago caso y sigo corriendo. Un coche pega un frenazo porque está a punto de atropellarme y el resto del tráfico se detiene entre pitidos mientras zigzagueo entre los vehículos para cruzar al otro lado. Corro más aprisa hasta llegar a un parque y sigo un sendero entre una espesa arboleda. Solo soy capaz de ver ramas y arbustos, como borrones que se deslizan ante mí...

—¡Candace, por el amor de Dios! ¡Para!

El brazo de Liam me alcanza y me obliga a detenerme y a darme la vuelta. Nos falta el aliento a los dos. Liam tiene el pelo alborotado y un ligero rubor por el esfuerzo tiñe sus mejillas, aunque el resto de su piel sigue estando pálida, casi translúcida, como siempre.

—¡Déjame en paz! —le chillo al tiempo que me zafo de su agarre.

—No es lo que parece, Candace... Ella me besaba a mí, no yo a ella...

—¡Me importa una mierda! —exclamo—. ¡Por mí, puedes tirarte a quien te dé la real gana!

—Entonces —murmura—, ¿por qué estás llorando?

—¡No estoy llorando! —grito mientras me limpio la cara a manotazos.

«¡Tres veces! ¡Ya me ha visto llorar tres veces, joder!»

—Escúchame, Candace —insiste con paciencia—. Alexia es una compañera de trabajo con la que tuve una aventura en Los Ángeles, pero no hubo nada más. Cuando me marché, se acabó.

—Pues ella no parece estar muy de acuerdo —gruño.

—No —suspira—, pero ya le he dejado claro que debe marcharse, que no puede haber nada más entre nosotros.

—¡No me interesa, Liam, en serio...!

—Y no puede haber nada —me ignora— porque no quiero tener ninguna relación. La última la tuve con la mujer a la que amaba y a la que todavía amo.

—Ya lo sé —le digo con apatía—. Con la madre de Peyton, claro.

—¡No! —grita al tiempo que se acerca más a mí—. ¡Fuiste tú, Candace! ¡Mi única relación ha sido contigo! ¡Porque eres la única mujer que he amado en mi vida y que no he dejado de amar nunca! —Dulcifica su semblante—. Eras tú, Candace, mi primer y único amor. Siempre fuiste tú.

Parpadeo confusa. Casi se me para el corazón.

—¿No amabas a la madre de Peyton?

—De otra forma —suspira.

Está inquieto. Desliza las dos manos entre su cabello y tira de los negros y brillantes mechones. Creo que se arrepiente de haberme confesado sus sentimientos.

—No sé a qué viene esto, Liam —le reprocho tratando de apaciguar el fuerte bombeo de mi pecho—, pero acabo de ver cómo te besabas con otra mujer. Si de verdad me quisieras...

—A veces, la vista te engaña, Candace. Ves solo lo que quieres ver.

—¡¿Te refieres a tu novia de Los Ángeles o a Roxanne?! —le pregunto alterada—. Porque, si la vista me engaña, ¡ya lo ha hecho dos veces!

—Tal vez sea así —suspira.

—¿Así, cómo, Liam? ¿Qué quieres decirme? ¿Hay algo que no me hayas contado?

—Depende de lo que quieras saber. —Me mira fijamente y detecto una turbia tempestad en sus ojos negros.

—Hay una duda que me está matando, Liam, que lleva seis años torturándome y ahora ha vuelto, con más fuerza...

—Pues pregúntame, Candace.

Titubeo. No estoy segura de querer saberlo. Temo tanto la respuesta...

—¡Vamos! —insiste—. ¡Pregúntame ahora!

—¿Te acostaste con Roxanne? —le pregunto por fin—. ¡Y dime la verdad, joder!

Inspira con fuerza, aunque lo veo sereno, calmado, como si llevase tiempo esperando mi pregunta.

—No, no lo hice, Candace. No me acosté con Roxanne ni con ninguna otra mujer mientras estuvimos juntos. Siempre te fui fiel.

—Dios mío... —Dejo escapar un quejido y me llevo las manos a la boca. Esto no puede estar pasando. Mis peores sospechas acaban de ser confirmadas—. ¿No... no me engañaste, entonces?

—No.

—Pero hiciste que lo creyera...

—Sí. Aproveché la atracción que tu compañera sentía por mí para emborracharla y meterla en la cama. El resto ya lo sabes.

Inspiro, espiro; inspiro, espiro. Y cada movimiento de mis pulmones coge más oxígeno que el anterior y concentra toda la fuerza en mi mano.

—¡Maldito hijo de puta!

Mi entrenamiento con sacos de boxeo da sus frutos, porque le asesto un puñetazo a Liam que lo hace trastabillar hacia atrás. Debo de haberle roto el labio porque la sangre brota de su boca, cubre la comisura y baja hasta la barbilla.

—¡Joder, Candace! —grita mientras se palpa el labio y ve la sangre en su mano—. ¡Lo hice por ti, maldita sea!

—¡¿Por mí?! ¡Y una mierda! ¡Yo no quería dejarte! ¡Te amaba más que a nada en el mundo, joder!

—¡¿Y tus estudios?! —pregunta—. ¡¿Y tu carrera?!

—¡No culpes a mi carrera de que seas un sucio cabrón!

—Piensa por un momento, Candace, piensa. —Se tranquiliza, aunque siga con la boca ensangrentada—. Tus notas estaban bajando y habría sido un desastre si hubiésemos seguido juntos.

—¡Porque era el último año de carrera! —insisto—. Luego no habría sido tan duro...

—¿De verdad? —persevera—. ¿Y qué habría pasado cuando hubiese terminado de montar el estudio de tatuajes? Yo habría tenido que quedarme mucho más tiempo en Nueva York mientras que todavía te quedaban cuatro años en Boston. ¿Y cuando te hubiesen ofrecido trabajar en el Centro Médico de la UCSF, donde estás ahora? ¿Qué habrías hecho? ¿Renunciar a ello por mí? ¿O crees que habríamos seguido juntos a cinco mil kilómetros de distancia? —Se detiene un instante para tomar aire—. Aunque creo que son preguntas inútiles, porque, si hubiésemos seguido con la relación, no habrías llegado hasta aquí. Y jamás me lo habría perdonado.

Voy a gritar, pero el bramido se queda atascado en mi garganta. No tengo respuesta.

—Era tu sueño, Candace —me dice con ternura—. Y, si hubiésemos seguido juntos, no lo habrías cumplido.

—¡¿Y lo único que se te ocurrió fue hacerme creer que te habías acostado con otra?!

—Lo intenté de otro modo, Candace, pero no me dejaste...

—Oh, claro —le suelto con ironía—. Debe de ser mi culpa, como cuando te pillé con tu hermana en la cama y no me lo aclaraste. O como cuando te largaste a Phoenix con el cuento de que solo éramos un rollo pasajero. ¡Siempre intentando alejarte! ¡Siempre pensando que eras una mala influencia para mí!

—¡Es que lo era! —grita—. ¡Nunca fui bueno para ti! ¡Pero mi problema era que no podía alejarme de ti! ¡Por esto tenía que hacer algo más drástico, para que fueras tú la que se alejara de mí!

—¡¿Y crees que esa era la forma, cabrón?!

Me acerco a él y le doy un puñetazo en el pecho. Y luego otro, y otro, cada vez más fuertes.

—¡Decidiste por mí! —chillo.

Aunque modero la fuerza, sigo pegándole, en el pecho, en los hombros, en los brazos.

—Me destrozaste el corazón —sollozo—. Me dejaste sola, rota de dolor y de pena. Te amaba de verdad, Liam...

—Yo también a ti. —Se le quiebra la voz mientras aguanta mis golpes—. Te amaba tanto que tuve que dejarte marchar, cariño.

—Y seguí amándote —prosigo entre lágrimas—. Pedazo de miserable... ¡Seguí amándote todos y cada uno de los días de estos seis putos años! ¡A pesar de lo que me hiciste, seguía enamorada! Demasiado enamorada como para olvidarte...

—Basta, Candace —trata de apaciguarme mientras me rodea con los brazos—. Perdóname. Lo siento. Lo siento mucho...

—¡No me toques! —Lo aparto de un empujón—. ¡¿Por eso no me pedías perdón?! ¡¿Porque no te acostaste con Roxanne?! ¡¿Porque todo lo hiciste por mí?!

—Pensaba explicártelo, te lo juro. Mi idea era esperar un tiempo y después hablarlo contigo, pero...

—¡Cállate! —lo corto—. No me interesa ninguna de

tus putas explicaciones. Lo único que sé es que, mientras esperabas ese tiempo, te entretuviste preñando a otra.

—No, Candace, no es lo que piensas...

—¡No, claro que no! ¡Ya nada es lo que pienso! ¡Porque me has engañado una y otra vez! Pero, claro —suelto con ironía—, todo era por mí.

—Déjame que te lo explique...

No sé si le habría permitido aclararme nada, porque una voz infantil interrumpe tan amarga discusión.

—¡Papi, papi! —grita Peyton, que aparece corriendo por uno de los senderos del parque. Pipa va detrás de ella y me mira con un gesto de disculpa.

—Hola, cielo. —Liam compone una rápida sonrisa y se agacha para abrazar a su hija y besarla en la frente—. ¿Ya has jugado en los columpios?

—Sí. —La niña frunce el ceño cuando contempla a su padre—. Tienes sangre en la boca, papi. ¿Qué te ha pasado?

—Nada, me he caído.

—¡Y Candace ha venido a curarte! ¿A que sí?

La pequeña deja los brazos de su padre y se aferra a mis piernas. También me inclino hacia ella y acaricio su blanca mejilla.

—Sí, he venido para curarlo, pero no he traído mi maletín, así que no voy a poder...

—¿Has llorado? —me pregunta con un infantil mohín de preocupación mientras repasa mi rostro con sus bonitos ojos.

—Bueno... —fuerzo una sonrisa—, me he puesto un poco triste.

—¿Por papá?

—Sí —miro a Liam solo un instante—, por papá.

—¿Vamos a casa y lo curas? —Me coge de la mano—. Tenemos un botiquín con muchas cosas. Alguna vez me he caído y papi me ha curado la rodilla o el brazo...

—No, Peyton, espera —la detengo—. Creo... creo que papá puede curarse solo...

Pero ella no me suelta y sigue tirando de mí.

—Tú eres médica. A mí me curaste.

Me dedica una sonrisa tan auténtica e inocente que una ola de ternura calienta mi pecho. Aun así, miro a Liam.

—Peyton, cariño —le dice a su hija—, Candace tiene que marcharse al hospital. Como ha dicho, puedo curarme solo.

—Noo, que te cure ella... *Porfi, porfi*, papi...

—No pasa nada —acabo accediendo—. Me falta todavía un rato para irme a trabajar.

Que conste que solo lo hago por la cría. Si fuera por mí, el padre podría desangrarse ahora mismo y ni mi juramento hipocrático podría salvarlo.

—¡Bien! —se alegra la niña, como si mi presencia fuese un regalo para ella.

—Vamos, Peyton —le dice Pipa al darle la mano—. Te bañaré y te daré la cena mientras Candace atiende a tu padre.

Los cuatro atravesamos el parque y la carretera y entramos en la casa, que, por cierto, no está vacía. La mujer rubia sigue en el salón, aunque se levanta al vernos aparecer. Está claro que todos nos habíamos olvidado de ella. Al verle la cara, compruebo que aparenta varios años más que mi exnovio. Sonrío con tristeza. Siempre le gustaron las mujeres mayores que él. Yo fui la excepción.

—¿Dónde te habías metido, Liam? ¡Has salido corriendo y...! ¿Qué demonios te ha pasado? —pregunta al ver su rostro.

—¿Qué haces aquí, Alexia? —le responde él—. Te he dicho que debías marcharte.

La rubia nos mira con incomodidad.

—Si permites que sigamos hablando a solas...

—¿Quién es esta señora, papi? —pregunta Peyton.

—Hola, bonita —la saluda la mujer—. Soy una amiga de tu padre, de Los Ángeles.

Peyton, en su línea habitual, la ignora.

—Vamos, papi, que Candace tiene que curarte.

—Creo que no voy a poder al final. —Miro la hora en mi teléfono—. Uf, qué tarde se me ha hecho. Lo siento, Peyton, pero tengo que marcharme. Dile a la amiga de tu padre que lo cure ella.

—¡No! Tú eres médica...

—Lo siento, cariño. —Me agacho ante ella y le doy un abrazo para poder hablarle al oído—. No te preocupes, mi niña. Todo va a ir bien, te lo prometo.

—No te vayas —solloza. Tengo que tragarme el llanto que me provoca ver su carita triste y desconsolada. Qué bonita es y cuánto he llegado a quererla.

—Adiós, Peyton. —Miro también a la niñera, que parece mirarme con un SOS pintado en su cara—. Adiós, Pipa.

—Candace, espera, por favor... —me ruega Liam.

—Adiós a ti también, Liam.

Deja de suplicar cuando entiende que es una despedida. Y no momentánea.

Capítulo 24

...aun así, no puedo evitar soñar con él muchas
noches...

CANDACE en *Demasiado orgulloso*

LIAM

Puedes tener un propósito en la vida, un objetivo, un
plan. Pero también puede ocurrir que una simple llamada, unas palabras lo destrocen todo.

«Lamento ser yo quien tenga que darle la noticia, señor Taylor, pero su hermana, Sienna Taylor, ha tenido un
fatal accidente de coche. Lo siento muchísimo...»

Durante el vuelo, apenas pensé en esas trágicas palabras. Ni siquiera llegué a reflexionar sobre el tema de la
muerte. Solo podía pensar en Sienna, la persona más buena y auténtica del mundo. Evoqué su sonrisa, sus risas,
sus ansias de vivir. Incluso llegué a sonreír al recordar mi
último encuentro con ella.

Había tenido lugar el año anterior. Candace se encontraba entonces tan sumida en sus estudios que ni siquiera
tuve tiempo de hablarle sobre ello.

Cuando entré en el apartamento de Sienna, me topé con una inesperada sorpresa...

***

—Dios mío, Sienna... —balbucí al encontrármela con el vientre tan abultado—. ¿Cuándo... cuándo ha sucedido? No me habías contado nada.

—No era algo que quisiera decirte por teléfono —dijo con la mayor felicidad—. Fíjate, Liam: ¡estoy embarazada! ¡Voy a tener un hijo! ¡Vas a ser tío!

Me lo dijo tan sumamente contenta que me fue imposible no abrazarla y alzarla en mis brazos.

—¡Es maravilloso! —grité mientras daba vueltas con ella aferrada a mí. La inercia de los giros hizo ondear su fino vestido y su oscuro cabello, tan igual al mío.

—¡Sí! —rio.

La dejé en el suelo y, aunque ella no dejaba de reír, no pude evitar hacerle las preguntas que pugnaban por salir de mi boca.

—¿Y el padre?

—No hay padre, Liam —me dijo sonriente—. Fue un imprevisto con alguien a quien no conocía, pero no importa, hermanito, de verdad. Este niño o niña me va a tener a mí, a su madre, y no va a necesitar a nadie más.

Cualquier otro habría dudado de sus palabras al verla allí, a sus veintitrés años, tan pequeña y frágil. Estaba descalza, con su oscura melena revuelta, y parecía una niña. Pero yo no lo dudé. Sabía que dentro de aquel cuerpo menudo y aquel rostro casi infantil se encontraba una mujer fuerte que sabía bien lo que quería y que conseguía lo que se proponía. Como cuando se propuso conocer a su hermano con solo trece años y lo encontró, a pesar de las trabas de su familia.

—¿Y tus padres? —le pregunté al evocarlos—. Por lo

poco que los conozco, sé que no estarán de acuerdo con tu decisión.

Aunque mi hermana y yo compartiéramos progenitor, siempre me referí a él como «su» padre.

—Los conoces lo suficiente —suspiró—. Han puesto el grito en el cielo, Liam —me confesó al tiempo que apagaba su sonrisa—. Quisieron obligarme a abortar o a darlo en adopción. Ya sabes, por el qué dirán y todas esas chorradas. La familia de mi madre es muy influyente y famosa, recuerda.

Eleanor Davis Taylor era la única hija de William Davis, el dueño del mayor viñedo del Valle de Napa y famoso por el mejor cabernet sauvignon de la zona. Así que creí firmemente en las palabras de Sienna.

—Me negué, Liam —prosiguió mi hermana—. Les dije que quería tenerlo y su respuesta fue, aparte de llamarme puta y desagradecida, que me olvidase de ellos y de la herencia si persistía en ser madre soltera. Que nunca reconocerían a mi hijo como su nieto. Incluso me han vetado la entrada al trabajo.

Sienna era enóloga y trabajaba en las bodegas de su abuelo.

—Muy típico de ellos. —Compuse una mueca para enmascarar el odio que sentía hacia esas personas que habían demostrado no querer a ninguno de sus hijos.

—Pero ¿sabes qué? Que me importa una mierda, Liam, ellos y su maldito dinero. Ya tengo trabajo en otras bodegas y me gano bien la vida. Aun así, aunque me abandonen a mí, no pienso renunciar a la parte de la herencia que le correspondería a mi hijo. Un abogado se está encargando de ello.

—Dales fuerte, hermanita —bromeé.

—Y ya no hablemos más de dinero o familia —me dijo al tiempo que me cogía del brazo—. ¿Vendréis tú y Candace cuando nazca el bebé?

—Candace tiene mucho lío —confesé—, pero yo vendré en cuanto pueda a conocer a mi sobrino o sobrina. ¿No sabes lo que es?

—He preferido no saberlo —sonrió—. Me gustan las sorpresas de la vida, Liam. Unas son agradables y otras no, pero ¿qué sería de nuestra existencia si nada nos sorprendiera?

***

Todavía en el avión, me arrepentí más que nunca de no haber ido a visitarla después de nacer su hija. Conocí a la pequeña por videollamada y le prometí que iría a verla en cuanto pudiera, pero estuve liado con la apertura de mi negocio y con mis problemas con Candace. Todo excusas, lo sé, pero ¿quién piensa en la muerte cuando se es joven?

A mis veintiocho años de entonces ya había vivido el desprecio de unos padres que me habían abandonado, la pérdida de mi abuela y tener que renunciar a la mujer de mi vida. Creía que ya sería capaz de soportarlo todo, pero no era así. Pensar en mi hermana como en un frío cuerpo sin vida suponía terminar de romperme por dentro. Aunque nada resultó peor que estar en su entierro.

No quise ni acercarme al tumulto de gente que rodeaba el féretro cubierto de flores y permanecí entre las sombras de otras lápidas. Sobre todo, porque no quería saber nada de los padres de Sienna. Eleanor ni me miró, por supuesto. Las pocas veces que habíamos coincidido me había mirado como a un insecto molesto, con asco. O peor, con miedo, como a un asesino en serie que pudiese sacar un hacha del bolsillo en cualquier momento.

Mi padre sí alzó la vista un instante, pero no me quedó muy claro si descubrí tristeza o culpabilidad en aquella expresión compungida. Yo lo traduje en cobardía.

«¿Ahora sí que lloráis? Malditos egoístas, mezquinos... No tenéis ni puta idea de lo que es el amor y nunca la tendréis...»

Tuve que marcharme de allí en cuanto el féretro comenzó a descender bajo la tierra. Temí caerme cuando me embargó el dolor más grande que había sentido en mi vida. Comencé a caminar y a alejarme del camposanto hasta que, en la zona del aparcamiento de vehículos, me detuvo un hombre bajito y con incipientes entradas vestido con traje.

—Perdone que lo aborde así, señor Taylor. Soy Paul Higgins, el abogado y albacea de su hermana.

Apenas lo miré a través de mis ojos acuosos y enrojecidos, cubiertos por unas oscuras gafas de sol.

—Ahora no, señor Higgins —le dije de forma brusca.

—Insisto —replicó el hombre—. Tiene que acompañarme. Debo cumplir la última voluntad de su hermana.

A regañadientes, monté en su coche y nos detuvimos en la puerta del edificio que albergaba el apartamento de Sienna.

—¿Qué hacemos aquí? —le pregunté confuso.

—Ahora lo entenderá, señor Taylor.

Un afilado cuchillo pareció clavarse en mi pecho cuando entramos en la vivienda, que seguía impregnada en la esencia y la energía de Sienna. Allí seguían sus cosas, sus muebles, sus ropas, su olor. Pero el desconcierto volvió a mí cuando me encontré a una mujer de unos cincuenta años que me sonreía con afabilidad.

—Hola, señor Taylor. —Me tendió la mano—. Soy Kelly Sheppard, y ya hablé con usted por teléfono. Lamento su pérdida.

—Sí, sí, lo recuerdo...

—Venga conmigo.

Tuvo que cogerme del brazo para llevarme hasta una habitación decorada con tonos verde agua. En el centro de la estancia, sobre una alfombra con juguetes, se encontraba la hija de Sienna, a la que conocía por las fotografías y las videollamadas que habíamos compartido. Con tanto dolor, me había olvidado de ella.

—Creo que aún no había conocido a Peyton en persona —me dijo la mujer.

—No —musité sin poder moverme. La niña me miró sin el más mínimo interés. No sonreía ni balbuceaba. Ya entonces, comprendí lo difícil que resultaría obtener la confianza de la pequeña.

—Pues... aprovecharé para presentarle a su hija, señor Taylor.

—Mi ¿qué? —le pregunté totalmente desconcertado.

—Así lo dejó escrito su hermana —intervino Higgins, que, tras ponerse unas gafas, se había sentado en una silla y había abierto sobre la mesa una carpeta con documentos—. Según su última voluntad, si algo le ocurría a ella, su hija jamás debía ser criada por sus abuelos, sino por su tío. O sea, usted.

—Pe... pero... yo no sé nada de niñas...

—Ningún padre nace enseñado, señor Taylor —señaló la mujer con una sonrisa afable—. Estoy segura de que el cariño que sentía por su hermana será suficiente para criar con amor a su sobrina, ahora su hija.

Dios..., aquello no me podía estar pasando. ¿Cómo iba a hacerme cargo de una niña de repente? ¡De una niña de menos de un año! ¡Yo solo tenía veintiocho y mi propia infancia había sido una auténtica mierda!

—Sé que todo esto debe de resultarle muy abrumador —prosiguió el albacea—, pero insisto, es algo que su hermana dejó muy claro, y cito textualmente: «Mis padres jamás podrán acercarse a la niña bajo ningún concepto, mucho menos hacerse cargo de ella. Liam Taylor será la única persona que podrá adoptarla». Además —volvió un par de páginas—, Sienna consiguió que la ley fallara a su favor y su familia tuvo que abonarle una buena cantidad de dinero como parte de su herencia legítima y la de su hija. Fortuna que, por supuesto, heredará usted. En cuanto firme estos documentos de adopción.

Me ofreció un bolígrafo y lo cogí por inercia. Miré a la señora Sheppard y después a la niña. Me pareció ver un atisbo de curiosidad en sus grandes ojos oscuros. Se parecía tanto a Sienna y a mí... Había heredado nuestro color de pelo y de ojos, al igual que la blancura de nuestra piel.

—Ni siquiera habrá que modificar el nombre de la niña —agregó Higgins—, puesto que seguirá llamándose Peyton Taylor, como ya la inscribió su madre.

Antes de inclinarme sobre el papel, dejé escapar un sollozo. Imaginé a Sienna redactando todos aquellos documentos y voluntades, sin saber que iban a tener que hacerse realidad tan pronto. Y me había dejado el cuidado de su hija a mí, ¡a mí!, a su hermano, al que nadie de la familia había tenido en consideración nunca y al que creían poco más que un delincuente.

Firmé un montón de papeles. ¿Qué iba a hacer? No podía abandonar a aquella niña ni ignorar la memoria de mi hermana.

Y así me convertí en el padre de Peyton.

—Quisiera hacerle alguna recomendación —me indicó la mujer mientras, todavía apabullado, le devolvía el bolígrafo al abogado y este se lo guardaba en un bolsillo—. Habrá un tiempo de adaptación para Peyton, y nosotros, los Servicios Sociales, controlaremos ese proceso. Por ello, le recomiendo que, si le fuera posible, se trasladase a vivir a Los Ángeles. Sería más fácil para todos.

—Yo... —balbucí— vivo en Nueva York...

—Pues, si puede despedirse de esa vida —dictaminó Sheppard—, aquí le espera una nueva, junto a su hija.

¿Podía despedirme de mi vida en Nueva York? En realidad, resultaba lo más sensato. Seguir en la misma ciudad que la familia de Candace, incluso tener tratos comerciales con sus cuñados, no parecía lo más factible si acabábamos de romper. Trasladarme sería lo más fácil, puesto que, con mi nuevo rol de padre, tenía cosas más importantes en que pensar. Tendría que adaptarme a una rutina más normalizada.

Resolví que aquel imprevisto había llegado a mi vida como una señal que me indicaba el camino que seguir. Candace seguiría con su carrera, sin obstáculos, sin los problemas de un exnovio que se había encontrado de pronto con una hija. Y yo me dedicaría a aprender y a ejercer mi nuevo papel de padre.

—Bueno, Peyton —le dije cuando nos quedamos solos—. ¿Crees que nos llevaremos bien tú y yo?

La pequeña me sonrió por primera vez.

Capítulo 25

Ni Aliyah ni yo tenemos hoy muchos ánimos para salir, así que, como toca en estos casos, hemos pedido una pizza con todos los ingredientes posibles y nos hemos tumbado en el sofá para ver la saga Bourne. Ya vamos por la segunda entrega y por el segundo bol de palomitas cuando mi amiga ya está llorando y volviendo a preguntarme por Josh.

—Ya te lo he dicho —le repito una vez más—, ninguno de los dos tuvo anoche muchas ganas de hablar. Ni la noche pasada ni el resto de las anteriores desde hace una semana.

Evoco el único paréntesis que nos dio la jornada nocturna, en el que varios compañeros nos reunimos en la sala de la que disponemos para hacer un alto y tomar un café. Incluso recuerdo con una triste sonrisa que miré con un atisbo de envidia a Erin, la enfermera que reía a carcajadas con las bromas de Michael, mi examante cardiólogo.

—Enamorarse, a veces, es una putada, ¿verdad? —me dijo Josh al salir de la sala.

—Una auténtica putada —le contesté—. Sobre todo, cuando dos personas no pueden estar juntas por razones que podrían haberse evitado.

—Mi razón es la distancia —argumentó—. ¿Y la tuya?

—Una mentira y una niña —le respondí.

Porque, a pesar de que la manipulación de Liam sea mi principal escollo, no puedo dejar de pensar en lo pronto que me olvidó. Y me mata por dentro.

—Ahora sí que somos un par de solitarias con un gato —señala Aliyah al observar a Nut lamiendo la caja vacía de la pizza.

Ya está acabando la segunda entrega cuando suena el timbre de la puerta.

—¿Quién será a estas horas? —pregunta Aliyah—. ¿Esperas a alguien?

—¿Yo? —digo con ironía—. Después del pizzero, se acabó mi lista de posibilidades.

—Iré a mirar —suspira mi amiga mientras se desprende de la manta, las migas y varias palomitas chafadas.

Se acerca a la puerta y atisba por la mirilla.

—Joder —bufa—, es tu exnovio, antes alias infiel y ahora mentiroso cabrón.

—¿Liam? —pregunto con desconcierto pero con una aceleración repentina de los latidos de mi corazón—. ¡Ni se te ocurra abrir!

—¡Candace! —oímos gritar al otro lado de la puerta—. Solo quiero hablar un momento contigo. Por favor, abre.

Hace ya una semana de su confesión y todavía no estoy preparada para enfrentarlo. Quizá no lo esté nunca.

—Dile que se marche —le gruño a Aliyah.

—Por si no lo has oído —le transmite mi amiga—, ya te lo repito yo: ¡lárgate, Liam!

—¿Aliyah? —pregunta él—. Me alegro de verte. Bueno..., de oírte. Si me hicieras el favor de abrirme...

—¡¿Estás sordo?! —insiste ella—. ¡Candy no quiere verte! Así que, ¿para qué diantres voy a abrirte? ¿Me vas a contar alguna de tus trolas para convencerme?

—Joder, Aliyah. —Hasta mi posición en el sofá llega el suspiro de Liam—. Solo será un momento, te lo prometo.

—¡Que no! —grita Aliyah.

Liam comienza a aporrear la puerta.

—Estaré así hasta que os decidáis.

¿En serio?

—¿Qué hago, Candy? —Me mira desde la puerta, situada en el propio salón—. ¿Llamo a la policía por acoso?

—Ya se encargarán los vecinos —señalo con una mueca—, porque ya oigo sus quejas desde aquí.

«¡Que no son horas!»

«¡Que algunos tenemos que madrugar, joder!»

—Está bien —gruñe mi exnovio—. Dejaré de hacer ruido, pero no me moveré de aquí.

Silencio.

—¿Crees que seguirá ahí de verdad? —me pregunta Aliyah.

—Sí —oímos decir a Liam—, sigo aquí.

—Pues que le aproveche. —Le señalo a mi amiga el sofá—. Siéntate a ver la tercera entrega y ya se cansará.

Casi dos horas después, en las que no he dejado de mirar hacia la puerta de reojo, Aliyah se levanta y se acerca de nuevo a la entrada. Da un par de golpecitos en la madera para comprobar si, como suponemos, Liam se ha marchado, harto de esperar.

—¿Hola? —susurra—. ¿Hay alguien ahí?

—Creo que me he dormido en el suelo, pero sí, sigo aquí —responde Liam.

—¡No jodas!

Aliyah abre la puerta solo el hueco que le permite la cadena de seguridad y, efectivamente, se encuentra a mi ex sentado en el suelo del rellano.

—Hola, Aliyah —musita él—. Cuánto tiempo sin verte.

—¿Qué demonios haces, Liam? —le suelta ella—.

¿Después de lo que hiciste te plantas en la puerta de la mujer a la que engañaste y dejaste?

—Veo que es cierto que me odias.

—¿Por hacer sufrir a mi amiga durante seis años? —pregunta Aliyah con mordacidad—. No, por favor. Menuda ocurrencia...

Creo que ya va siendo hora de levantarme del sofá y acercarme a la puerta. Si no lo he hecho todavía... es porque tengo miedo. Sí, miedo a mi reacción después de la confesión de Liam. Porque no he dejado de pensar y de darle vueltas durante días a la misma cuestión: hasta dónde se puede justificar una mentira por amor.

Me acerco y lo atisbo a través de la ranura que deja la puerta entreabierta, menos de un palmo. Sigue sentado en el suelo y yo me agacho a su altura.

—Liam, por el amor de Dios... Vete a casa con tu hija...

—Solo será un momento, Candace —insiste—. Pero necesito decirte algo.

—Está bien. —En mitad de un suspiro, me acomodo también en el suelo, frente a él.

—Qué postura más cómoda para conversar —ironiza Aliyah mientras nos contempla tirados sobre las baldosas y mirándonos a través de la estrecha abertura—. Todo muy normal. —Pone los ojos en blanco—. En fin, me voy a la cama. Si necesitas cualquier cosa, estoy aquí mismo.

—Un placer volver a verte —le dice Liam con una sonrisa torcida.

—El sentimiento no es mutuo —responde ella antes de encerrarse en su habitación.

Ya estamos solos. A pesar de la poca amplitud de visión, puedo contemplar perfectamente su rostro con una expresión de súplica y anhelo. Y, en este instante, miles de emociones se mezclan entre sí y me provocan un ansia irrefrenable por hacer varias y muy diferentes cosas al mismo tiempo. Porque lo mismo deseo abrir la puerta y lanzarme a sus brazos que levantarme y correr hasta mi cuarto, meterme en la cama y aovillarme bajo las mantas para poder llorar sin que él tenga que verme otra vez...

—¿Qué quieres, Liam? —le pregunto tras una fuerte inspiración.

—Primero, verte —musita—. Después, preguntarte cómo estás.

—Pues ya me has visto y estoy bien. —Cuando hago el amago de levantarme, introduce el brazo a través de la abertura y coloca su mano sobre la mía.

—No, espera, no te vayas.

Mi respuesta instintiva es cerrar los dedos alrededor de los suyos. Y no puedo evitar sentirme reconfortada con el calor de su piel, con la presión de su mano, con la mirada oscura pero llena de ternura que me dedica. Como si no hubiesen pasado seis años y una traición convertida en mentira, acaricio los pequeños símbolos que adornan sus dedos y sus manos. Siempre fue algo que me transmitió calma.

—He estado pensando —me dice tras los momentos de intimidad que hemos vivido con una simple mirada y el roce de nuestra piel—, y creo que tienes razón, Candace. No soy feliz en mi trabajo, así que hoy mismo lo he dejado.

—Vaya —le digo, desconcertada—. ¿Y qué vas a hacer?

—Voy a volver a Nueva York.

Casi siento la caricia de sus largas pestañas cuando me mira con tanta intensidad.

—¿A... Nueva York? —le pregunto titubeante—. ¿Y qué vas a hacer allí? ¿A qué te vas a dedicar? ¿Dónde vas a vivir? ¿Has pensado en Peyton?

Me muerdo la lengua cuando entiendo que tanta pregunta se debe a mi preocupación, por él y por la niña.

—Sí, he pensado en todo —me aclara—. He adquirido una casa en Carroll Gardens, bien comunicada pero alejada de Manhattan. No es muy grande, pero estará bien para Peyton y para mí.

No me da tiempo a preguntarle cómo es posible que se compre otra casa porque me distrae su siguiente comentario.

—Y voy a reabrir el estudio de tatuajes.

—¿El estudio? —Mi desconcierto va en aumento.

—Sí. —Sonríe mientras continúa jugueteando con mis dedos—. Cerré el local pero no me deshice de él. Solo tendré que quitar unas cuantas telarañas y modernizarlo un poco.

—Me alegra verte más ilusionado —le digo con sinceridad—. Ya te dije que no te veía con traje y con el culo pegado a una silla todo el día. —Río.

—De forma errónea —me aclara—, pensé que la estabilidad era lo más importante para mi hija, pero creo que mi propia felicidad también la hará más feliz a ella.

—Yo también lo creo. —Dejo pasar un instante de silencio antes de preguntar algo que me sigue desconcertando—. Sé que tu situación financiera no es de mi incumbencia, Liam, pero ¿cómo es posible que vivas en la mejor zona de San Francisco? ¿Cómo puedes permitirte una casa en ese barrio de Brooklyn? Y lo que me resultó más chocante en su momento..., ¿cómo pudiste devolverle el dinero a Nathan y a Shane?

Liam cambia su expresión tierna por otra bastante más seria.

—Es por la herencia de la madre de Peyton.

—Parece que tenía dinero —le digo de forma fría.

—Me estás juzgando —señala con tristeza.

—No, Liam, pero no es propio de ti. Te costó una discusión con casi toda mi familia que aceptaras la inversión de mis cuñados. No entiendo que utilices ese dinero con tanta... alegría.

271

—No es por mí —replica—, es por mi hija. El dinero es de ella y tiene derecho a vivir más cómodamente si ese era el deseo de su madre.

Parece que la mera mención de la madre de Peyton me pone de mal humor. Retiro mi mano de la de Liam en señal de incomodidad.

—¿Solo has venido a contarme que te vas a Nueva York? —inquiero, visiblemente molesta.

—No —responde—. También he venido a hacerte una pregunta. —Se aclara la voz y me mira tan fijamente que casi me hace daño—. Si te hubiese engañado de verdad con Roxanne y te hubiese pedido perdón, ¿me habrías perdonado?

Hago una inspiración que acaba convirtiéndose en jadeo.

—¿Te habría resultado más fácil —insiste en preguntar— perdonar una traición que una mentira?

—No lo sé, Liam —contesto irritada—. Ahora mismo, me resulta bastante complicado discernir si me parece mejor que me pongan los cuernos o me tomen por idiota.

—Candace...

—Te lo digo en serio, Liam —replico—. ¿Qué quieres que te diga? Nunca podré saberlo porque jamás me pediste perdón. Pensaba que, incluso habiéndome traicionado, te resistías a aceptar tu culpa. ¡Llegué a sentirme yo la culpable, joder!

—Nunca fue esa mi intención, Candace, te lo prometo.

—¿Sabes lo que te digo, Liam? Que no nos queda otra opción que pensar que la vida es así, que no podemos saber qué habría sucedido si tú o yo hubiésemos actuado de otra forma. Lo que pasó está ahí, no podemos cambiarlo, y es lo que nos ha traído a este momento.

—Tienes razón —suspira—. No imaginas los días y las noches en los que me he destrozado por dentro pensando que lo que hice estuvo peor que mal, pero que no podía cambiarlo. Es irónico —sonríe con tristeza—. Tantos años esperando un perdón de mi parte que nunca te llegó y ahora soy yo el que suplica que me perdones.

—No puedo, Liam —sostengo, a pesar del dolor que me causa decirlo—. Tengo la sensación de que elegiste por mí. Entiendo que querías verme feliz realizando mi sueño, pero ¿no era yo la que debía decidirlo?

—Tal vez lo he visto con la perspectiva de los años —responde todavía cabizbajo, sin soltarme aún la mano—. Lo siento, Candace.

Realmente, si soy sincera conmigo misma, hay más de lo que le estoy diciendo. Ya no sé hasta qué punto soy incapaz de perdonarle que decidiera por mí, que me hiciera sentir tan desdichada o que no me crea su gran amor por mí porque, poco después, tuviera una hija con otra mujer. Aunque esto último no se lo mencione porque no deseo hacer parecer a Peyton como culpable de nada.

—Lo único que puedo decirte —prosigue— es que acepto mi equivocación. A veces, los sentimientos no nos dejan ver más allá y la cagamos hasta tal punto que, luego, se nos hace tarde. Como me ocurrió a mí, contigo.

—Yo también lo siento, Liam. Tal vez, que te marches sea lo mejor para los dos.

—Tal vez... —musita. Después, tal y como tiene mi mano entre la suya, se la acerca y deposita sus labios en ella—. Te amo, Candace, siempre te he amado y no dejaré de hacerlo nunca. Esa es mi única verdad.

Ahora sí que quiero gritar, correr, esconderme, llorar y golpear cualquier cosa.

—Y, aunque te haya contado lo del trabajo, la casa o mi regreso a Nueva York, si tú me pidieras que me quedara, lo haría.

—No voy a pedírtelo, Liam. —Mi nuevo intento por no llorar delante de él vuelve a acabar en fiasco—. Quizá tuvieras razón cuando, cada vez que nos encontrábamos, tachabas de error que volviéramos a vernos.

—Te dije que era un error porque pensaba que me habías olvidado y me mataba volver a verte. Te dije que era un error porque no podía soportar tus miradas de reproche. Te dije que era un error porque, nada más volver a encontrarte, supe que me había equivocado apartándote de mi lado. —Vuelve a llevarse mis dedos a sus labios—. Te dije que era un error porque me di cuenta de que amarte había sido lo mejor que había hecho en la vida.

—Basta, Liam. —Aparto la mano—. Ya nada es como antes. Han pasado muchas cosas.

—Supongo que me he ganado que decidas no perdonarme —suspira al tiempo que se pone en pie.

—¿Y qué esperabas? —le reprocho mientras me levanto también—. «¡Oh, Liam, no me engañaste con otra, solo me lo hiciste creer para que pudiera ser una destacada alumna de Harvard! ¡Qué novio tan atento!...»

—¿Y lo fuiste? —me pregunta.

—¿A qué te refieres?

—¿Fuiste una alumna destacada?

—Sí —murmuro—, lo fui.

—Pues entonces, tu desprecio hacia mí sirvió de algo.

Sin poder preverlo, vuelve a coger mi mano a la altura de mi muñeca y deposita sus labios sobre el tatuaje del Ojo de Horus.

—Adiós, Candace —musita antes de desaparecer tras las puertas del ascensor.

Cierro, me deslizo por la madera y me dejo caer hasta el suelo de nuevo. Aliyah aparece justo entonces y se sienta a mi lado al tiempo que me abraza.

—Supongo que no hace falta que te pregunte si has oído algo, ¿verdad? —le digo después de apoyar la cabeza en su hombro.

—Supones bien —responde entre risas. Después,

emite un suspiro tan profundo como el mío—. ¿Sabes qué, Candy? Escucharos me ha valido para entender muchas cosas. He sentido como míos vuestros pensamientos, vuestros deseos, vuestros miedos...

—Pues yo sigo sin entender nada de lo que me está pasando —murmuro mientras me sueno la nariz. Nut se acerca a nosotras, se sienta y comienza a lamerse una pata, ajena a nuestro momento de confidencias.

—Escúchame, Candy —persiste—. Me he dado cuenta de que llevo seis años odiando a Liam. Lo odié cuando me llamaste entonces porque te había puesto los cuernos, y lo volví a odiar hace unos días, cuando me contaste la verdad. Y creo que, con tanto odio, lo único que he conseguido ha sido malgastar energía, porque acabo de ver lo mucho que te ama ese hombre.

—Recuerda lo que me hizo, Aliyah...

—Sí, lo sé, lo sé, y no lo justifico. Pero piensa en todo lo que ha pasado desde que os habéis reencontrado.

—Yo te lo explico —le señalo con ironía—: él no hacía más que alejarse de mí y decirme que todo era un error. Y yo solo quería verlo de rodillas pidiéndome perdón.

—¿Y por eso acabasteis follando en tres ocasiones? —me pregunta con retintín.

Voy a abrir la boca, pero mi amiga me detiene con un gesto.

—Ah, no, Candy, no me vale que me hables de sexo y venganzas. Os acostasteis porque era lo que deseabais los dos. Porque os seguís amando, y, contra eso, no hay mentiras ni traiciones que valgan.

—Eso nunca te lo he discutido, Aliyah —le digo en tono suplicante—. Amo a Liam, nunca he dejado de amarlo a pesar de creerlo un miserable.

—Creo que, en el fondo —señala mi amiga—, nunca lo creíste capaz de hacerte algo así. Por eso seguías buscando respuestas después de seis años. Y ya las tienes.

—¡¿Y qué?! —exclamo—. ¿Qué cambia eso? ¿Que sé la verdad? ¿Que mi novio urdió un plan maquiavélico para ayudarme a conseguir mi sueño de estudiar en Harvard?

—Tal vez no le dejaste otra opción, Candy...

—¡Vamos, Aliyah! —la corto—. ¡No puedes estar hablando en serio!

—Mira, ¿sabes qué te digo? —Mi amiga se pone en pie y me mira con los brazos en jarras—. Que ya está bien de buscar culpables o agraviados, de saber qué es perdonable y qué no lo es. Puedes dar estos seis años por perdidos o pensar que fueron necesarios para estudiar una carrera que te entusiasmaba. Y Liam, por su parte, fue padre de una niña preciosa. ¿No te parece que...?

Aliyah detiene su diatriba cuando observa mi cambio de semblante.

—Ahora entiendo... —murmura—. Utilizas el hecho de no perdonarle su mentira para tapar el verdadero motivo: que te duele que esa niña no sea vuestra; que no sea de los dos.

Me desmorono un instante y cierro los ojos antes de revelarle algo a mi amiga.

—Durante los días en los que dudé si estaba embarazada —le explico—, en lo único que pensé fue en que tendría que deshacerme de aquel «problema». No era momento de tener un hijo, Aliyah...

—Por supuesto que no —me consuela—. Y no es necesario que justifiques lo que pensaba una chica de veinticuatro años que se mataba a estudiar para lograr su sueño de ser médica. No eres culpable de nada.

—Pero no puedo evitar sentirme mal cuando observo a Liam y a Peyton —le confieso—. Pienso que se me ha castigado de alguna forma...

—No pienses eso nunca más. —Aliyah me abraza con fuerza—. Mira, Candy, hagamos una cosa. ¿Por qué no llamas a tu hermana y hablas con ella? Abbey es experta en tipos que engañan y manipulan —bromea.

—Su caso no es el mismo. —Pongo los ojos en blanco.

—¿Por qué? —me pregunta—. ¡Ah, sí, ya lo tengo! Porque se querían. Ah, no, que vosotros también.

—Déjalo —refunfuño al tiempo que vuelvo a levantarme del suelo y busco el teléfono—. Voy a hacerte caso y a llamar a mi hermana.

—Sabes que hay tres horas de diferencia con Nueva York, ¿verdad? La vas a pillar durmiendo.

—Ya sé que las voy a pillar durmiendo —gruño mientras marco en el teléfono.

—¿«Las»?

—Voy a sacar a Summer de la cama también.

—Oh, perfecto. —Aliyah se sienta en el sofá a mi lado—. Tenemos reunión general de chicas. Deberíamos tener algún tipo de contraseña que nos alertara de conflictos urgentes: «Parlamento», por ejemplo. Uf, me suena a *Piratas del Caribe*...

Tardo un rato en conseguirlo, pero, por fin, me aparecen las caras de Abbey y Summer en la pantalla. Mi hermana casi no puede abrir los ojos y mi cuñada tiene que apartarse varios mechones rosas de la cara, aunque a ambas se las nota preocupadas y se despiertan de golpe.

—¿Qué ocurre, Candace? —pregunta Abbey.

—Ya sé que no es normal que os llame a horas tan intempestivas —les explico—, pero necesito contaros algo.

De forma resumida pero directa, les narro la verdad de lo que ocurrió aquel aciago día de hace seis años. Y cuando estoy esperando que se pongan a insultar a Liam..., ninguna de las dos suelta una palabra. Si acaso, un par de suspiros.

—¡¿Qué?! —les pregunto—. ¿No tenéis nada que decir? Repito: no se acostó con Roxanne. Todo fue un montaje para dejarme el camino libre durante mis estudios.

—Me da la impresión —interviene Aliyah— de que las dos vivieron algo parecido con sus maridos en su momento y no se creen las más indicadas para opinar. ¿Me equivoco?

—Más o menos —responde Summer—. Os recuerdo que tuve que inventarme una sarta de mentiras para alejar a Shane de mí, para que los Vanderberg no le hicieran la vida imposible. Lo amaba tanto que preferí renunciar a él.

—Genial —bufo—. Y ahora llega el turno de Abbey y la manipulación orquestada por Nathan en su momento.

—Tú lo has dicho —señala la aludida—. Y te recuerdo que tenía a una hermana adolescente que no paraba de repetirme lo mucho que él me amaba a pesar de todo. La misma que me decía que nuestro amor era lo suficientemente poderoso como para superar cualquier contratiempo.

—Menuda he liado con la llamadita...

—¿Lo amas, Candace? —me pregunta Summer a traición.

—Joder... —suspiro mientras hundo el rostro entre las manos—. Sí, lo amo. Tanto que me duele solo pensarlo. Pero no sé si puedo ser capaz de perdonarlo.

—No se puede revertir el tiempo —me advierte Abbey—. Tampoco podemos cambiar nuestras decisiones pasadas, aunque hayan sido equivocadas. Pero nos sirven para seguir adelante sabiendo algo que antes no sabíamos.

—Se llama experiencia —añade Summer.

—En tus manos está —prosigue mi hermana— decidir si vale la pena.

—Un aporte más —interviene de nuevo la chica del pelo rosa—. No sé si mi caso puede coincidir en algo con el vuestro, pero, en el fondo, llegué a pensar que no me sentía digna de Shane. Tal vez a Liam le ocurriera algo parecido.

El comentario de Summer me deja sin respuesta. Liam era muy reservado y apenas hablaba de su familia, de cómo lo despreciaron, de lo solo que se sentía. Todavía recuerdo cómo intentó alejarse de mí al principio porque creía que no era bueno para mí.

—Te has quedado muda —señala Aliyah—. Como sigas así, me quedo dormida aquí mismo. —Profiere un sonoro bostezo.

—Gracias, chicas —suspiro de nuevo—. Pensaré en ello. Y ya os dejo dormir.

—¿Quién te ha dicho que estuviéramos durmiendo? —sonríe Summer de forma traviesa.

—Yo, al menos, no —ríe Abbey antes de colgar.

Capítulo 26

Tal vez, y solo tal vez, sea lo único que eche de
menos: unos ojos oscuros que me miraban de la
misma forma.

CANDACE en *Demasiado orgulloso*

LIAM

«Hacemos pasar el pañal entre las piernas y luego pega-
mos las puntas adhesivas que previamente hemos dejado
a cada lado del bebé...»

YouTube: el mejor invento del milenio para padres
que no tuvieran ni la más mínima idea de cambiar un pañal. Y lo mismo a la hora de preparar la papilla, calmar el
llanto o hacerlos dormir.

—Creo que, esta vez, no se me ha dado nada mal —le
dije a Peyton una vez la tuve limpia y cambiada—. Al menos, hoy no he tenido que tirar tres pañales a la basura por
haberlos estropeado.

La niña seguía atenta mi conversación. Ya no me miraba con su extraño interés y se limitaba a mordisquear

algunos de sus juguetes de goma, que destrozaba porque ya le habían salido los cuatro incisivos. Con más instinto que idea, le había comprado todos los juguetes que me habían recomendado para su edad, pero ella solía pasarse horas con las llaves de casa o de mi moto y sentía especial predilección por mi cartera, aunque me vi obligado a quitarla de su alcance para que no mordiera y babeara mi documentación, puesto que gateaba y se agarraba a los muebles para conseguir lo que se proponía. No solía sonreír mucho, pero tampoco lloraba sin motivo. Le agradecí muchas veces que, dentro de la montaña que me pareció aquella situación, me lo pusiera bastante fácil.

—Te pareces a tu tío, por lo que veo —comenté—. No expresas mucho tus sentimientos. Aunque debería decir... a tu padre.

Su padre. Era mi hija. Tardaría mucho en acostumbrarme a pensar en ella como tal.

La dejé sobre su manta cuando oí el timbre de la puerta. Fruncí el ceño al mirar la hora, puesto que las únicas visitas que recibía eran de Kelly Sheppard y su equipo de seguimiento, y para eso era demasiado temprano.

Pero ninguna otra visita me habría sorprendido tanto como aquella. Se trataba del señor y la señora Taylor, los padres de Sienna, a los que mantuve en la entrada, aunque desde allí se pudiera divisar el salón, donde Peyton seguía jugando tranquila.

—¿Qué hacéis aquí? —les pregunté sin disimular mi desdén. Ambos venían ataviados con elegantes ropas, envueltos en el mismo aire de superioridad que siempre habían utilizado conmigo. Como luto, mi padre llevaba una corbata negra, y Eleanor una mezcla de blanco y negro en las sedas caras que la cubrían. Las apariencias ante todo.

Mi padre se aclaró la voz.

—Queríamos hablar contigo, Liam, sobre... nuestra nieta.

—¿Vuestra nieta? —repliqué cabreado—. ¿A cuál os referís? ¿A la que pensabais ocultar y dar en adopción o a la que echasteis de vuestra casa junto a vuestra hija?

—¿Te crees el más indicado para dar sermones? —escupió Eleanor—. No hay más que verte para entender que no tienes nada que ver con nosotros. —Con un gesto, señaló mis brazos tatuados.

—Por supuesto que no tengo nada que ver con ustedes, señora Taylor —le contesté con ironía—. Me pegaría un tiro antes que pertenecer a su familia.

—Qué despreciable eres...

—Ya basta, Liam —intervino mi progenitor—. Iremos al grano. Sabemos que Sienna no estaba pasando por un buen momento. El doctor Bronson nos ha comentado que le recetó antidepresivos.

—¿Y desde cuándo un médico comparte ese tipo de información? —me indigné—. Oh, claro, perdonad mi ignorancia. No sé lo que es comprar a la gente con dinero. Básicamente, porque nunca he tenido.

—El caso —prosiguió, ignorándome— es que tuvo que estar bajo algún tipo de presión cuando se le ocurrió redactar todos esos documentos, donde te dejaba a ti la tutela de...

—A ver, a ver —lo corté—. ¿Estás tratando de decirme que Sienna no estaba muy centrada mentalmente porque decidió dejar a su hija conmigo? ¿Que si lo dispuso así fue por estar mal de la cabeza?

—Deja de hacerte el ofendido —soltó Eleanor con desprecio—. Hablemos claro de una vez. Tú no puedes hacerte cargo de una niña y nosotros podemos darle una vida mucho mejor. Si renuncias a ella, tú te quitas de encima un problema, ella será criada con todos los privilegios...

—Y vosotros quedáis de puta madre ante los ojos de la gente de la buena sociedad —espeté—. ¿Por qué no donáis una buena cantidad de dinero a cualquier fundación benéfica? Seguro que os hará sentir de putísima madre también.

—Siempre tan ordinario —gruñó la mujer.

Llegué a percibir el latido de una vena de mi cuello por la furia que aquellas personas me estaban haciendo sentir.

—Piénsalo, Liam —insistió mi padre—. Seguro que esa niña solo representa un revés en tu vida y únicamente puedes librarte de ella si nos la entregas a nosotros, que somos sus abuelos.

—Mi hija no tiene abuelos —respondí con una ira que amenazaba con hacerme estallar—. Me tiene a mí, porque así lo decidió su madre. Puede que haya sido algo inesperado, pero juro por Dios que la dejo antes en una cueva de lobos que a vuestro maldito cuidado.

El rostro de Eleanor se tornó púrpura.

—Maldito desgraciado, desharrapado y delincuente... No tienes ni idea de lo que es criar a un hijo.

—¿Y vosotros sí? —Miré a mi padre, que bajó la vista—. Quiero que os vayáis ahora mismo de mi casa y no volváis nunca más.

—Ni siquiera es tu casa —señaló la mujer con furia—. Ni el dinero que estás gastando es tuyo. ¡Es nuestro!

—Es el dinero de mi hermana —respondí—. Y prometo que ya os lo habría tirado a vuestra puta cara si no fuese por la niña, porque se merece tener lo que su propia madre le habría dado.

—Malnacido... —La señora Taylor dio un paso hacia delante para encararme, pero su marido la cogió de un brazo para retenerla.

—Déjalo, Eleanor.

—No entiendo cómo pudiste engendrar a semejante energúmeno —soltó con arrogancia y desdén antes de dar media vuelta y salir del apartamento.

Mi padre me miró un instante y creí ver una leve señal de disculpa. Durante un segundo, volví a tener la misma fantasía que tenía de niño: que mi padre me abrazaba. Pero solo fue eso, un segundo y una fantasía imposible, porque nunca ocurrió. Aunque sí esperó a que su mujer se alejara de nosotros para mirarme directamente a los ojos, tan iguales a los suyos que llegué a pensar que por eso no me soportaba Eleanor, porque nadie habría dudado jamás de que aquel hombre era mi padre.

—Lamento todo lo que ha pasado —me dijo de forma impersonal.

—¿Te refieres a la muerte de tu hija, a que me haya quedado con la niña o a que os sintáis como una mierda por haberlas echado a las dos de vuestras vidas?

Se pasó la mano por el cabello entrecano, antaño tan oscuro como el mío.

—¿Sabes algo de Karen? —me preguntó, ignorando de nuevo mis comentarios mordaces.

—¿De mi madre? —Reí con ironía—. Me enviaba cada año una felicitación navideña. Pero, como no tiene ni puta idea de dónde estoy, deben de estar acumulándose en algún buzón de Miles City.

—Ella siempre fue muy independiente...

Lo que me faltaba era que defendiera, o intentara defender, a su exmujer, otra impresentable como él.

—Vete, papá —le dije sin miramiento alguno—. Lárgate de mi vista. Aunque aprovecharé para darte las gracias. Gracias por enseñarme lo que nunca querré ser en la vida.

Cerré la puerta e intenté calmar la ira y la ansiedad que se habían apoderado de mí. Inspiré con fuerza un par de veces y me dirigí al salón en busca de Peyton. Pero me detuve en seco y aguanté la respiración cuando me la encontré de pie, quieta, sin agarrarse a nada, mirándome tan seria como siempre.

—Cuidado, pequeña —susurré al tiempo que me acercaba despacio para no asustarla—. No quiero que te caigas y luego tengas miedo de volver a intentarlo.

Me arrodillé en el suelo y extendí las manos.

—Ven, Peyton —volví a musitar—. Ven hacia mí.

La niña dio un paso y casi se me sale el corazón por la boca. Después dio otro, y otro más, hasta que pude cogerla por los bracitos.

—Perfecto, Peyton. Lo has hecho genial, preciosa...

—Pa-pa —balbució la niña ante mi asombro—. Papa...

Me fue imposible no llorar mientras la abrazaba con fuerza y sembraba de besos su cabecita oscura. Mi hija me enseñaría que hay distintas formas de amor, y que el corazón siempre está preparado para acogerlas a todas y cada una de ellas.

Capítulo 27

Hoy hay reunión de personal en el hospital. Con el nombramiento del nuevo director, parece que va a haber cambios, y en el ambiente flota un evidente malestar mezclado con temor y expectación.

—Van a rodar cabezas —me susurra Josh.

—¿Cómo lo sabes? —le pregunto de la misma forma.

—Porque ha fallado la parte financiera —me explica—. Y cuando falta dinero, la solución de urgencia es deshacerse de parte de la plantilla y reorganizar al resto, como si nosotros fuésemos los culpables del problema.

—¿Y tú cómo sabes lo que está ocurriendo?

Se limita a guiñarme un ojo.

El nuevo director se presenta y comienza a señalar todo lo que funciona mal. A continuación, propone una serie de medidas que nos dedicamos a escuchar mientras tratamos de asimilarlas. Entre ellas, despidos y nuevos nombramientos. Jefes de planta y de departamento son despedidos sin apenas justificación entre quejas y voces indignadas.

—Esta es mi decisión y no voy a cambiarla —insiste el director—. Es más, espero ver a cada uno en su puesto en —se mira el reloj— un máximo de quince minutos.

—Madre mía —le susurro a Josh—, la próxima soy yo.

—¿Por qué dices eso?

—Porque soy una de las que menos tiempo llevan.

—Eso no tiene por qué ser una desventaja —señala el enfermero.

Bastante alicaída, me dirijo a mi consulta, donde observo todo lo que me rodea. Me siento impotente por perder todo aquello por lo que he luchado tanto...

—Doctora Howard. —Levanto la vista y veo al nuevo director del hospital en el vano de la puerta—. Haga el favor de recoger sus cosas. Deja usted este despacho.

—Por supuesto, doctor Reynolds. —Con toda la dignidad que soy capaz de acumular, que no es mucha, cojo una pequeña caja para introducir mis pertenencias, que tampoco abundan, precisamente.

El hombre, bastante joven, de unos cuarenta y cinco años, sonríe a pesar de su rostro adusto.

—Porque se traslada usted al del doctor Hartman. Pasará a formar parte del equipo de Traumatología. Y, quién sabe..., tal vez se convierta en la próxima jefa del departamento.

—¿Está hablando en serio? —le pregunto anonadada.

—¿Acaso duda de su preparación y sus resultados? —señala—. No solo fue alumna destacada en Harvard, sino que se hizo famosa durante sus prácticas y su residencia por sus ideas revolucionarias. Sé que cabreó a más de un facultativo experimentado —bromea.

—Doy fe —respondo, sonriendo también.

—Pues adelante, entonces —me dice—. Traslade sus cosas. Pero no tome lo que le he dicho como una promesa. Primero tendrá usted que demostrar mucho más que nuevas ideas y mucho carácter. —Coloca las manos a la espalda y me hace un amable gesto con la cabeza—. Nos veremos, doctora Howard.

No doy un salto porque quedaría un poco feo entre

tantas caras decepcionadas. Sobre todo cuando el doctor Hartman pasa por delante de mí con sus cosas tras abandonar su despacho para que lo ocupe yo.

—Yo... lo siento, Mark.

—No importa, Candace, no te sientas mal. —El traumatólogo se encoge de hombros—. Encontraré otro hospital, te lo aseguro. Tal vez no sea tan prestigioso como este, pero ¿sabes una cosa? Yo no estudié Medicina para presumir de prestigio, sino para ayudar a pacientes que lo necesitan. Y eso lo puedo hacer aquí y en el dispensario más cutre del país. —Reemprende su marcha—. Suerte, doctora Howard.

Unas simples palabras que deberían parecer básicas me hacen reaccionar.

¿Cuál fue mi cometido desde el principio, ser médica o estudiar en Harvard?

Puede que, ahora, tras lo vivido en esta apasionante profesión, respondiera que lo primero. Pero, para ser sincera, cuando decidí estudiar Medicina, mi mayor aspiración era estar en una buena universidad, ganarme el prestigio y el respeto de otros compañeros, que me vieran como una de las mejores. Algo que estuve a punto de no conseguir si no hubiese sido por...

No, no puede ser. ¿De verdad lo mejor fue que Liam se alejara de mí para cumplir mi objetivo? ¿En serio se puede decir que lo hizo por mi bien?

Apoyo las palmas en mi mesa y hundo los hombros. Por primera vez, trato de ser sincera conmigo misma y confieso que, si no hubiese logrado tan buenas notas y no me hubiesen designado para los mejores programas de la universidad, habría culpado a Liam, o, en su defecto, a mí misma, por querer conciliar unos estudios demasiado exigentes con una relación. Conseguí lo que me proponía porque me centré al cien por cien, dedicándome en cuerpo y alma, sacrificando mi propia vida personal, abrazando la soledad por no tener a nadie más a mi alcance.

Me desprendo de la bata blanca, cojo la chaqueta y el bolso y salgo del hospital. No he decidido que Liam hiciera lo más adecuado, ni siquiera lo justifico, quizá siga sin poder perdonarlo. Lo único que sé es que necesito verlo ahora mismo. Si después de seis años de secretos, mentiras y dudas, seguimos amándonos..., ¿cabría la posibilidad de intentarlo?

El taxi me deja frente a la bonita casa de Nob Hill. Bajo del coche, subo la escalera y accedo al interior, puesto que me encuentro con la puerta abierta.

—¡Liam! —grito—. ¡Peyton!

Me rodea un extraño vacío. Los muebles siguen en su sitio, pero carecen de objetos, adornos y vida.

Miro hacia la escalera que lleva a la planta superior cuando oigo unos claros pasos.

—¡Pipa! —vuelvo a gritar—. ¿Eres tú?

Pero es una desconocida vestida con traje de chaqueta y un pulcro moño la que me recibe mientras baja los escalones.

—¿Quién es usted? —le pregunto con desconcierto.

—Soy Alice Chandler, de la inmobiliaria. —Se acerca a mí y me señala el letrero que se apoya en una de las paredes del salón y que no había visto—. Voy a colocarlo ahora mismo, pero si está interesada en la casa...

—No, no —la corto—. Busco al anterior dueño de la casa, a Liam Taylor.

—Oh, lo siento, no puedo ayudarla. Nos han asignado la venta de esta casa, pero no disponemos de la dirección del anterior propietario.

—Ya... Gracias igualmente. —Intento sonreír mientras salgo de la vivienda y me dejo caer en uno de los escalones de la entrada.

Dirijo la vista hacia el cielo azul y despejado y después

cierro los ojos, sintiendo la tibieza del sol en los párpados. Parece que, de alguna forma, se alinean los astros para que no podamos estar juntos.

Saco el teléfono del bolso y busco a Liam entre los contactos. Podría llamarlo, pero ¿qué voy a decirle? ¿Que lo perdono? En realidad, no estoy segura de ello. Además, ahora ya da igual, puesto que se ha vuelto a marchar.

A quien sí se me ocurre llamar es a Pipa. Tal vez a ella sí le haya dejado algunas señas.

—Hola, Candace —me saluda—. ¿Ya se han ido? Perdona, guapa, pero Liam me lo comentó de un día para otro. Voy a echar de menos a la pequeña Peyton.

—¿Y no te dejó Liam alguna pista sobre su nueva dirección?

—Nueva York es mi única pista —suspira—. Lo siento, Candace. Siento que al final no hayáis arreglado lo vuestro.

—Tranquila, no es culpa tuya —sonrío—. Lo nuestro, como tú dices, necesita algo más que un arreglo.

—Llámalo —me sugiere—. Queda con él en Nueva York, para veros, para hablar.

—Gracias por todo, Pipa —le digo para no tener que hablarle de mis dudas.

—Un placer, Candace. Te llamaré un día por si quieres que quedemos a tomar algo y charlar.

—Estaré encantada.

***

Parece que el ambiente se ha relajado tras una semana adaptándonos al nuevo ritmo, a los nuevos puestos y a los nuevos compañeros. En mi caso, he ganado trabajar en horario diurno, aunque todavía me esté habituando. Además, la consulta es bastante más tranquila que Urgencias, pese a que aún deba comerme algunos fines de semana en dicha área.

Alguien de algún departamento ha sugerido que, para crear compañerismo, vayamos hoy a comer todos juntos. Josh y yo hemos compuesto una mueca y nos hemos mirado, puesto que ambos estamos bastante apagados: hoy se nos marcha Aliyah.

—¿Ya te has despedido de ella o vendrás más tarde? —le pregunto cuando coincidimos en una de las salas de suministros.

—No sé si iré, ya veremos —se limita a decirme antes de salir con una bandeja de rollos de vendajes de yeso.

No suelo confraternizar mucho y, aparte de Josh, no he hecho más amigos en el hospital, aunque me lleve bien con todos los compañeros. Por eso decido hacer hoy una excepción y, tras coger el bolso y la chaqueta, camino a través de uno de los largos pasillos.

—¡Candace, te has decidido a venir! —exclama una de mis colegas.

—¡Vamos, doctora, Howard! —exclama otro—. ¡Nos vemos!

—¡Hasta ahora! —les respondo con una sonrisa.

Es al pasar frente a la consulta de Pediatría que me detengo un instante. El doctor Sánchez se ocupó de Peyton y se convirtió en su pediatra. Su puerta permanece entreabierta y me asomo para animarlo a venir.

—¿No viene usted a comer, doctor Sánchez?

—Doctora Howard, bendita casualidad. Estaba terminando de cumplimentar el informe de Peyton Taylor, la hija de su amigo, para que el historial llegue completo a su nuevo pediatra.

—Oh, claro —respondo.

En este justo momento aparece una enfermera reclamando su presencia.

—Perdone, doctor Sánchez, ¿podría usted venir un momento? Solo será un minuto. Nos gustaría saber su opinión sobre un caso que...

—Sí, sí, ahora mismo voy. —El pediatra se recoloca las gafas y se levanta de su silla antes de dirigirse a mí—: Luego nos vemos, doctora. Cierre usted misma la puerta al salir, si no le importa.

—Desde luego, doctor.

El pensamiento cruza mi mente de forma fugaz mientras tiro de la manija. Observo la pantalla del ordenador, iluminada todavía porque el hombre no ha tenido tiempo de salir del programa.

Estaba con la ficha de Peyton... ¿Y si pudiera echar un vistazo por si apareciera su nueva dirección? Al fin y al cabo, el despistado doctor se ha dejado el ordenador encendido. Cualquiera podría pasar por aquí y...

Ahora o nunca.

Con cuidado, cierro la puerta, cruzo el despacho y me siento en el lugar del pediatra. Efectivamente, aparece ante mí el historial de Peyton. Una ola de nostalgia me deprime un instante al evocar el rostro angelical de la niña. Rostro que, indudablemente, me lleva al de su padre.

¿Dónde estarán? ¿Habrá reabierto el estudio? ¿Quién se hará cargo de Peyton mientras su padre esté trabajando?

Vuelvo a centrar la vista en la pantalla y busco los datos personales, pero solo me aparece la dirección de San Francisco. Deslizo un poco más abajo, donde ciertas anotaciones del pediatra llaman mi atención. Estoy leyendo algo que no acabo de comprender.

Observaciones:
Madre fallecida.
Padre no biológico (pariente de tercer grado).

El corazón se me dispara. ¿Qué estoy leyendo? ¿Estoy entendiendo mal? ¿Cómo que «padre no biológico»? ¿Cómo que «pariente de tercer grado»? ¡Liam es su padre y punto!

Vuelvo a subir a la parte superior de la ficha, en busca de nuevo de los datos personales. Antes he estado tan pendiente de buscar el domicilio que ni me he parado a mirar los nombres de los padres. Y es cuando llego a ese apartado que, literalmente, dejo de respirar.

Nombre de la madre: Sienna Taylor (fallecida).
Padre legal: Liam Taylor (tío por vía materna).
Padre biológico: desconocido.

Me tapo la boca para amortiguar el jadeo.

—Dios mío —musito—. ¿Qué significa esto, Liam? Biológicamente, ¿eres tío de Peyton? ¿Tu hermana está muerta? —Me pongo en pie de inmediato—. ¡Por Dios santo, Liam! ¡¿Por qué no me lo dijiste?!

Salgo rauda del despacho y atravieso salas y esquivo personas, que pasan ante mí como manchas emborronadas.

—¡Candace! —me grita alguien—. ¿Adónde vas? ¿No vienes con nosotros?

Para comidas fraternales estoy yo...

Apenas logro darle la dirección de mi casa al taxista o sacar la tarjeta del monedero para pagarle. El tiempo en el ascensor se me hace eterno y, cuando accedo a mi apartamento, otra cruda realidad se estampa contra mí: una multitud de maletas acaparan el reducido salón. Aliyah se está despidiendo de Nut mientras la acaricia con ternura.

—Nunca había tenido un gato —le murmura al felino entre lágrimas—, pero a ti te voy a echar mucho de menos.

—¿Y a mí no? —le pregunto con una sonrisa bañada en llanto.

—¡Candy!

Mi amiga me abraza tan fuerte que temo que nos vaya

a crujir una costilla. Pero, ahora mismo, sería lo que menos me preocuparía en este mundo.

—Candy —solloza—, estoy pensando en no subir a ese avión. Me siento fatal...

—Ni se te ocurra pensar eso —sollozo también—. Te va a ir genial, y yo voy a ir a verte un montón de veces. Mi hermana y mis sobrinos te agradecerán que te hayas ido porque podrán verme más —bromeo.

—Nunca podremos tenerlo todo, ¿verdad? —continúa entre lamentos—. Siempre hay que renunciar a algo...

—Tal vez. —Me distancio unos centímetros de ella y limpio alguna de sus lágrimas—. Pero, a veces, pueden surgir hechos o descubrimientos que te hagan pensar en ello de forma diferente. —Compongo una sutil sonrisa—. Quizá no podamos tenerlo todo en la vida, Aliyah, pero podemos tomar un pedacito de cada.

—¿Qué quieres decir con eso? —me pregunta desconcertada—. ¿Y por qué parece que estás contenta?

—Ha ocurrido algo que...

Un carraspeo a nuestra espalda interrumpe mi explicación. Ambas nos giramos y contemplamos a Josh en el vano de la puerta.

—Yo..., estaba abierta...

—Josh... —solloza mi amiga.

Aliyah deshace nuestro abrazo para lanzarse a los brazos de Josh. Él la acoge y ambos se funden en un apasionado beso que me derrite de amor.

—Tranquila, cariño, tranquila —la sosiega él al tiempo que acaricia sus húmedas mejillas.

—Yo... no sé qué decir —gime ella.

—No digas nada —murmura mi compañero y amigo—. Ve y demuestra de lo que eres capaz. Solo me gustaría pedirte una cosa.

—¿Qué? —musita Aliyah.

—Espérame, pero solo un tiempo, digamos, dos meses.

Si pasado ese tiempo no estoy contigo, haz tu vida. Aunque espero que no tengas que recurrir a Tinder —bromea.

—Pero...

—Chist. —Posa un dedo sobre sus labios—. ¿Lo harás?

—Sí —musita Aliyah.

—Bien. —Josh le da un tierno beso en los labios y luego me mira a mí—. ¿Te importa que os acompañe al aeropuerto?

—Claro que no —sonrío—. Es más, no quiero ni pensar el drama que vamos a montar nosotras. Creo que es mejor que la acompañes tú.

—Candy...

—No pasa nada. —La abrazo y la beso—. Además, algo me dice que nos vamos a ver muy pronto.

—Ibas a decirme algo. —Frunce el ceño—. ¿Qué era?

—Nada —vuelvo a sonreír. Ellos son ahora los protagonistas de tan emotivo momento y no voy a robarles su tiempo—. Vamos, os ayudaré a cargar las maletas en el ascensor.

Bajamos el equipaje en tres viajes y llenamos el maletero del taxi. Dibujo una sonrisa en todo momento, hasta que los veo alejarse entre el tráfico. Solo después me permito romperme, cuando, a solas con Nut en el salón, brota de mí un desconsolador llanto.

—Solas otra vez, Nut —le digo a la gata—. Aunque tengo la impresión de que será por poco tiempo.

Cuando consigo calmarme, cojo mi teléfono y busco entre mis antiguos contactos el número de Peter Walsh, decano de la Facultad de Medicina de Harvard.

Capítulo 28

...esa clase de amor que crees que será eterno y sin
el cual te morirías.

CANDACE en *Demasiado orgulloso*

LIAM

Admito que fue mi excesiva preocupación de padre lo
que me hizo distraerme al volante. Peyton había hecho
la mayor parte del viaje dormida y, aunque había parado un par de veces para asegurarme de que la silla iba
bien sujeta al coche con el cinturón, me preocupaba la
postura que había adoptado su cabecita. Demasiadas
miradas al espejo retrovisor y una ojeada rápida al
asiento trasero fueron suficiente para que me saliera de
mi carril.

Y todo ocurrió en un segundo: un coche de frente, un
volantazo y un trompo antes de que las ruedas frenaran
sobre la tierra de la cuneta. No llegaron a desplegarse los
dispositivos de airbag, pero el pánico por mi hija me había hecho girar el cuello, por lo que me di un golpe contra

la puerta del vehículo y, durante unos instantes, el mundo desapareció ante mí.

Cuando abrí los ojos, a pesar del mareo y de la humedad de la sangre que bajaba por mi frente, lo primero que hice fue deshacerme del cinturón y lanzarme sobre el asiento de atrás.

—¡Peyton! —grité, muerto de miedo—. ¡Peyton! ¡Dime algo, hija!

—¿Papi? —Parpadeó varias veces y emitió un bostezo—. ¿Ya hemos llegado?

Reí y lloré al mismo tiempo mientras abrazaba a mi niña. Aunque también me maldije por imprudente y por no aprender de la desgracia que ya nos había asolado tras la muerte por accidente de mi hermana.

Alguien llamó a una ambulancia, pero, aunque repetí hasta la saciedad que me encontraba bien, insistieron en que debían echarme un vistazo en el hospital. Los convencí para que Peyton pudiese acompañarme, aunque para ello tuviese que explicarles que acabábamos de llegar a San Francisco por motivos de trabajo y que no conocíamos todavía a nadie en la ciudad.

Accedimos al Centro Médico de la Universidad de California a través de Urgencias. Un amable enfermero se hizo cargo de Peyton y me aseguró que la visitaría un pediatra mientras me hacían algunas pruebas. Para mi asombro, mi hija accedió sin más quejas a darle la mano al enfermero y a irse con él.

A mí, por mi parte, me pincharon, me escanearon y auscultaron demasiadas malditas veces. Un cirujano cardiovascular fue el que vino a visitarme en primer lugar.

—Estoy bien, doctor, ya se lo he dicho —le dije al médico que me trajo los resultados de las pruebas—. Si fuera tan amable de darme el alta... Todavía no he visto a mi hija...

—Un golpe en la cabeza siempre es motivo para esas

pruebas, señor Taylor. Hemos de descartar cualquier coágulo, fractura, lesión interna...

—¿Y ya está? —le pregunté con impaciencia—. ¿Lo han descartado todo?

—Estoy en ello —gruñó mientras me lanzaba una mirada furibunda por encima de sus gafas.

Ya me había colocado los pantalones, pero seguía desnudo de cintura para arriba cuando las cortinas del box se abrieron de repente.

—¡Doctor Lacey! —lo interrumpió una enfermera—. ¡Lo necesitan con urgencia en quirófano! ¿Puede acompañarme?

—Ahora mismo voy —respondió el hombre mientras abandonaba con premura el box.

—¡Doctor! —lo llamé al ver cómo me dejaba solo.

Me vi obligado a asomarme al pasillo y a preguntarle a la primera persona con bata blanca que pasó por allí.

—Perdone, ¿podría ayudarme? El doctor me ha dejado solo en el box y no sé si tengo el alta. Ni siquiera sé dónde está mi hija...

—Oh, es usted el del accidente —dijo con amabilidad—. El doctor Lacey ha enviado los resultados de las pruebas al traumatólogo. Él se encargará de darle el alta. Espere unos minutos en el box, por favor. Y ya puede ir... —observó con interés mi desnudo y tatuado torso— vistiéndose.

De nuevo tras las cortinas, solté un bufido mientras introducía los brazos en las mangas de la camisa. Solo me había abrochado un par de botones cuando apareció el esperado traumatólogo, acompañado por el simpático enfermero que llevaba de la mano a Peyton.

Pero no fueron ninguno de estos dos últimos quienes hicieron que se detuvieran mis manos y mi corazón. Porque el especialista que había frente a mí no era otro que Candace, mi único amor, la mujer de mi vida; la chica con la que empecé a salir cuando ella todavía estaba en el instituto; la mujer que amé, que amaba en ese momento y que seguiría amando el resto de mi vida.

—Liam —musitó, tan desconcertada como yo.

—Candace —musité yo también, incapaz de apartar la vista de su amado rostro.

Seis años; seis malditos años llevaba sin verla.

—¡Papi, papi!

Agradecí mentalmente la interrupción de Peyton, porque temí que el mareo que no había conseguido provocarme el accidente me lo provocara aquel encuentro inesperado.

—Hola, cielo. —Abracé a mi hija y me tranquilicé al tocarla, al sentir el calor de su pequeño cuerpo, al oler el aroma infantil de su pelo—. ¿Estás bien?

Sostuve una conversación banal con ella con el único propósito de mantener centrada mi atención en su voz dulce y evitar ser consciente de la presencia de la doctora. Pero, sin darme cuenta y sin saber por qué, Peyton se había marchado con el tal Josh y me había quedado a solas con Candace, que, por cierto, se ofreció a ser ella quien me curase la herida de la frente.

Si alguna vez, durante esos seis años, había albergado alguna duda, con ese gesto me quedó absolutamente claro que ya me había olvidado, que ya no me quería. Porque yo jamás habría decidido volver a acercarme tanto a ella. Cuando posó sus manos en mi frente, a pesar de los guantes; cuando sentí su aliento en mi rostro; cuando olí un perfume que, aunque nuevo para mí, seguía estando mezclado con el aroma inolvidable de Candace..., creí que no podría soportarlo.

Pero entonces me fijé en el movimiento de sus manos, en su destreza, en su seguridad. Y fue cuando fui consciente de que ella había cumplido su ansiado sueño de estudiar Medicina, graduarse en Harvard, conseguir la especialidad y ejercer en un prestigioso hospital. Todo, lo había conseguido todo. Me sentí tan orgulloso de ella...

Y qué preciosa estaba; más guapa que nunca.

Al menos, destrozar mi corazón y sentirme durante años como una mierda había servido para algo. Pero mi amor, mi orgullo o mis sentimientos debían quedar al margen. Por ello, entablé la conversación de forma fría, impersonal. Sencillamente, le dije que me alegraba por ella. En ningún momento debía sospechar que, en aquel instante, habría dado media vida por abrazarla, besarla y decirle lo mucho que la amaba.

Sabía que tenía gran parte del trabajo hecho por cómo había mirado a Peyton. Candace habría hecho los cálculos y habría deducido que había engendrado una hija al poco tiempo de dejarlo con ella. Un punto a mi favor. O, mejor dicho, para ratificarme como el cabronazo que se había acostado con la compañera de piso de su novia en su propia cama y, para colmo, se había liado con otra poco después.

Así que, mientras terminaba de vestirme, le hablé de forma borde y pasé bastante de ella, hasta que la aparición de Peyton volvió a ejercer de barrera entre nosotros. En cuanto tuve ocasión, cogí a mi hija en brazos y me largué corriendo de allí. Empezaba a no soportar tener que fingir que Candace no me importaba más que mi propia vida.

***

Nuestra nueva casa de Nob Hill ya estaba amueblada y totalmente acondicionada para vivir. Peyton volvió a dormirse en el taxi y, como el enfermero ya le había dado leche con las chocolatinas, le quité los zapatos y la acosté.

Yo fui derecho a la bolsa que contenía mis objetos de aseo y, de un bolsillo interior, saqué un paquete de tabaco y un mechero que había guardado allí para casos de emergencia, y aquel lo era. Hacía meses que no fumaba, pero lo necesitaba.

Salí de la casa, me senté en los escalones de la entrada y, con manos temblorosas, me llevé el cigarrillo a los labios y lo encendí. Inspiré con fuerza el humo y lo solté con una fuerte espiración, formando una nube de humo en la oscuridad. Observé mis manos, que todavía temblaban. Todo yo temblaba.

¿Quién diablos me odiaba tanto como para hacerme coincidir con la mujer que jamás iba a poder olvidar?

***

Lo que no había esperado era que Candace exigiera una explicación de mis actos. Y mi tiempo de explicaciones había pasado. Por ello me resistí, a malas penas, a verla, a hablar con ella, aunque llegó un momento en que fui incapaz. Disfracé mi anhelo y mi deseo con una penosa indiferencia. Incluso me conformé con las migajas que me ofreció cuando me propuso mantener una simple relación de sexo. Al menos, mientras la besara, la abrazara y le hiciese el amor, me ilusionaría con la idea de que Candace me seguía queriendo.

Aunque supiera que ella solo me utilizaba para vengarse.

***

Fue después de una de esas veces que hicimos el amor cuando no fui capaz de cerrar mi maldita boca. Le dije a Candace que la quería. Lo que nunca había esperado era que ella me respondiera que también me amaba.

Pero ¿seguiría haciéndolo después de saber la verdad?

Y me quedó claro que no, porque lo averiguó. Averiguó mi montaje para acabar con nuestra relación. Yo mismo se lo conté, pero ella ya lo sabía, lo vi en sus ojos.

Qué miserable me sentí cuando la vi llorar mientras me golpeaba con rabia y desolación. Para colmo, la presencia en San Francisco de Alexia solo pudo empeorar más las cosas, si eso era posible.

Todo lo que me estaba pasando creó una mezcla explosiva en mi interior que estalló un día en el trabajo. Tras un problema con mi jefe, le dije que ya estaba hasta los huevos de todo y que me largaba. Algo que llevaba mucho tiempo deseando hacer.

Y entonces lo comprendí todo. No era feliz, tal y como me había insinuado Candace. Mi única ilusión era mi hija, pero mi trabajo era una mierda; en San Francisco me sentía desubicado y no estaba con la mujer que amaba porque...

Ya no sabía ni por qué. Porque le había mentido, porque había hecho algo por ella sin consultarlo, porque no había vuelto, porque tenía una hija que cuidar...

Decidí probar una última e improbable posibilidad. Me presenté en su casa y, aunque tuve que esperar sentado en el suelo del rellano, quise agotar hasta el último resquicio de esperanza. Le confesé que la amaba, le supliqué perdón y le planteé la posibilidad de estar juntos. Incluso quise confesarle que Peyton no era mi hija biológica. Pero, si no quería estar conmigo, ¿para qué? ¿Para que me viera mejor de lo que era? ¿Para presionarla?

Ya no valía la pena. Me despedí de ella y me marché a casa para empaquetar mis cosas y volver a Nueva York con mi hija.

Capítulo 29

Esta vez no me espera nadie en el John F. Kennedy, sencillamente, porque no le he hablado a nadie de mi viaje a Nueva York. Solo llevo una pequeña bolsa como equipaje porque tampoco sé el tiempo que voy a permanecer aquí.

De momento, claro.

Tal vez venga a ciegas, solo por una intuición. A pesar de no averiguar la dirección de Liam, recordé que había mencionado que no se había deshecho del local donde pensaba montar el estudio de tatuajes. Y allí le pido al taxista que se dirija.

Desde el vehículo no puedo distinguir si está abierto o hay alguien en su interior. Pago la carrera y, con la bolsa al hombro, me planto delante de la puerta. Todavía no hay letrero o señal que indique el negocio que albergará este lugar.

Acciono el pomo de la puerta y, ante mi sorpresa y mis nervios descompuestos, cede. Entro y me recibe un ambiente oscuro, aunque puedo distinguir unas butacas en la entrada, dispuestas sobre un brillante entarimado de madera. A la derecha, para la intimidad de los clientes, varios biombos separan distintos espacios con camillas, sillas y cajoneras con ruedas sobre las que reposa el instrumental para tatuar. A la izquierda se dispone una larga mesa, sobre la que se extienden diversos ordenadores, flexos, cuartillas y material diverso relacionado con el dibujo y el diseño.

Pero lo que más llama mi atención son las paredes de ladrillo, cubiertas casi en su totalidad por una multitud de fotografías de los más variados tatuajes, aunque la mayoría de las láminas son dibujos en los que reconozco la mano de Liam, por su trazo fino, delicado y elegante.

Emocionada, avanzo despacio hasta que, en uno de los cubículos, encuentro la figura de Liam, que contempla en silencio algunas láminas. Hasta ahora no había sido consciente de la suave música que inunda el aire con las conmovedoras notas de *A Thousand Years*, de Christina Perri. No sé si emito algún sonido o es, simplemente, que Liam detecta mi presencia y se da la vuelta.

«Te amaré por mil años más...»

—Candace —musita antes de acercarse a mí en dos rápidas zancadas.

Quiero hablar, pero no me surge ningún sonido más que un ahogado gemido cuando Liam me abraza y me besa, como si yo fuera lo único de este mundo, como si nada importara más que besarme.

—Candace —vuelve a susurrar—, estás aquí. —Repasa con sus dedos cada parte de mi rostro.

—Sí, estoy aquí, Liam, contigo.

—Te amo, Candace, te amo —musita una y otra vez mientras siembra de besos mis labios, mis mejillas, mis párpados—. No he dejado de amarte ni un solo día de estos solitarios años sin ti.

—Yo tampoco. —Me tiembla la voz, al igual que a él la suya.

—Yo... —Apoya su frente en la mía y acuna mi cara entre las manos—. Peyton no es mi hija biológica. Es hija de Sienna...

—Lo sé —musito—, y siento muchísimo lo de tu hermana. Deberías habérmelo dicho, haberme llamado...

—No quería perturbarte más —me explica acariciando todavía mi pelo y con su boca a pocos milímetros de la mía—. Si preferí dejarte para que pudieras centrarte en tu carrera, ¿cómo iba a presentarme con una niña pequeña y con todos mis problemas?

No sé si hizo bien. No es momento de analizar sus decisiones.

—¿Has venido por eso? —Se distancia lo justo para poder mirarme a los ojos.

—No —le respondo—. Fui a buscarte a tu casa antes de saber que tú no eras el padre biológico de Peyton, pero ya os habíais marchado. No sé si hiciste bien, y mucho menos sé qué habría pasado si las decisiones hubiesen sido otras. Pero sí sé que te quiero, Liam.

—No sé si me perdonarás algún día...

—No se trata de perdonar. —Acaricio con ternura su áspero mentón—. Tampoco de buscar culpables. Solo podemos aceptar que las cosas ocurrieron así y que la vida nos regala una segunda oportunidad. Somos unos privilegiados porque, a pesar de estos años, de los cambios y de nuestras experiencias, nos seguimos amando igual, Liam, y eso no podemos desperdiciarlo.

—Sí, hemos cambiado —me confiesa con una sonrisa—. Estás más preciosa que nunca. No imaginas lo orgulloso que estoy de ti.

—¿Y crees que yo no lo estoy de ti? —Tomo sus manos y se las aprieto con fuerza—. Te convertiste en padre de la noche a la mañana, y no hay más que veros a Peyton y a ti para saber la hermosa relación que habéis creado. Renunciaste a mucho por ella, Liam, y eso demuestra el gran hombre que eres. No sé si es posible, pero te quiero todavía más por ello.

Me mira como si acabase de explicarle una difícil fórmula matemática que no es capaz de resolver. Un nudo de tristeza me presiona el pecho al pensar en las pocas veces a lo largo de su vida que alguien ha creído en él.

—Eres una gran persona, cariño —reitero—, y el mejor padre que Peyton puede tener. Créetelo de una vez.

Lo abrazo y entierro los dedos en la seda negra de su pelo.

—Aunque insisto —le digo—: deberías habérmelo contado. Al menos, cuando nos volvimos a encontrar.

—Pensaba que me odiabas —me explica—. Y no quería que, al contarte lo de Sienna, decidieras perdonarme solo por lástima. Después, no quise influirte en tus dudas y tus decisiones sobre nosotros.

—Reconozco que, cuando vi a tu hija, lo primero que hice fue pensar en lo pronto que habías mantenido otra relación después de la nuestra —le confieso—; en lo rápido que me habías olvidado.

—¿Olvidarte?

Ante mi desconcierto, agarra el cuello de su camiseta y tira de ella para quitársela por la cabeza. Contemplo su pecho desnudo y tatuado, y un cosquilleo se apodera de las puntas de mis dedos por el ansia de tocarlo.

—Mira el lado izquierdo —me dice—, sobre el corazón. ¿Qué ves?

—Pues..., aparte de jeroglíficos egipcios...

Concentro la vista en los símbolos y evoco un recuerdo en el que Liam me explica que, si bien los egipcios no utilizaban alfabeto tal y como lo conocemos hoy en día, sí existen unas equivalencias con nuestras letras, aunque nunca sepamos cómo las pronunciaban ellos. Y, así, contemplo el cayado, el ave, la línea de agua, la mano... Y entiendo lo que significa: «Candace».

—Es una representación de mi nombre —le digo mientras rozo los símbolos con los dedos.

—Un amigo me ayudó a tatuármelos —me confiesa—. Así te llevaría siempre en mi corazón, Candace.

Con el pecho encogido, me acerco a él y poso mis labios sobre el tatuaje, que acaba húmedo por mis lágrimas.

—No, Candace, no te olvidé.

Sonrío mientras imito su movimiento anterior. Me desprendo de mi blusa y me quedo con tan solo el sujetador de encaje blanco. Recojo mi pelo como si fuese a hacerme una coleta y lo aguanto a la altura de la coronilla. Le señalo a Liam mi cuello, una zona junto a la raíz del cabello, para que pueda leer la palabra que yo también me tatué cuando tuve la certeza de que no iba a verlo más: «Liam».

—Creo que tuvimos la misma idea. —Río y lloro al mismo tiempo—. Porque yo tampoco pude olvidarte.

—También llevas tatuado mi nombre —musita emocionado.

Repite mi gesto y besa el tatuaje, justo antes de reseguir mi mandíbula y buscar mi boca. Nos besamos con ansia porque ya no quedan más palabras o gestos que puedan demostrar lo mucho que nos amamos. Un amor con el que no pudieron el tiempo, las dudas o el rencor.

«Te amaré por mil años más...»

Los gemidos y las lágrimas de ambos se entremezclan mientras Liam desabrocha mi sujetador y baja la cabeza para besar mis pechos y rodear mis pezones con sus labios y su lengua. Un ramalazo de placer recorre mi cuerpo y gimo desesperada mientras forcejeo con la hebilla de su cinturón. Al mismo tiempo, desabrocha mis pantalones y tira de ellos hacia abajo justo antes de elevarme para conducirme hasta el cuarto que ya utilizaba antaño, con una cama que todavía conserva las sábanas y la colcha de color gris.

Termino de desnudar a Liam y me coloco sobre él para besar su cuerpo, hermoso, pálido, bajo cuya piel sigo encontrando toda la tinta que forma las líneas y los símbolos que tanto he besado y amado. Beso su estómago plano, sus caderas, sus muslos, su duro miembro, que acabo introduciendo en mi boca. Liam jadea, enreda sus manos en mi pelo y embiste con fuerza contra mi garganta, una vez, dos, tres, hasta que tira de mí para colocarme sobre la cama, debajo de él. Me besa con tanta furia que casi me hace daño, aunque creo que soy yo la que le muerde y clava las uñas en su espalda. Casi con desesperación, baja por mi cuerpo y clava un instante los dientes en mis muslos antes de buscar mi sexo, chuparlo y penetrarlo con su lengua. Mareada de placer, alzo las caderas y presiono su cabeza contra mí, pero, al igual que él, no quiero correrme así y lo aparto con rapidez.

Observo su boca húmeda y brillante cuando se arrodilla sobre la cama, abre mis piernas y, tras colocarlas sobre sus antebrazos, me penetra con un desgarrador gemido. Mientras me embiste, no dejamos de mirarnos, y cada embestida es un grito, un «te amo», un «te he echado de menos», un «no vuelvas a dejarme». El orgasmo nos arrasa por completo y terminamos sobre las viejas sábanas arrugadas, abrazados, casi enredados, esperando poder recuperar el aliento.

Pasados unos minutos, Liam busca mi rostro y me besa tiernamente, aunque descifro una leve inquietud en su oscura mirada.

—¿Y qué vamos a hacer ahora, Candace? —me pregunta.

—¿Qué clase de pregunta es esa? —Me incorporo y me coloco encima de él—. ¡Pues estar juntos! ¡Te quiero! ¡Y quiero a Peyton! ¡La quería aun pensando que pudiese ser tuya y de otra mujer!

—Pero ¿y tu trabajo en San Francisco?

Sonrío como si guardase una sorpresa bajo el colchón.

—Hablé hace unos días con Peter Walsh, el decano de la Facultad de Medicina de Harvard. ¿Lo recuerdas?

—Sí, lo mencionaste varias veces —me señala, todavía confuso—. Él fue quien te recomendó para varios programas de la universidad.

—Exacto —le digo—. También fue él quien me propuso para la vacante en el UCSF.

—Te lo merecías —me dice con ternura.

—Gracias. —Le doy un rápido beso en la boca y apoyo los brazos en su pecho—. Por eso ahora he vuelto a hablar con él, para que me ayude a encontrar un puesto en Nueva York. Y lo he conseguido, Liam. Voy a trabajar en el Bellevue.

—Pero..., Candace... —titubea—. No digo que no sea una buena noticia, pero el Bellevue es muy diferente del hospital donde trabajas...

—Sí, lo sé —sonrío—. Es enorme, maneja unas cifras de emergencias que marean y es un hospital de red de seguridad. La mayoría de sus pacientes proviene de población médicamente desatendida. ¿Y qué? Estoy muy ilusionada con este nuevo reto, Liam.

Lo veo tan turbado y con tanta intención de replicarme que coloco un dedo sobre sus labios para repetirle las palabras que ya le dije a Aliyah.

—Tal vez no podamos tenerlo todo en la vida, Liam, pero ¿quién dice que no podamos tomar un pedacito de cada cosa?

—Tienes razón, Candace, pero...

—Chist —vuelvo a hacerlo callar—. Esta vez déjame elegir a mí, Liam. Y elijo tenerlo todo: a ti, a Peyton, a mi amiga, a mi familia, mi profesión. Y no pienso renunciar a nada de ello. Esta vez, no.

—Eres increíble, ¿lo sabes? —me dice con ternura—. Espero que algún día puedas perdonarme.

—Lo pensaré. —Me acurruco contra su cuerpo—. El

estudio es una maravilla, Liam, me encanta. He pensado que, tal vez, puedas hacerme más tatuajes.

—No —responde, serio.

—¿Cómo que no? —gruño al tiempo que lo golpeo en el hombro—. ¿No hemos quedado en que dejarías de decidir por mí? ¡Deja de tratarme con tanto cuidado o como si pensaras que no me mereces!

—Es lo que pensé muchas veces —suspira con resignación.

—Pues eso se acabó —dictamino.

—Está bien —bufa antes de colocarse sobre mí. Sin previo aviso, abre mis piernas con su rodilla y me penetra profundamente—. Dios... —gime—, pasaría horas así.

—Pues comienza ya —jadeo mientras me aferro a su espalda—, porque me debes seis años, machote.

Liam deja escapar una risa profunda que llega hasta el fondo de mi alma.

Capítulo 30

Dos meses después

Esto es lo que tanto había echado de menos: el calor de mi familia, las risas de mis sobrinos, la presencia tranquilizadora de Abbey, el apoyo de Summer, la siempre protectora figura de mis cuñados. Y, por supuesto, tener a Liam a mi lado. Saber que los tendré a todos cerca me da media vida.

Ejercer en el Bellevue también me está proporcionando muchas satisfacciones. El ritmo es duro y exigente, pero, cada día, al volver a casa, me invade la sensación de haber puesto mi granito de arena, de haber ayudado, de ser parte de un equipo que está ahí para quien lo necesite, independientemente de la cobertura de su seguro médico.

¿Tomé una buena decisión?

Por supuesto que sí. Porque, aunque a veces se diga que resulta demasiado ambicioso pretender la felicidad completa, nadie puede recriminarnos intentar tener lo más parecido, lo más cercano. La vida está llena de errores de los que aprendemos, de decisiones que cambiaríamos o de finales imprevistos, pero también de aciertos. En nosotros está vivir esa vida, aprovecharla, sentirla, porque, sencillamente, merece la pena.

La casa de Abbey y Nathan se ha convertido en el centro neurálgico de las celebraciones. En esta ocasión, festejamos el cumpleaños de Aliyah, para el que hemos dispuesto una larga mesa en el jardín. Mi amiga es una más de mi familia, y tanto ella como sus padres agradecieron mi idea de reunirnos en casa de mi hermana.

—¿Dónde está el regalo que le preparaste a Aliyah? —me susurra Liam con disimulo.

—Chist, calla —le susurro también—. Debe de estar a punto de llegar.

Miro la hora en mi móvil con impaciencia. Si el paquete se retrasa..., me chafa la sorpresa.

Mi amiga sopla las velas, recibe abrazos y besos y regalos de todos. Su expresión confundida y sus miradas de reojo hacia mí consiguen que me ría para mis adentros, porque sé que se ha dado cuenta de que no hay regalo de mi parte.

Lo hay, lo hay. Si no se retrasa...

Y entonces suena el timbre de la puerta y suspiro de alivio. Le pedimos a Lucy, la chica de servicio, que abra.

—Oh —comento con banalidad—, ese debe de ser tu regalo, Aliyah. Justo a tiempo.

—Ya me parecía raro que no hubiese nada tuyo —bromea—. Estaba a punto de amenazarte con uno de los tenedores de plástico de los niños.

—Pues ahí lo tienes —le digo señalando la cristalera que conecta el salón con el jardín.

—Hola a todos —saluda el recién llegado.

Todos nos quedamos mirando a Josh, que aparece con un trasportín que alberga a Nut en su interior. Le pedí que cuidara de ella hasta que pudiese traerla.

Porque sabía que vendría.

—Feliz cumpleaños, Aliyah —le dice él con una de

sus sonrisas, aunque esta vez albergue una gran cantidad de ternura.

La cara de sorpresa de mi amiga combina a la perfección con el silencio que se crea alrededor de la mesa, los restos de tarta y los globos plateados.

—Josh —musita al tiempo que parpadea para evitar unas lágrimas que acaban ganando la partida.

Un instante después, se levanta de un salto y corre hacia el hombre que ama para abrazarlo y besarlo. Me apresuro a coger a Nut a fin de que mi amigo pueda tener las manos libres para abrazar a Aliyah.

—Dios mío, Dios mío —musita ella al tiempo que acaricia su pelo, su rostro, su barba—. ¿Qué haces aquí?

—Te pedí que esperases dos meses como máximo —le recuerda él—. Espero no venir demasiado tarde.

—No —solloza ella—, claro que no.

—Pues entonces, me quedo —señala Josh con ternura—. Me quedo contigo, Aliyah.

—Pero... ¿cómo...?

—Le conseguí una entrevista para el Bellevue —intervengo—. Y lo han aceptado.

—¿Tienes trabajo en Nueva York? —exclama mi amiga con desconcierto.

—Pues sí —responde Josh—. No ha sido fácil. Hemos tenido que esperar el momento. Candace ha tenido que pedir unos cuantos favores y no me puedo incorporar hasta el mes que viene, pero ya está todo solucionado.

—Pe..., pero —insiste Aliyah—, has tenido que dejar tu ciudad, tu trabajo, tu vida... Yo jamás te habría pedido eso...

—Ya lo sé —responde él—. Ha sido decisión mía. Simplemente, se trata de ir colocando ciertas cosas en cada plato de la balanza y ver hacia dónde se inclina. En uno de ellos he puesto lo que dejo atrás; en el otro he colocado lo que quiero, lo que ansío, lo que deseo. —La mira con todo el amor que siente—. Y se ha inclinado hacia este último lado, por si no te ha quedado claro.

—Yo... no sé qué decir...

—Dime que me quieres, que te alegras de que haya venido... Por darte alguna idea.

—Claro que te quiero, y me alegro de que estés aquí —le dice antes de abrazarlo y volver a besarlo.

Algunos silban, otros aplauden, los niños ríen, sus padres lloran... Yo, para disimular la emoción, abro el trasportín de Nut, saco a mi gata y la abrazo con suavidad.

—Qué ganas tenía de verte —le digo mientras siembro de besos su cabecita.

—Oh, un gatito —señala Peyton tras acercarse—. ¿Puedo tocarlo?

—Claro que sí, cariño —afirmo.

—Qué suave... —musita mientras pasa la mano por el lomo del felino—. ¿Es tuyo, Candace?

—Es nuestra. —Miro a Liam, que se ha agachado junto a nosotras para acariciar también a la gata—. Es una chica y se llama Nut.

—¿Te parece bien que venga a vivir con nosotros? —le pregunta a su hija.

—¡Sí! —exclama la niña—. ¡Todos juntos!

—Eso es —musita Liam, que me mira con ternura—, todos juntos, por fin.

En un momento, tanto las rubias niñas de Nathan y Abbey como los chicos de Shane y Summer forman un corrillo alrededor de Peyton y la gata.

—¡Hala, yo también quiero tocarlo!

—¿Cómo se llama?

—Se llama Nut y va a vivir conmigo —señala Peyton con la satisfacción pintada en su bonito rostro.

A pesar de los nuevos cambios introducidos en su vida, Peyton se ha integrado con facilidad en la familia. Tardó unos días en hablar y se sintió algo abrumada, pero entre su padre y yo le explicamos que todas esas personas eran ahora su familia.

—Gracias por tu regalo. —Aliyah me abraza durante un largo instante, y después me mira con una sonrisa traviesa—. Y pensar que hasta hace poco éramos dos amigas con un gato buscando novio en Tinder...

—¡Eh! —me quejo—. ¡Yo nunca he utilizado Tinder ni nada parecido!

—¿Qué es Tinder? —pregunta Olivia.

Seguimos riendo un buen rato, hasta que cojo la mano de Liam y le susurro algo al oído.

—¿Nos vamos a casa?

—Sí —responde mirándome con sus penetrantes ojos negros—. Vámonos a casa, Candace. Los cuatro.

Capítulo 31

Un año después

—¿No se suponía que no eras partidario de hacerme más tatuajes?

—Este es una excepción.

—¿En un dedo, Liam?

—Sí, tiene que ser ahí.

—¿Es algún tipo de símbolo egipcio, como los que llevas tú?

—Cuando lo veas lo averiguarás.

—¿Tenías que vendarme los ojos? —gruño.

—Un poco de paciencia... ¿Te hago daño?

—Me estás clavando agujas, cariño —refunfuño—. Cosquillas no me haces, pero tranquilo, aguanto bien el dolor y lo sabes.

Sigo desconcertada por la propuesta de Liam. Me envió un mensaje mientras todavía estaba en el hospital para que me pasase por el estudio. Al llegar, me dijo que me iba a hacer un nuevo tatuaje pero que tenía que vendarme los ojos.

—¿En serio? —me quejé mientras me anudaba la tela negra—. ¿Vas a tatuar algo en mi cuerpo, se supone que para toda la vida, y no puedo verlo?

—Solo te pido que confíes un poco en mí.

—Yo confío en ti, cariño, pero...

—Ya está —me dice pasados unos minutos. Siento cómo me cubre el dedo con film transparente y, después, me retira la venda de los ojos.

La mano todavía sigue sobre la mesa, bajo el foco de luz. Contemplo el resultado y parpadeo por la sorpresa.

—Liam... —musito—. ¿Me acabas de tatuar un anillo?

—Sí —responde algo azorado—. Me dio por pensar que, antes de dártelo físicamente, lo tuvieras así, de la forma que mejor se me da.

Observo su amado y hermoso rostro, que espera expectante mi reacción.

—Cásate conmigo, Candace —me pide—. Creo que estar juntos es algo que nos debía la vida. A cambio, démosle la prueba de que lo merecíamos.

Me emociono. Suspiro. Lo miro. Y todo ello sin poder decir una palabra. Es algo que suele ocurrir cuando tienes que responder una pregunta que no esperabas.

—Cuidado —me dice con ironía—, no vayas a hacer un agujero en el techo del salto que has dado.

—Yo... —farfullo— no esperaba algo así, Liam. Pensé que el tema del matrimonio no iba mucho contigo...

—¿Lo dices porque el matrimonio de mis padres fue un desastre, porque se volvieron a casar solo por dinero o porque en su vida no han querido a nadie más que a ellos mismos? —me pregunta con un punto de mordacidad—. Por supuesto, sería suficiente motivo para no querer casarme, y así lo pensé durante años. Pero luego te conocí a ti, Candace, y a tu familia. Asistí a la boda de Abbey y Nathan, de Summer y Shane, y pude comprobar de primera mano lo bonito que puede ser formar una familia. También me has hablado mucho de tus recuerdos con tus padres, de lo mucho que se querían entre ellos y de lo que os amaban a vosotras. Y si, como guinda en mi vida, se me concede una segunda oportunidad contigo, me gustaría aprovecharla al máximo. Si tú quieres...

Como sigo en *shock*, procesando todo lo que me está diciendo Liam, todavía soy incapaz de responder.

—No importa —sonríe ante mi silencio—. Puedo transformarte el tatuaje en lo que tú quieras. Siempre me dijiste que te gustaban los símbolos que yo luzco en mis dedos, así que si le añado un nudo puedo convertirlo en el Anillo Shen. Pero, si lo prefieres, puedo...

—Sí, Liam —lo interrumpo.

En realidad, no escucho nada de lo que me está diciendo. Es solo que he necesitado unos segundos para asimilar, comprender, analizar y deducir. Y, cuando la mente se me ha aclarado, he sentido una inexplicable pero increíble euforia.

Casarme... Casarme con Liam... ¿Puede haber algún objetivo en mi vida mejor que ese?

O tal vez sí lo haya...

—Quiero casarme contigo. —Poso la mano en su áspera mejilla y él la cubre a su vez con su mano. Sus ojos oscuros titilan de la emoción—. Solo he de pedirte algo a cambio.

—Espero que no sea algo para completar una lista —bromea, en recuerdo del día que nos conocimos en la azotea y le pedí un beso—. Lo que quieras, si está en mi mano, cariño.

—Que no tardemos mucho —le pido—, porque no me gustaría llevar un vestido demasiado ancho.

Me mira sin comprender.

—Esta vez no es un simple retraso, Liam —le explico—. Esta vez el test ha dado positivo. Me lo he hecho esta misma mañana, antes de venir. Pero con tu urgencia y tu misterio no me has dado tiempo a decírtelo.

—¿Estás embarazada? —me pregunta con un hilo de

voz. Sonrío porque parece que le he contagiado el estado de *shock*.

—Sí —respondo—. Estoy de ocho semanas ya.

—¡Joder! —Parece que acaba de reaccionar, por lo que se pone en pie y varios objetos de la mesa caen al suelo—. ¡Vamos a tener un bebé! —exclama—. ¡Vamos a darle un hermanito a Peyton!

—¡Sí! —exclamo ante su emoción—. Vamos a darle un hermanito a nuestra hija.

De pronto, su expresión de júbilo se transforma en otra de miedo.

—Pero... ¡¿por qué no me lo has dicho antes?! ¡No te habría hecho ningún tatuaje!

—No pasa nada, cariño —lo tranquilizo—. No es la primera vez que tatúas a una embarazada. No conozco lugar más higiénico y profesional que este, deja de lamentarte.

—Es verdad... —Toma mi rostro entre sus manos y me besa con suavidad—. Lo siento, demasiadas emociones juntas. —Ríe.

—Sí —río—, embarazada y casada de repente es, cuando menos, un gran cambio.

—¿Preocupada por tu trabajo? —me pregunta, tornándose serio—. ¿Crees que puede peligrar tu ascenso como jefa del Departamento de Traumatología?

—Espero que no. —Compongo una mueca—. A ver si alguien se da cuenta de una vez de que las mujeres no tenemos la culpa de ser las únicas que podemos parir bebés. Como si no tuviéramos bastante con los embarazos y los partos, ya solo falta que nuestros superiores nos miren mal por traer hijos al mundo.

—Te ayudaré en todo lo que pueda —me señala Liam al tiempo que recoloca un mechón de mi pelo detrás de mi oreja—. Si decides pasar un tiempo en casa con el bebé, puedes hacerlo. Si, por el contrario, prefieres trabajar desde el principio, yo me quedaré en casa con él o ella. Puedo conciliar perfectamente mi trabajo con el cuidado de un bebé. Además —sonríe—, ya tengo experiencia. Y creo que no lo hice tan mal.

—Por supuesto que no. —Lo abrazo—. Lo hiciste genial con Peyton y volverás a hacerlo bien con otro hijo. La diferencia radicará en que, esta vez, no estarás solo, cariño.

—Te quiero, Candace —musita.

—Y tú eres mi vida, Liam —le digo antes de besarlo con pasión.

Hay cosas que ni siquiera el tiempo es capaz de cambiar.

***

—Espera, Candace, ya te subo yo la cremallera.

Abbey termina de abrochar mi vestido y, a continuación, apoya el mentón en mi hombro para contemplar nuestra imagen en el espejo. Ella luce espectacular, con un ajustado vestido de color vino, mientras que yo llevo un vaporoso modelo en tono marfil de corte griego. Ambas llevamos el pelo recogido y sembrado de pequeñas perlas.

Todavía no puedo creer que esa mujer vestida de novia sea yo...

—Ay —suspira Abbey—, mi hermana pequeña va a casarse...

—Podía suceder cualquier día, imagino. Porque siempre voy a ser tu hermana pequeña.

Tomo su mano y, al mirar nuestro reflejo, soy consciente por primera vez de lo mucho que nos parecemos. Solo el tono de nuestros ojos es diferente: grises los de Abbey, castaños con reflejos verdosos los míos. Podría decirse que, para saber cómo seré dentro de una década, solo tengo que mirar a mi hermana.

—Lo sé. —Me da un suave beso en la mejilla para no estropear el maquillaje—. Pero es algo que no he podido remediar: verte como si fueras una eterna adolescente.

—No pasa nada, Abbey. —Nos giramos para mirarnos—. Quería aprovechar para decirte una cosa, hermanita. No voy a sugerir ni mucho menos que no me acuerde de papá y mamá, y, por supuesto, ojalá hubiesen estado en tu boda y en la mía. Pero ¿sabes qué? Aunque al principio lo pasé muy mal porque todavía era muy pequeña, con los años me he dado cuenta de que he recibido de ti todo el amor que necesitaba. Tú has sido para mí madre, padre, hermana, amiga... Te quiero mucho, Abbey, y me alegro más que nunca de volver a tenerte cerca. Te he echado de menos demasiado tiempo.

—Candace... —Mi hermana rompe a llorar y me abraza. Creo que habrá que repasarse después el maquillaje, pero ahora mismo no nos importa nada—. Yo también te quiero mucho, y solo quiero que sepas que, a pesar de la responsabilidad, nunca me sentí sobrepasada. Eras mi razón para seguir adelante.

—Vale, vale. —Nos separamos y ambas nos abanicamos con las manos—. Será mejor que nos dejemos de confidencias emocionales o ya no habrá arreglo que valga con nuestras caras.

—Sí, será mejor —sonríe Abbey al tiempo que limpia mis ojos con cuidado, con la punta de un pañuelo.

Por suerte, las dos personas que piden permiso para entrar en la habitación nos han pillado un poco repuestas.

—¿Se puede pasar?

—Claro que sí —les digo a Summer y a Aliyah, que se acercan a nosotras haciendo repiquetear sus tacones mientras sujetan las faldas de sus largos vestidos.

—Estás preciosa —me dice Aliyah tras el abrazo—. Y con este vestido no se te nota nada.

—¿No se suponía que no ibas a mencionar su falta de cintura? —suspira Summer, guapísima con su pelo rosa.

—No pasa nada —sonrío—. Aunque ahora mismo os odie un poco por la envidia que me dais, tan guapas y esbeltas.

—Lo siento —ríe mi amiga—. Es que ¡estoy feliz! ¿Te acuerdas de cuando decíamos que no podíamos aspirar a tenerlo todo en la vida? Pues creo que lo tengo todo, Candy... ¡Me siento una egoísta y una acaparadora! —Reímos todas ante las ocurrencias de Aliyah.

—Pues entonces —interviene Summer—, nos acabamos de reunir aquí el grupo de las acaparadoras. Porque veo unas caras de felicidad...

—Y eso que a ti te ha costado —me señala mi amiga.

—No importa —sonrío—. A mí me ha ido llegando a plazos —bromeo.

Sin darnos cuenta, las cuatro nos hemos cogido de las manos, y es al ver nuestra imagen en el espejo que decido que se debe inmortalizar. Me encanta el grupo inseparable que hemos formado.

—¿Queréis que os haga yo la foto?

Es Shane quien aparece por la puerta. Vestido con un impecable traje oscuro, lleva un bonito ramo de rosas blancas en la mano y luce una de ellas en la solapa.

—¿Y esto? —le pregunto señalando las flores.

—Son para ti, por supuesto. —Me ofrece el ramo y aspiro el maravilloso olor de las rosas—. Sé que no puede haber otro padrino para ti que no sea Nathan, pero deja que yo también contribuya.

—Gracias, Shane. —Le doy un abrazo—. Sabes que os quiero a los dos.

—Ya lo sé. —Me guiña un ojo antes de coger su teléfono y hacernos varias fotografías a las cuatro.

Tras posar para la sesión improvisada, Nathan es el siguiente en entrar en mi antigua habitación. Su presencia avisa de que ha llegado el momento, por lo que el resto desaparece con rapidez.

—¡Nos vemos en la iglesia! —grita Abbey.

—¿Estás lista? —me pregunta Nathan al tiempo que me ofrece su brazo.

—Sí, estoy lista.

Un lujoso coche con chófer nos acerca hasta la pequeña capilla. Vuelvo a cogerme del brazo de Nathan y, antes de cruzar la puerta, no puedo evitar soltar una risa nerviosa.

—¿Qué te parece? —le digo a mi cuñado—. Voy a casarme, Nathan, y nada menos que por la iglesia. ¡Y con el chico del que me enamoré con diecisiete años!

—¿Y no te consideras afortunada por ello?

Giro la cabeza para poder admirar su hermoso rostro, sus azulísimos ojos y su cabello dorado.

—Me siento afortunada por muchas cosas. Te quiero, Nathan, por si no te lo había dicho antes...

—Vale, vale —me corta—. Yo también te quiero, Candace, pero será mejor que entremos o acabaremos llorando los dos.

—¿Te acuerdas de cuando te quedaste en calzoncillos delante de mí para que pudiese ver tus cicatrices?

Nathan ríe y a ambos nos entra una risilla nerviosa.

—¿Por qué demonios me recuerdas eso ahora? —Ríe.

—¡No lo sé! —farfullo al tiempo que accedemos a la iglesia—. Tengo ganas de llorar y de reír al mismo tiempo. Creo que se me ha creado un cóctel explosivo de nervios y hormonas.

—Tranquilízate, preciosa —me susurra mientras aprieta suavemente mi mano—. Y, si crees que no puedes, dirige la vista a todas estas personas que están aquí para acompañarte en un día tan especial.

Inspiro con fuerza y hago caso a Nathan. Y, sí, me calma bastante ver a la gente que ha llenado los bancos de la capilla. Han venido amigos y compañeros de trabajo que me sonríen con cariño. Y ahí están Aliyah y Josh, que parece ser que les hemos dado envidia y ya están preparando su propia boda, seguro que con más tiempo que nosotros. Veo también a Daniel y a Lucas, junto a sus padres, Shane y Summer. Justo delante aparecen Isabella y Olivia, que se entusiasman al verme y a las que su padre, Nathan, les dedica un guiño. A su lado, Abbey, que a malas penas puede contener la emoción, como ya me ocurrió a mí en su boda.

Y ahora sí, me tranquilizo por completo. Porque ahí está Liam, elegantemente vestido para la ocasión, tan guapo, tan misterioso, con su tez pálida y unos ojos tan oscuros que me sigue pareciendo un ser sobrenatural. Le da la mano a Peyton, nuestra bonita hija, que sostiene los anillos en un pequeño cojín. Le ha crecido el pelo y negros tirabuzones caen por sus hombros.

Y me siguen pareciendo tan iguales... Tío y sobrina, padre e hija.

Peyton se hace a un lado y deja que Liam me coja las manos y comience a recitar sus votos.

Epílogo

LIAM

Diecisiete meses después

—Y así, mi pequeño Noah, fue como conocí a tu madre; a vuestra madre. Y cómo ella me dio una segunda oportunidad.

Mi hijo, de nueve meses, me mira satisfecho desde su trona. Acabo de darle la papilla de leche y cereales y agita sus manitas con una sonrisa plagada de gorgoritos que lanza babosos proyectiles contra mi pelo.

—¿De verdad Candace creía que eras un vampiro? —pregunta Peyton, que ha seguido mi relato sentada a la mesa de la cocina mientras acaricia a Nut, que está sobre su regazo. Ambas han creado un fuerte vínculo y la gata la sigue a todas partes, incluida su cama.

—Totalmente cierto —le digo mientras limpio la boca de Noah con una servilleta—. Y no la culpo por ello. La verdad es que, cuando me conoció, yo daba un poquito de miedo.

—A mí nunca me diste miedo —señala Peyton con un mohín.

Me levanto y camino hacia ella con la expresión más terrorífica que puedo componer.

—Quizá porque todavía no te he mordido esa blanquita garganta...

—¡Papá, quita! —grita mi hija cuando me lanzo sobre ella y hundo el rostro en su cuello para acabar besando su suave piel—. ¡Qué tonto eres! ¡Que ya tengo casi ocho años!

Ríe con tanta felicidad que un nudo suave y tibio se forma en mi pecho. Porque nunca imaginé que el amor fuese así de elástico, que se puede extender a todas las personas que van entrando en tu vida. Y, más que nunca, siento una mezcla de rencor y lástima hacia mis padres, por lo poco que amaron, por lo mucho que se perdieron.

Los tres desviamos la vista hacia la ventana cuando oímos el motor de un vehículo.

—¡Mira, Noah, es mamá! —señala Peyton.

—Vigila un momento a tu hermano —le pido—. Voy a recibirla.

Peyton llama algunas veces a Candace por su nombre; otras le dice «mamá». Pero nunca le he hecho ningún comentario al respecto. Que decida ella.

Salgo al porche de la entrada y contemplo a Candace bajar del coche. A pesar de su atuendo elegante por su cargo en el hospital, sigo viendo en ella a aquella adolescente a la que intentaba esquivar en el rellano de la escalera, la chica que vestía con colores mientras yo solo sabía ir de negro.

—Hola, preciosa —la saludo al tiempo que rodeo su cintura y beso sus labios—. ¿Qué tal el día, doctora Howard-Taylor?

—Prefiero desconectar al llegar a casa. —Rodea mi cuello y me besa también—. Humm, hueles a leche... Qué rico...

—¿De verdad te parezco apetecible con restos de papilla en el pelo...? —ronroneo mientras beso su boca y bajo después mis labios por su cuello y más abajo...

—Tenemos espectadores, cariño. —Candace señala la ventana de la cocina, desde la que nos están mirando nuestros hijos. El pequeño sigue agitando los bracitos y golpeando la trona con una cuchara. Peyton pone los ojos en blanco, como cada vez que nos ve besándonos.

Entramos en casa y Candace primero abraza y besa a Peyton. Después saca a Noah de la trona y lo coge en brazos para hundir el rostro en su suave cabello.

—Dios..., cuánto os echo de menos a lo largo del día... —musita.

—Estamos bien, no te preocupes —la tranquilizo.

En nuestro caso, se han invertido un poco los roles, pero estoy muy satisfecho con nuestra decisión. Yo, como dueño, me acerco al estudio cuando puedo. Incluso sigo realizando diseños para empresas desde casa. Era Candace la que se merecía su oportunidad, su ascenso, su reconocimiento. Ya se habrán quedado demasiadas profesionales sin su oportunidad por verse en la disyuntiva de elegir entre carrera o familia solo por el hecho de ser mujeres.

—Voy a darme una ducha antes de ponerme cómoda —señala Candace después de dejar de nuevo a Noah en su trona—. Ahora vuelvo.

La miro a ella, miro a los niños... Joder, cuánta imaginación hemos de tener los padres para conseguir un momento de intimidad...

—Peyton, cariño, ¿podrías quedarte un rato con tu hermano? No tardo nada. Solo voy a ver si tu madre tiene... toallas.

—No tardes, que tengo que hacer deberes...

—Que nooo...

Subo a la planta superior, donde se encuentra nuestro

dormitorio. Me acerco al baño y, desde la puerta, oigo el sonido del agua de la ducha. Abro y contemplo la silueta de Candace a través del cristal de la mampara, empañado por el vapor.

Con rapidez, me deshago de la ropa, abro la cristalera y accedo al interior del habitáculo.

—Hola, cielo —la saludo—. Yo también necesito una ducha para quitarme restos de papilla.

—Creía que no ibas a entender mi sugerencia —murmura Candace con sensualidad.

—He tardado solo un segundo en captarla —bromeo.

Aunque pronto me torno serio, cuando mis ojos recorren con avidez el cuerpo desnudo de mi mujer. Las gotas de agua resbalan desde su cabello hasta depositarse en sus pezones, que se yerguen con mi mirada de deseo.

Dedicaría ahora mismo horas a contemplarla, a besarla, a acariciarla, pero ambos sabemos que disponemos de unos pocos minutos antes de que Peyton nos llame o Noah se ponga a llorar.

Beso a Candace en la boca antes de bajar hasta sus pechos mojados, que devoro con ansia, al igual que su vientre y sus muslos antes de arrodillarme y devorar su sexo. Candace gime y agarra mi pelo para sujetarse y embestir contra mi boca.

—Liam...

Me pongo de nuevo en pie y es ella ahora quien desliza su lengua por mi tórax, mi ombligo y mi miembro, que se mete en la boca. Mis caderas se mueven en busca del placer, pero consigo apartar sus labios antes de que sea aún más rápido de lo que queremos.

Apoyo su espalda contra el cristal, levanto una de sus piernas y me introduzco en su cuerpo, suave pero profundamente.

—Date prisa, Liam —gime—. Porque, como alguien nos interrumpa ahora, ¡juro que no podré parar!

Decido pasar los brazos por debajo de sus piernas y alzarla para poder penetrarla más profundo, más fuerte. El rostro de placer de Candace y sus gemidos consiguen que me excite todavía más y acelere el ritmo. Suenan los golpes de nuestras pieles húmedas, rápido, más rápido. Cuando siento las convulsiones del orgasmo de Candace alrededor de mi miembro, me dejo ir y alcanzo el clímax junto a ella, mientras sigo embistiendo, mientras busco su boca para silenciarla y beberme sus gemidos.

—¡Papá, mamá! —Oímos los gritos de Peyton—. ¡Noah se está quedando dormido en la trona! ¡¿Podéis cogerlo, por favor?!

Con Candace aún enredada en mi cuerpo, abro la mampara y asomo como puedo la cabeza.

—¡Ahora mismo vamos, cariño!

—¡Vaaa! ¡Que tengo cosas que hacer!

Candace y yo nos besamos entre risas al mismo tiempo que vuelvo a depositarla en el suelo. Con rapidez, nos secamos y nos vestimos.

—Tiene su punto —bromea Candace—, echar un polvo con el miedo de que te pillen.

—¿Como cuando follábamos en casa de tu hermana con toda la familia en el jardín? —sonrío.

—Dios —suspira—, parece que haga siglos de eso...

Siempre me invade un atisbo de culpabilidad cuando pienso en el tiempo que pasamos separados.

—¿Has llegado a perdonarme? —le pregunto mientras salimos del baño.

—Todavía lo estoy pensando. —Compone una divertida mueca que me hace reír.

—Te quiero, Candace.

—Y tú eres mi vida, Liam. Pero tenemos un par de hijos que no paran de gritar. Será mejor que bajemos.

Tomo su mano para bajar la escalera, pero me detiene un instante.

—Ni siquiera pude odiarte los seis años que estuvimos separados —me confiesa.

—Pues podrías haberlo hecho...

—Seguía enamorada de ti, Liam; demasiado enamorada.

Referencias a las canciones

Numb, © 2003 Warner Bros. Records, interpretada por Linkin Park.

Stay, © 2021 Columbia Records, interpretada por Justin Bieber y Kid Laroi.

Yonaguni, © 2021 Rimas Entertainment LLC, interpretada por Bad Bunny.

Let Her Go, © 2012 Embassy of Music GmbH exclusively licensed to Sony Music Entertainment Netherlands B.V., interpretada por Passenger.

The Boulevard of Broken Dreams, © 2004 Reprise Records, interpretada por Green Day.

Shivers, © 2021 Asylum Records, interpretada por Ed Sheeran.

Easy on Me, © 2021 Columbia Records, interpretada por Adele.

Wherever You Will Go, © 2001 RCA, interpretada por The Calling.

Dancing Queen, © 1976 Polar Music, interpretada por ABBA.

Toxic, 2003 Zomba Recording LLC, interpretada por Britney Spears.

Creep, © 1993 XL Recordings, Ltd., interpretada por Radiohead.

Descubre la *Serie O'Brien* en Booket: